井冈山大学学术文库

曾建平

井冈山大学学术文库
曾建平　主编

政治无意识：
阶级视角下的福克纳小说

林长洋　著

同济大学出版社
TONGJI UNIVERSITY PRESS

图书在版编目(CIP)数据

政治无意识：阶级视角下的福克纳小说 / 林长洋著
. —上海：同济大学出版社，2019.12
(井冈山大学学术文库 / 曾建平主编)
ISBN 978-7-5608-8927-6

Ⅰ. ①政… Ⅱ. ①林… Ⅲ. ①福克纳(Faulkner, William 1897-1962)—小说研究 Ⅳ. ①I712.074

中国版本图书馆 CIP 数据核字(2019)第 289554 号

政治无意识：阶级视角下的福克纳小说

林长洋 著
出 品 人 华春荣
责任编辑 张 翠 责任校对 徐春莲 封面设计 陈益平

出版发行 同济大学出版社 www.tongjipress.com.cn
(地址：上海市四平路 1239 号 邮编：200092 电话：021-65985622)
经 销 全国各地新华书店、网络书店
排版制作 南京展望文化发展有限公司
印 刷 常熟市华顺印刷有限公司
开 本 710 mm×980 mm 1/16
印 张 13
字 数 260 000
版 次 2019 年 12 月第 1 版 2019 年 12 月第 1 次印刷
书 号 ISBN 978-7-5608-8927-6

定 价 68.00 元

井冈山大学学术文库

编 委 会

总　序

井冈山大学创办于 1958 年，建校以来，历经停办、分校复建、三校合并、恢复更名、省部共建等过程，始终扎根老区办学，坚守“为党育人、为国育才”使命，已培养出 17 万多名毕业生，为社会主义现代化建设和地方经济社会发展做出了积极贡献。学校现为江西省人民政府和教育部共同重点支持建设高校，是科技部与江西省人民政府会商支持建设高校，是同济大学对口支援高校，是一所融普通本科教育、研究生教育和留学生教育于一体的全日制综合性大学。目前有专任教师 1 082 人(其中：教授 130 人、副教授 374 人，具有博士学位教师 321 人)，专任教师中 8 人次入选国家“万人计划”哲学社会科学领军人才、“国家新世纪百千万人才工程”、全国文化名家暨“四个一批”人才、国务院特殊津贴等国家级人才；107 人次入选省部级人才工程人选。现有全日制在校本科生近 1.8 万人、硕士研究生 119 人。内设 15 个教学学院(部)，66 个本科招生专业(其中国家特色专业 4 个，江西省“双一流”特色专业 2 个，一本批次招生专业 13 个)；拥有省级以上重点科研平台 10 余个，其中教育部高校人文社科重点研究基地 1 个，国家红色旅游研究与实践创新基地 1 个，江西省“2011 协同创新中心”1 个，省软科学研究基地 1 个，省高校人文社科重点研究基地 2 个，省文化艺术科学重点研究基地 1 个，省重点实验室 2 个，省教育厅重点实验室 1 个；共建科研平台 3 个，包括国家测绘地理信息局重点实验室、教育部网上合作研究中心分中心、井冈山生态环境研究中心；国家级人才培养基地 4 个，省优势科技创新团队 1 个，省研究生教育创新基地 1 个，社会工作硕士专业学位授权点 1 个。校舍建筑面积约 68 万余平方米，教学科研设备总值约 3.35 亿余元，图书馆藏书 223 万多册。

作为“星火燎原”之地吉安革命老区唯一的一所地方综合性本科高校，全国唯一以“井冈山”命名的红色大学，在61年的发展历程中，学校始终坚持以井冈山精神办学育人为指导，以“四敬五每”（敬畏制度、敬爱师生、敬重教学、敬仰学术；每个制度既要可行更要执行、每个教职员工都要得到恰当评价、每个学生都要得到恰当关爱、每个教师上好每堂课、每个科研人员做好每个项目）的治校理念，围绕建设特色鲜明的区域高水平大学的办学目标，实现了由专科教育为主向以本科教育为主，以培养教师、医师为主的专业学院向综合性大学的根本转变，走出了一条新建地方本科高校的跨越转型发展之路。进入新时代，学校深入学习贯彻落实习近平新时代中国特色社会主义思想和党的十九大精神，牢牢把握社会主义办学方向，坚持立德树人，坚持以井冈山精神办学育人，依托省部共建平台和同济大学对口支援，着力加强内涵建设，推动学校高质量转型发展，综合办学实力和社会声誉不断提升。2017年教育部本科教学工作审核评估专家组评价我校是“吉安地区不可替代的、重要的人才培养摇篮和科技创新基地”。

近年来，我们从四个方面着力，做到“四个坚持”：

一是坚持扎根老区办学。学校始终秉承“振兴革命老区、服务地方发展”的办学宗旨，明确了特色鲜明的区域高水平大学的办学目标，确定了培养下得去、留得住、用得上的“基层骨干与地方中坚”的人才培养定位。坚持以本为本，主动对接吉安和江西经济社会发展需要，形成了以工学、医学、管理学等应用学科为主体，马克思主义理论、生物学、中国古代文学为代表的“红、绿、古”特色学科为重点，多学科交叉融合发展的学科专业体系，基本覆盖电子信息、智能制造、现代农业、红色与生态旅游等吉安市重点发展产业。本科毕业生就业率连续13年高于全省同类学校平均就业率，荣获2016—2018年度全省普通高校毕业生就业工作“优秀等级学校”和“先进单位”称号，研究生培养连续6年做到了录取率、报到率、一次性就业率三个百分之百。近年来毕业生涌现出一大批扎根基层、助力脱贫攻坚的优秀大学生村官，比如党的十八大代表、电子与信息工程学院2009届毕业生邢磊，全国优秀大学生村官、政法学院2008届毕业生高旭斌，等等。

二是坚持特色创新发展。始终把特色创新发展作为转型超越的根本选择，紧紧围绕井冈山及其周边地区丰富的红色资源和绿色宝库，依托吉安厚重的庐陵文化，切实做好特色发展大文章。学科专业方面，开设的中共党史专业是全国为数不多、江西省唯一的本科专业，文物与博物馆学专业在全国首次聚焦于红色文物和博物馆学，生物科学、化学、汉语言文学、音乐学(含舞蹈专业)4 个国家特色专业，社会工作、思想政治教育、旅游专业等 7 个省级特色专业，其中社会工作专业 2011 年获批服务国家特殊需求专业硕士点。科学研究方面，中国共产党革命精神与文化资源研究中心获批为教育部高校人文社科重点研究基地，红色文化研究与传承应用协同创新中心获批为江西省“2011 协同创新中心”和博士后工作站，中国红色旅游研究与实践创新基地为国家旅游局重点研究基地，共建的流域生态与地理环境监测实验室为国家测绘地理信息局重点实验室，江西省生物多样性与生态工程重点实验室为博士后科研工作站，庐陵文化研究中心为省高校人文社会科学重点研究基地。

三是坚持服务区域经济社会发展。连续四年选派科技特派员助力富民强县工程建设，探索出“高校—科技园—企业”的科技服务地方模式，得到了赵乐际、胡春华、孟建柱等中央领导同志肯定和时任江西省委书记强卫同志的肯定性批示。积极投入脱贫攻坚和美丽乡村建设，永新县绥远山村和青原区塘尾村成功脱贫摘帽，获“省派单位定点帮扶贫困村工作先进单位”称号。与国家井冈山经济技术开发区共建井冈山大学科技园，入驻高科技企业 30 多家，成为省级大学科技园；在井冈山农高区成立现代农业发展研究院，发挥人才智力优势助力吉安农业发展。坚持传承红色基因，全国各地在我校设立革命传统教育、红色培训基地的单位有 20 多个，举办各类红色培训班 400 多期，培训学员 3 万多人次。

四是坚持井冈山精神铸魂育人。始终把坚持立德树人作为根本任务，把坚持以井冈山精神办学育人作为重大使命，从更高站位、更高层次贯彻落实好习近平总书记在全国教育大会、全国思政工作会议和思政理论课教师座谈会上重要讲话精神，努力把“井冈山”这一学校最大特色、最亮品牌、最富资源转化为加强和改进思想政治工作优势，力争把学校建设成为“最爱党最爱国最爱民”的全国著名红色大学。着力创新载体、丰富形式，开设了“井冈山精神与当代大学生”校本课程，建立了“井冈山精神展览馆”，建立了映山红青年学院，实施了“红色励志教育”培训，开展了一系列“红色传说”采风等社会实践，打造了“映山红”系列文化品牌等为主体的红色育人体系，推动红色基因育人与思政工作融合发展，形成了鲜明的井冈山精神办学育人特色。红色基因育人成效突出，创编的音乐舞蹈史诗《井冈山》连续公演 13 年，至今演出 256 场，连续 9 年受邀参演央视“五月的鲜花”全国大学生文化汇演，圆满完成 2019 年央视春晚井冈山分会场排演任务，新华网、央视网、《中国教育报》、《江西日报》等主流媒体多次对我校红色基因育人的“井大模式”进行报道。2019 年 9 月 11 日，由中央教育工作领导小组秘书组主编的《教育工作情况》刊登了井冈山大学坚持以井冈山精神立德树人、推进红色文化育人的经验介绍。

习近平总书记强调，发展老区高等教育是解决老区人民愿望与老区发展现状之间矛盾的有效途径。2016 年春节前夕，习近平总书记视察井冈山时指出，井冈山时期留给我们最为宝贵的财富，就是跨越时空的井冈山精神，要结合新的时代条件，让井冈山精神放射出新的时代光芒。2019 年 5 月 21 日，习近平总书记在江西强调：“办什么样的院校、培养什么样的人才，是办学育人首先要解决的问题。”井冈山大学始终牢记习总书记重托，在省委省政府的关心与支持下，坚持以井冈山精神办学育人，致力于将红色基因融入立德树人的全过程，并转为教育教学优势、学科科研优势、办学育人优势。

当前，井冈山大学的发展既面临机遇，也面临挑战。中国高等教育未来发展的重点是优化结构、深化内涵建设，井冈山大学发展基础比较薄弱，在人才培养模式、社会服务能力、研究生教育、高校治理体系和治理能力等方面都面临着严峻的挑战，只有不断提高办学水平和人才培养质量，才能在高等教育体系结构优化过程中占有一席之地，而申请硕士授权单位、努力提升学校办学层次和服务经济社会能力，则是将挑战转化为机遇的重要关节点。

近年来，成为硕士授权单位始终是学校历届领导班子和全体师生的共同心愿和奋斗目标，是近年来学校确立的重中之重工作、“一号工程”。学校以申硕为抓手，以申促建、以建促申，不断构建新型的学科建设管理模式，优化学科布局、突出学科重点、强化学科特色，在巩固提升现有“红绿古”特色学科和优势学科的基础上，有针对性地凝练方向、建强团队、深度挖掘亮点和潜力，加大学科建设的组织力度，形成了学科建设的合力，提高了学科建设成效，形成了一批具有核心竞争力的学科团队，为学校的未来发展夯实了基础，明确了学科发展方向。

多年来，井冈山大学的发展得到了同济大学的无私援助。自 2005 年建立对口支援关系以来，同济大学始终以高度的政治责任感和历史使命感，以帮助革命老区人民享有高质量的高等教育为己任，深入扎实推进对口支援工作，形成了全方位、深层次、开创性的对口支援工作格局，在全国高校对口支援工作中树立了典范，形成了具有广泛影响力的“同济—井大”模式。井冈山大学取得的办学成绩和每一步发展，都与同济大学直接、深入、全面的支援密不可分，都凝聚了同济大学各级领导、干部和教师的真情努力与无私付出，井冈山大学的发展已经深深打上了同济烙印。

同济大学出版社作为服务教学科研的重要平台，也积极帮助井冈山大学不断提高科研成果质量，打造拥有较高水准和知名度的井冈山大学学术品牌，“井冈山大学学术文库”的组织和顺利出版，就是双方合作结出的硕果，必定会为我校成功申请硕士学位授权单位提供强力支持，为井冈山大学的未来建设加砖添瓦。

我们相信，在教育部、江西省委省政府和社会各界的关心和帮助下，井冈山大学一定会得到更大的进步、取得更大发展，为新时代井冈山革命老区的高等教育事业及老区经济社会发展谱写新的篇章。这不仅是服务原中央苏区振兴发展的迫切需要，更是告慰革命先烈的最好形式。

井冈山大学校长
曾建平
2019 年 12 月

序

《政治无意识：阶级视角下的福克纳小说》是林长洋博士历经五年砥砺探究写成的一部力作。本书借鉴美国新马克思主义文艺理论家弗雷德里克·詹姆逊的“政治无意识”理论阐释框架，选取福克纳沙多里斯系列小说《坟墓里的旗帜》《未被征服的人》，斯诺普斯系列小说《小村》《小镇》《大宅》，以及后期成长小说《坟墓的闯入者》《掠夺者》——一定程度上代表福克纳小说创作生涯早、中、后期主题思想的作品为研究文本，文本、阶级和历史三者结合展开讨论，旨在揭示福克纳从过去、当下和未来三个维度对南方共同体命运的思考，以及对南方社会现代变革的根本立场，探讨作家意识形态取向。

在这本书里，林长洋博士剖析了福克纳在其文学叙事里表现出的明显的思想悖论：他对旧南方既批判又留恋，并对新南方社会现实充满焦虑；他揭露旧南方上层社会群体的历史罪孽，又肯定他们所崇尚的“古老的道德”，希望他们的后裔领导南方重建理想社会；他既同情下层社会群体的悲惨处境，又对他们试图改变自身地位的举动不以为然，有时甚至产生强烈反感，在社会变革不可逆转之际期盼上层人物以高贵品质解决社会问题，重新确立文化领导地位，建立仁爱互助、和谐有序的家长制社会的“乌托邦”。本书思辨充分，阐释深入，富有见地，论据翔实，文笔晓畅，是国内首部阶级视域下福克纳研究专著，为丰富、深化这一领域研究做出了自己的努力，亦对全面准确解读、客观评价福克纳及其文学创作乃至南方、南方文学具有独特的学术意义。

从欧洲移民踏上美国南方土地开始，逐渐铸就了这一地区等级分明的三级政治社会机制和架构：大种植园主、贵族居于顶层，中产阶级次之，其下是穷苦的白人，包括无土地所有权的农民、农场工人、非技术劳动者、契约奴，黑人奴隶处于最底端。对此，不仅威廉·卡什在其经典之作《南方的思想意识》一书中对这一格局有过明确描述，当代著名南方作家沃克·珀西的叔父、"南方文艺复兴"作家威廉·亚历山大·珀西也将其形象比喻为"三股线"。这一结构在相当长的时间里恒定地存在于南方，为旧南方的社会、经济体制提供了坚实的基础，对于打造鲜明的南方特色至关重要。阶级性也如同南方的DNA一样设定在其思想意识、想象和文学再现里，挥之不去。"南方文艺复兴"可被视为旧南方主流社会的一次强力发声，是它在第一次世界大战后南方面临城市化和工业化蚕食的关键时期作出的反应，释放了其阶级意愿：即使在当代南方，阶级问题不仅余音不绝，反倒高亢嘹亮；代表了这一时期南方白人文学主流的一批"穷白人"作家也立场鲜明，以"劳动阶级"身份自居，堂而皇之登上南方文坛，从局内人的角度讲述他们社会群体的故事，回怼、消解了福克纳们笔下的"南方神话"，使人们看到了另一个南方。故此，在目前性别、种族研究方兴未艾的情势下，作为文化研究三大母题(性别、种族、阶级)之一的阶级研究不能，也不应缺场。单纯因"阶级"这一关键词在中国20世纪政治生活里的高频使用甚至滥用而产生观感疲劳，从而淡化、忽视、回避阶级研究的价值，失之偏颇、主观，不是公正、理性的科学态度。无论你是否承认，它都在那里，是一种客观存在，不以人的意志为转移。实事求是在科学研究领域是至理名言，是唯一应遵循的准则。不可否认，对特定历史条件下产生的文学作品，阶级性研究有其适用性和阐释力，对美国南方文学尤其如此，是有助于洞察这一区域文学本质的一个有效维度。在这一意义上说，林长洋博士在福克纳专题研究上作出了有益探索。

长洋博士为人谦和低调，品质朴厚，勤奋刻苦，懂得珍惜，又思维敏捷，有着较强的感悟、拓展和独立探索能力，具备良好的学术发展潜势。愿这本专著的出版成为他科学研究的一个重要起点，也期待他未来的学术发展。

同济大学外国语学院教授、博士生导师　李杨

2019年1月

目　录

绪　论

威廉·福克纳(William Faulkner,1897—1962)是世界一流作家、1949年诺贝尔文学奖得主、发生于20世纪上叶的美国“南方文艺复兴”文学运动的杰出代表。福克纳同时代的南方作家艾伦·泰特(Allen Tate)将他比作“伊丽莎白时代的莎士比亚”①。我国的美国文学研究专家陶洁先生称他为“公认的20世纪美国最为伟大的作家,也是世界文坛上数一数二的大师”②。

作为“南方文艺复兴”作家群的一员,福克纳以其家乡“邮票大小的地方”——密西西比州拉法叶县为原型,虚构了约克纳帕塔法县(Yoknapatawpha County)和在这片土地上生息繁衍的各式人物,创作出《坟墓里的旗帜》(*Flags in the Dust*,删节后以《沙多里斯》(*Sartoris*)之名出版[1929/1974])、《喧哗与骚动》(*The Sound and the Fury*,1929)、《我弥留之际》(*As I Lay Dying*,1930)、《押沙龙,押沙龙!》(*Absalom, Absalom!*,1936)、《未被征服的人》(*The Unvanquished*,1938)、《去吧,摩西》(*Go Down, Moses*,1942)、“斯诺普斯三部曲”(《小村》[*The Hamlet*,1940]、《小镇》[*The Town*,1957]、《大宅》[*The Mansion*,1959])、《坟墓的闯入者》(*Intruder in the Dust*,1948)和《掠夺者》(*The Reivers*,1962)等十余部长篇小说和百余篇短篇小说,构建了一个“精彩绝伦的南方神话世界”③。这些作品讲述美国南方社会各群体的悲欢离合遭遇和兴衰沉浮故事,由此描绘了一幅复杂的南方社会图景,折射自19世纪60年代美国内战至第二次世界大战结束期间近百年的南方社会变迁,反映这种变迁“对不同

---

① TATE A. Essays of Four Decades[M]. Chicago: The Swallow Press, 1968: 578.除另有说明外,本书中的英文引文均由笔者自译。

② 陶洁.新中国六十年福克纳研究之考察与分析[J].浙江大学学报(人文社会科学版),2012(1): 148-156.

③ O'DONNELL G M. Faulkner's Mythology[J]. The Kenyon Review, 1939, Vol.1(3): 285-299.

阶级阶层人物的心理世界和精神面貌所造成的深刻影响”①。

综观福克纳的小说作品，可以发现，作家在书写中表现出明显的思想悖论：他一方面对旧南方社会展开犀利的批判，揭示其残暴基因和制度缺陷，另一方面又情不自禁地流露出对旧南方的向往和怀恋，并对新南方社会变迁的现实充满焦虑；他一方面揭露种植园主等旧南方上层社会群体的历史罪孽，另一方面又肯定他们怀有的“古老的美德”，寄望于他们的后代能领导南方重建理想社会；他既同情穷白人和黑人等下层社会群体的悲惨生存处境，又对他们试图改变自身社会地位的努力不以为然，有时甚至产生强烈的反感。这种悖论的根源在于作家对南方社会现代变革所持的根本看法。唯有对这种根本看法及其社会成因进行系统深入的探讨，才能更全面、客观和准确地评价福克纳的思想境界和艺术成就。

国内外文学评论界对福克纳作品的创作主题和作家思想进行了深入探讨。由于福克纳作品对人物悲惨命运和精神痛苦的深入探索，以及福克纳自称为“人道主义派作家”的史实，评论家们总体上偏重于发掘福克纳对现代社会中个人之命运的思考、对旧南方社会制度阴暗面的揭露和批判，以及对黑人和穷白人等“他者”群体的怜悯和同情，因而在评价福克纳作品思想时往往强调其中的人道主义元素和自由进步倾向，相对忽视了作家对旧秩序很大程度的赞美以及他对穷白人和黑人等群体的嘲讽，不曾深究夹杂于其中的保守成分。即使涉及福克纳对旧南方的留恋及对新南方的疑虑甚至反感，评论家也大都浅尝辄止，对这种现象的实质一般不作深入坦率的探究，因而未能完整地反映作家的思想面貌，也未能充分阐释这种悖论得以持续存在的深层意识形态立场以及决定该立场的社会历史根源。

笔者认为，从“人的本质是社会关系的总和”来理解福克纳，从他作为旧南方种植园主后裔的阶级立场出发，透过他从事文学创作时所处的社会历史条件，分析他对南方社会现代变革的根本看法，可以对上述悖论作出更深刻和更全面的阐释，也有助于对他的思想境界和艺术成就作出更客观和更准确的评价。

---

① 李文俊.威廉·福克纳[M]//吴富恒，王誉公.美国作家论.济南：山东教育出版社，1999：649.

首先,深入考察约克纳帕塔法世系的故事可以发现,阶级是贯穿福克纳小说创作的关键元素。这些小说共同反映一个基本主题:种植园主、邦联军官、商人等旧南方世家大族日趋没落,部分穷白人从社会底层崛起,成为新兴资产阶级并逐步掌握社会主导权,此中折射了南方深刻的社会生产方式变革、阶级利益格局调整和意识形态观念冲突。正如福克纳的毕生至交与文学引路人菲尔·斯通(Phil Stone)所言,“[福克纳描述的]南方真正的革命不是种族状况,而是对任何旧贵族信条都不屑一顾的‘红脖梗’们崛起并执掌权力和财富”①。日本学者田中久男也指出,“贵族没落和农民兴起这两个同时存在的设想,实际上暗示了他[福克纳]的对比构思的成形,这种对比构思可以看作是他全部作品的基本构成原则”②。可以说,对南方社会现代变革的观察和思考构成了福克纳小说一个关键命题,而“阶级”则是这种观察和思考的重要关键词。

其次,“福克纳有着马克思主义者般敏锐的阶级意识和阶级归属”③。福克纳的沉思并非发生在真空中,而是受到他所处时代的社会历史条件、所属社会集团和个人生活经历的密切影响。福克纳的曾祖父曾是种植园主、邦联军官,其祖父做过当地的律师和银行行长,受这些家庭成员的耳濡目染,加上上层社会日常生活的潜移默化,福克纳自小就接受了旧贵族关于南方历史、文化和政治经济的大量意识形态话语。这些话语渗透于他的思想深处,界定其思想的边界,使其形成稳定的阶级意识和意识形态立场。后者在很大程度上决定了他思考南方共同体命运的根本出发点和归宿点,“在不同程度上操纵着他们[福克纳及部分其他“南方文艺复兴”作家]作品的主题思想设计、人物形象塑造、故事情节构思,从而促使其形成自己独特的风格和标识”④。

因此,从旧南方种植园主(即“旧贵族”)后裔这一视角分析福克纳小说,透视这些

---

① 引文方括号内的文字是笔者所加,下同。FAULKNER W. Father Abraham[M]. New York: Random House, 1983: ii.

② 田中久男.福克纳小说中的两个美国梦的追求者[J].李森,译.首都师范大学学报(社会科学版),2005(4): 61-65.

③ COOK J S. From Tobacco Road to Route 66: the Southern poor white in fiction[M]. Chapel Hill: University of North Carolina press, 1976: 39-40.

④ 李杨.美国“南方文艺复兴”:一个文学运动的阶级视角[M].北京:商务印书馆,2011: 264.

作品凸显的对传统社会秩序消逝的惋惜和惆怅、对社会变迁的迷惘和拒斥，以及对勇气、荣誉、自豪、同情、怜悯和牺牲等道德精神的认同，可以发现作家在新旧秩序急速更替、阶级利益格局剧烈调整之际的复杂心理体验，剖析他对本阶级命运的关切和对如何解决现实社会问题的思考，发掘作家所代表的社会集团的超个人情感、观点、思想和信念①。从这一视角出发解读福克纳小说中错综复杂的矛盾、跌宕曲折的故事和形态各异的人物，归纳作家对南方社会现代变革的根本看法，探讨作家意识形态立场，剖析其下潜藏的集体政治欲望，并从社会历史的视域对作家意识形态立场的成因作出阐释，有助于我们更全面、深入地了解福克纳小说的思想境界和艺术成就，从而更客观准确地评价作家的文学地位，也有助于我们加深对“南方文艺复兴”文学运动乃至南方历史、社会、意识形态和价值观念的理解与认知，因而具有重要的学术研究价值和意义。

第一节　福克纳研究现状

福克纳小说以沉郁凝重的主题以及对人性、社会、历史等问题的深入剖析、反思和批判，引发了世界范围内众多文学批评家和研究者的高度兴趣，福克纳研究也成为当代英美文学研究的重要领域。早在福克纳文学创作生涯初期，对其作品的评论即已出现。20 世纪 40 年代末福克纳获得诺贝尔文学奖后，其文学声誉日隆，相关评论和研究逐渐增多。70 年代以后，福克纳成为美国南方作家中最受关注者②。在英语世界中，福克纳是被研究第二多的作家，仅次于莎士比亚③。相关研究专著汗牛充栋

---

① 本书所称“旧贵族”指由种植园主、律师和商人等构成并且在内战前占据美国南方政治经济主导地位的群体以及他们的后裔。“旧贵族”仅就这一群体自诩地位尊崇、品德高尚而言，不涉及欧洲历史文化传统的“贵族”的含义。

② 姚乃强.兼容有序，聚焦文化：谈 90 年代福克纳研究的态势[J].四川外语学院学报，2004(5)：3－7.

③ SINGAL D J. William Faulkner：the making of a modernist[M]. Chapel Hill：The University of North Carolina Press，1997：1.

而且还在不断增加。据统计,仅 2008 年以来新增专著就达百余种①。同时,福克纳家乡密西西比大学举办的福克纳研究年会(Faulkner and Yoknapatawpha Conference)也成为福克纳研究界的世界性盛会,截至 2018 年已举办 45 届,出版会议论文集 41 部。在我国,福克纳研究也得到蓬勃发展,迄今已出版 30 余部研究专著和评论集。据笔者通过中国知网检索得到的数据,关于福克纳的学术期刊论文迄今(2018 年 12 月底)已达 1 185 篇。此外,北京大学还在 1992 年和 1997 年先后两次主办福克纳研究国际研讨会。

在国外,福克纳研究的成果可谓卷帙浩繁、观点各异,精确分类十分困难。它们按视角大体分为六类:南方背景视角、形式主义视角、心理学—精神分析视角、宗教视角、生态视角和后结构主义视角(包括性别、种族、后殖民、文化政治、意识形态等)。代表学者有哈桑·阿布莱拉(Hosam Abul-Ela)、泰德·阿特金森(Ted Atkinson)、查尔斯·贝克(Charles Baker)、乔治·比德尔(George Bedell)、克里昂斯·布鲁克斯(Cleanth Brooks)、马尔科姆·考利(Malcom Cowley)、多利安·福勒(Doreen Fowler)、闵柔斯·格温(Mintrose Gwin)、艾文·豪(Irwin Howe)、约翰·韦斯利·亨特(John Wesley Hunt)、约翰·欧文(John Irwin)、迈克尔·米尔盖特(Michael Milligate)、乔治·马里奥·奥唐奈(George Marion O'Donnel)、戴安娜·罗伯茨(Dianne Roberts)、劳伦斯·史华兹(Lawrence Schwartz)、埃里克·桑德奎斯特(Eric Sundquist)、特蕾莎·唐纳(Theresa Towner)、罗伯特·潘·沃伦(Robert Penn Warren)和迈克尔·温莱特(Michael Wainwright)等。这些研究大体上就福克纳小说中的阶级元素以及作家阶级身份对小说创作之影响着墨不多,也未深究福克纳作为旧贵族后裔对南方社会现代变革的立场和态度。大部分研究并非从阶级视角展开,因而研究者不太可能深谈这类问题,往往是寥寥数语一带而过。部分研究虽然注意到了这些问题,但无意展开深入讨论。例如布鲁克斯的《威廉·福克纳的约克纳帕塔法乡村》(1963)有一章谈论小说中的自耕农、佃农和穷白人,但将他们都视为个人而

① 朱振武.福克纳的创作流变及其在中国的接受和影响[M].北京:人民文学出版社,2016:64.

非某一阶级的成员；左翼评论家艾文·豪在《威廉·福克纳批评研究》开篇即以“构成福克纳世界基本社会单元的是家族而非阶级”之论匆匆收笔，不愿多做讨论①。生态视角和后结构主义视角下的后殖民、性别、种族和文化政治研究往往将阶级当作次要因素，涉及阶级问题时也只做简要讨论，如温莱特的《达尔文与福克纳：进化论与南方小说》(2001)、阿布莱拉的《他者的南方：福克纳、殖民性和马利特奎传统》(2007)、史华兹的《建构福克纳的名声：文学批评的政治》(1988)和阿特金森的《福克纳与大萧条：审美、意识形态和文化政治》(2006)等都大体如此。

总体而言，阶级视角的福克纳研究起步较晚，研究专著数量很少，在很大程度上印证了美国南方文学评论家弗雷德·霍布森(Fred Hobson)的观点：“在当代文学研究的三个要素(种族、阶级、性别)中，阶级最受忽视……美国南方文学的研究尤其如此。”②

早期福克纳研究对其小说中的阶级元素只有零星评论，散见于论文或著作章节。奥唐奈的论文《福克纳的神话》(1939)最先注意到福克纳小说中旧贵族与穷白人的对立。文中揭示了“福克纳神话中沙多里斯世界与斯诺普斯世界的对立”，即“按照传统行事的人”和“没有土地的穷白人马贩子”以及各自家人之间的对立。奥唐奈还注意到南方社会历史变迁带来的阶级利益调整以及这种变化对旧贵族的心理冲击，认为小说表明内战和第一次世界大战“削弱了沙多里斯的力量，为斯诺普斯们提供了机会”③。尽管文章没有从这种阶级对立引申到历史根源或作家意识形态分析，而是以“人道主义与自然主义的二元对立”之论结束讨论，但为后来的学者关注阶级问题提供了启发。沃伦的文章《威廉·福克纳》(1946)延续了奥唐奈的基本见解，但认为斯诺普斯家并非纯正的穷白人，而是“没有土地的白人家庭后裔所产生出来的新的剥削阶级”④。应该说，沃伦的界定是比较准确的，既看到了斯诺普斯与穷白人斩不断的联系，也指出了他们与普通穷白人的差别。悉德尼·芬克尔斯坦(Sidney Finnkelstein)

---

① HOWE I. William Faulkner：a critical study [M]. 3rd edition. Chicago：The University of Chicago Press，1975：83.

② 霍布森.序[M]//李杨.南方文艺复兴：一个文学运动的阶级视角.北京：商务印书馆，2011：1－4.

③ O'DONNELL G M. Faulkner's Mythology[J]. The Kenyon Review，1939，1(3)：285－299.

④ 沃伦.威廉·福克纳[C].俞石文，译//李文俊.福克纳评论集.北京：中国社会科学出版社，1980：51－70.

分析福克纳小说中的阶级对立和阶级人物形象，并给予福克纳相当负面的评价，认为其写作的指导思想是"荒唐无理性的泉源，乃是一种以神话式的国家为根据的有毒的国家主义"①。该文虽然结论略显极端，但将小说中阶级内容与作家意识形态结合起来，扩大了阶级研究的视野。

麦拉·杰赫伦(Myra Jehlen)的《福克纳南方世界的阶级和人物》(1976)是阶级视角研究的首部专著。它从马克思主义的社会历史观出发，将小说中约克纳帕塔法县视为对南方社会总体(totality)的虚构，对小说中各色人物与其所处社会历史条件的关系展开详细分析和评论，其结论是福克纳小说人物有明显的阶级烙印和类型化色彩："阶级，更确切地说是种植园主与'红脖梗'两个阶级之间的区别，是福克纳小说南方世界社会结构的潜在组织原则。"②杰赫伦此书全面分析了福克纳小说中种植园主、穷白人、黑人等不同阶级典型人物的行为举止和道德境界形象，而且从小说情节和艺术形式两方面开展研究，拓展了阶级视角研究的领域，关注此前学者未曾留意的小说艺术形式与意识形态之间的关系问题，并得出富有洞见的阐释。此外，它还在一定程度上透过小说人物分析揭示作家的阶级意识形态，发现"福克纳批判的是种植园生活的方式而非其本质"③，确认福克纳小说有"美国经典作品中几乎独一无二的阶级意识"④。该书为阶级视角研究奠定重要起点，但其对小说人物所做的分析有比较明显的时代烙印，且具有类型化色彩。书中没有讨论小说中的阶级矛盾、社会阶级结构变化以及造成变化的社会历史根源，也未深究小说人物形象塑造与作家阶级意识形态之间的联系。

杜安·卡尔(Duane Carr)的《阶级问题：南方小说中的"红脖梗"形象》分析了福克纳小说中的"红脖梗"(即穷白人)形象及其折射的作家阶级意识形态。卡尔在考察小说中穷白人形象后发现，福克纳延续了此前南方文学蔑视和嘲弄穷白人的传统。

---

① 芬克尔斯坦.人性化和异化之间的冲突[C].张禹九，译//李文俊.福克纳评论集.北京：中国社会科学出版社，1980：17－129.

② JEHLEN M. Class and character in Faulkner's south[M]. New York：Columbia University Press，1976：9.

③ JEHLEN M. Class and character in Faulkner's south[M]. New York：Columbia University Press，1976：68.

④ JEHLEN M. Class and character in Faulkner's south[M]. New York：Columbia University Press，1976：14.

他发现，在福克纳小说中，大多数穷白人显得丑陋、粗鲁、愚昧、懒惰、道德低下，他们经常有可笑的举动，有些人还阴险狡诈，没有公德心，缺乏责任感。福克纳虽然对固守下层社会地位的穷白人怀有一定同情，但对于试图跨越阶级边界的穷白人投以疑虑和警惕的目光，对改变南方经济和政治权力版图的斯诺普斯们心怀怨恨。卡尔认为，福克纳之所以对穷白人持总体否定的态度，在于后者不符合种植园主阶级所崇尚的正直、优雅、荣誉等价值观，"不受约束的穷白人"一旦得势可能会破坏社会现状，这让福克纳内心深处感到恐惧①。相比杰赫伦，卡尔对福克纳小说穷白人形象的分析更为深入、详细和具体，并将小说人物形象塑造与作家意识形态联系起来考察，但他同样没有详细讨论小说人物与其所处社会历史条件的关系，因而也未对小说描写的阶级对立和社会变迁状况展开深入研究，尚留有空白。

理查德·戈登(Richard Godden)的研究则综合马克思主义理论和心理学分析方法，从行为和语言的细微之处捕捉福克纳小说人物的集体心理状态，并探索造成该心理状态的社会历史原因。他的《劳工小说：威廉·福克纳与南方的悠久革命》将目光投向南方社会重要的、却较少当作阶级研究的群体——黑人，分析其作为劳工的地位在内战后百余年间的变迁。通过对小说《押沙龙，押沙龙!》的分析，戈登发现，20 世纪 30 年代的南方农业革命瓦解了传统黑白劳工关系和南方文化中"相互依靠的黑白大家庭"观念，它所造成的集体心理阴影构成了《押沙龙，押沙龙!》创作的深层背景，小说反复讲述萨德本的故事是一种"原初创伤场景"的强迫式再现，象征着黑人被迫进入白人的生产体系，而白人有产阶级依赖黑人奴隶才建立自己的统治地位。戈登认为，这一艺术象征叙述了"一个无法言说的秘密：白人是黑人造就的，白人才是'南方大家庭'中真正依靠他人的人"②。他的另一部专著《威廉·福克纳：复杂词汇构成的经济》对福克纳在 20 世纪 40 至 50 年代创作的小说《小村》、《去吧，摩西》和《寓言》(*A Fable*)进行了解读，考察这些小说反映的南方从前现代社会生产体制向

① CARR D. A question of class: the redneck stereotype in southern fictions[M]. Bowling Green: Bowling Green State University Popular Press, 1996: 38.

② GODDEN R. Fictions of labor: William Faulkner and the south's long revolution[M]. New York: Cambridge University Press, 1997: 5.

后期现代生产体制的急剧转化，分析这种转化对白人地主阶级所造成的心理冲击[①]。在戈登看来，《小村》折射南方土地兼并的心理后果，《去吧，摩西》反映大批黑人往北方迁移造成的心理创伤，在《寓言》中这种心理冲击已逐渐被吸收、消失。这两部论著通过文本细读的方式、从人物心理层面来考察南方社会变迁以及黑人和白人地主阶级的经济地位变化，视角新颖、论据翔实，但文风比较晦涩繁复，所做研究近似于史实考察，未深入讨论作家对南方社会变迁和阶级结构变化的态度和观点。此外，作者在一定程度上将白人种植园主/地主等同于南方白人全体，某些结论近似于种族研究，对南方社会变革关键问题——白人内部阶级利益格局调整则基本没有触及。

克文·拉里(Kevin Railey)是新生代福克纳研究学者中的佼佼者。他的专著《天生贵族品质：历史、意识形态和福克纳的产生》(1999)以南方社会阶级结构背景为基础，以文化唯物主义为指导，分析了福克纳小说中复杂的作家意识形态。拉里将其研究目标限定为两个问题：(1) 物质现实如何形塑和产生了福克纳的主体？(2) "福克纳"在历史和意识形态中如何存在？该书从旧南方及南方邦联历史、内战后南方社会思潮以及福克纳家庭背景等三方面出发考察福克纳"主体性"的生成，并分析《喧哗与骚动》《押沙龙，押沙龙！》及"斯诺普斯三部曲"系列小说等主要作品中体现的作家意识形态。他认为，福克纳小说中存在自由主义和家长主义等两股意识形态构成的冲突，作家本人倾向于家长主义，并且主张由具备"天生贵族品质"的上层阶级领导南方建构和谐社会。拉里此书将小说内容、作家立场态度和现实社会背景联系起来，以清晰的脉络对福克纳的意识形态立场及其社会历史根源展开探索，将阶级视角研究扩展到文本、作家和历史三重视域，不愧为一部力作。但拉里认为"福克纳关注的是南方统治阶级的内部冲突和上层社会的内部组织构成"[②]，因而在书中没有深入分析小

---

① 参见 GODDEN R. William Faulkner：an economy of complex words[M]. Woodstock：Princeton University Press，2007：2－10.

② RAILEY K. Natural aristocracy：history，ideology，and the production of William Faulkner[M]. Tuscaloosa：University of Alabama Press，1999：xi.

说描写的南方社会各阶级(尤其是旧贵族与穷白人之间)的对立冲突,没有梳理不同阶级在内战后数十年间的命运起伏、利益格局调整和相互关系演变,也未充分讨论作家对以上变迁的观点态度以及这种意识形态立场的社会历史根源。因此,拉里对作家关于南方共同体命运之思考的探讨还存在较大的空白领域,有待后来学者展开探索。

福克纳研究的重要学者约翰·马修斯(John T. Matthews)也将福克纳小说文本、作家和历史结合起来加以研究。他的专著《威廉·福克纳：南方视角的透视》详细解析了福克纳小说的两大主题——以种植园主后裔为代表的旧贵族的衰落以及部分穷白人向新兴资产阶级的转化和崛起。该书透过小说人物命运沉浮及阶级地位变迁梳理南方社会的现代化进程,解读小说叙事中蕴含的作家意识形态。在梳理作家创作生涯及小说作品中诸多文字基础上,该书挑战了学界传统观点,认为福克纳并不排斥现代性带来的新机会。马修斯认为,福克纳在叹息旧贵族衰落时,也暗示该阶级的道德缺陷导致其必然衰落,但福克纳对资本主义催生冷酷无情的新兴资产阶级则怀有疑虑和表示批判[①]。马修斯此书分析了小说中各阶级在社会变革中的不同心理体验和行为反应,但它以"南方"即欠发达地区的现代化转型为主要切入点,侧重讨论作家对现代性的态度和观点,没有深入剖析作家对南方阶级利益格局调整的态度,也没有进一步探讨作家对南方社会未来走向的意识形态立场。

此外,近十余年来,福克纳研究年会、福克纳研究期刊和美国文学研究期刊如《福克纳学刊》《密西西比季刊》《南方文学评论》《美国文学》《当代文学研究》等也发表了一批阶级视角研究的论文,对小说中的阶级问题或作家意识形态展开研究。主要有茱莉亚·莱达(Julia Leyda)的《解读白人下三滥：福克纳和莱苏尔作品中的阶级、种族和人员流动》[②]和《流动的沙：阶级流动的神话》[③]、克里斯托弗·德桑蒂斯

① 参见 MATTHEWS J T. William Faulkner：seeing through the south[M]. Malden：Wiley-Blackwell，2009：20－69.

② LEYDA J. Reading white trash：class，race and mobility in Faulkner and Le Sueurt[J]. Arizona Quarterly，2000，56(2)：37－64.

③ LEYDA J. Shifting Sands：The myth of class mobility[J]//MORELAND C. A Companion to William Faulkner. Malden：Blackwell Publishing，2007：165－179.

(Christopher C. De Santis)的《伪历史与社会批判：福克纳笔下的战后重建》①、兰斯·朗登(Lance Langdon)的《商品化的自由：论〈小村〉中的马》②、德博拉·麦卡布(Debra Maccomb)的《篱笆桩坑事件中的明克·斯诺普斯：对抗福克纳〈斯诺普斯三部曲〉中的资本暴力》③、威廉·迈克尔斯(William B. Michaels)的《〈押沙龙，押沙龙！〉：白人与白人间的差异》④、卡洛琳·迈尔斯(Caroline Miles)的《威廉·福克纳对资本主义的批判：解读作为阶级斗争小说的〈沃许〉和〈黄铜怪物〉》⑤、路易斯·帕尔默(Louis Palmer)的《资产阶级布鲁斯：福克纳和考德威尔早期作品中的阶级、白人性和南方哥特色彩》⑥、拉里的《〈坟墓里的旗帜〉与阶级物质文化》⑦、约翰·罗登(John Rodden)的《"忠实的掘墓人"：福克纳〈押沙龙，押沙龙！〉中"天真"的沃许·琼斯与隐形的"白人下三滥"》⑧、毛里·斯金菲尔(Mauri Skinfill)的《福克纳晚期小说的阶级重构：〈小村〉与资本的发现》⑨和《美国的内在实质：福克纳晚期小说中的消费文化与群体身份》⑩等。这些论文透过福克纳小说人物的个人遭遇讨论不同阶级的命运，剖析造成个人沉浮和群体兴衰的社会经济因素和历史规律。论者的基本判断是，内

① DE SANTIS C C. Pseudo-history versus social critique：Faulkner's reconstruction[J]. Southern Quarterly，2005，43(1)：9－27.

② LANGDON L. Commodifying freedom：horses in The Hamlet[J]. The Faulkner Journal，2012，24(2)：31－49.

③ MACCOMB D. Mink Snopes deals in post holes：countering the violence of capital in Faulkner's Snopes Trilogy[J]. Mississippi Quarterly，2008，61(3)：343－357.

④ MICAELS W B. Absalom，Absalom!：the difference between white men and white men[M]. HAMBLIN R W，ABADIES A. Faulkner in the Twenty-First Century. Jackson：University Press of Mississippi，2003：137－153.

⑤ MILES C. William Faulkner's critique of capitalism：reading 'Wash' and 'Centaur in Brass' as stories about class struggle[J]. Mississippi Quarterly，2008，61(3)：325－341.

⑥ PALMER L. Bourgeois blues：class，whiteness，and southern Gothic in early Faulkner and Cadwell[J]. The Faulkner Journal，2006，22(1&2)：120－139.

⑦ RAILEY K. Flags in the Dust and the material culture of class[M]//URGO J R，ABADIE A J. Faulkner and material culture. Jackson：University Press of Mississippi，2007：68－81.

⑧ RODDEN J. The faithful gravedigger：the role of "Innocent" Wash Jones and the invisible "white trash" in Faulkner's Absalom，Absalom! [J]. Southern Literary Journal，2010，13(1)：23－38.

⑨ SKINFILL M. Reconstructing class in Faulkner's late novels：The Hamlet and the discovery of capital[J]. Studies in American Fictions，2000，24(2)：151－70.

⑩ SKINFILL M. The American interior：identity and commercial culture in Faulkner's late novels[J]. The Faulkner Journal，2005，21(1&2)：133－144.

战后的南方变革(尤其是现代变革)带来旧贵族、穷白人和黑人之间的阶级秩序变化，小说人物对此的认知、焦虑、反抗或顺应给他们的命运造成不同影响。部分论文还分析了福克纳小说折射的作家意识形态，其中不乏独到之论。如莱达的《流动的沙》在分析小说《我弥留之际》后认为，穷白人本德伦一家的阶级身份是根据他人的判断建构的，小说对本德伦一家的负面描写旨在坐实美国社会的“阶级流动”神话，即人人都可以凭自我奋斗向上层流动，穷白人处于社会底层是因为他们欠缺成功必需的素质(如勤劳)；帕尔默的《资产阶级布鲁斯》认为，小说《圣殿》(*Sanctuary*)描述上层社会女性误入他者阶级(穷白人)领域所造成的可怕后果，由此强调保持阶级界限的重要性；斯金菲尔的《美国的内在实质》认为，福克纳以“华尔街恐慌”和“蒙哥马利”等经济术语或公司名称为斯诺普斯家族成员命名，是有意显示资本、消费与新兴资产阶级的密切联系。总体而言，这些文章深入、具体、有针对性，结论富有说服力，但失之于零散，没有系统探讨福克纳小说描述的社会变迁和阶级关系调整以及作家对此的思考。

国内对福克纳作品的译介和研究始于 1934 年。在该年，《现代》杂志第五卷第一期发表了赵家璧翻译的文章《近代美国小说之趋势》，文章中有一节提及“福尔克奈的美国小说”。同年，《现代》杂志第六期刊登了赵家璧撰写的包含福克纳评论内容的文章《美国小说之成长》以及凌昌言的文章《福尔克奈——一个新作风的尝试者》。《译文》杂志 1958 年 4 月号发表了福克纳的两篇短篇小说，并加上编辑李文俊的一段按语，这是建国后国内首篇介绍文字。改革开放以后，国内翻译出版了福克纳的 10 部长篇小说并选译了 2 部短篇小说集，相关研究也走向快速发展。这一时期福克纳研究的主力是李文俊和陶洁两位前辈学者。李文俊编选出版了《福克纳评论集》(1980)，陶洁主编了论文集《福克纳的魅力》(1992)，两人还各自发表了一系列很有影响的文章。90 年代中期以后，福克纳研究步入兴盛期，这时期主要成果有李文俊的《福克纳评传》(1999)，肖明翰的《大家族的没落：福克纳与巴金比较研究》(1994)、《威廉·福克纳研究》(1997)和《威廉·福克纳：骚动的灵魂》(1999)，刘建华的《文本与他者：福克纳解读》(2002)，以及陶洁的《福克纳研究》(2013)等。进入新世纪以后，一大批青年学者撰写或出版了内容翔实、论证有据的研究专著或博士论文，从南方背景、创作艺术、宗教、生态、后现代、种族、性别、比较文学等视角展开研究。单篇论文成果也十分丰富，仅 2000 年以后发表的期刊论文就达 890 余篇。陶洁教授（2012）对新中国 60 年的福克纳研究成果做了细致考察和分析，认为今后应该更关注福克纳的后期作品和现实主义创作手法。①

尽管国内福克纳研究总体成果丰富，阶级视角的福克纳研究成果却寥寥无几，迄今尚无研究专著，发表的论文也不多。早期的零星评论来自学者们在 20 世纪 50 至 60 年代特定时代背景下基于阶级分析观点的简单评述。李文俊在《译文》杂志发表福克纳短篇小说时，在按语中将福克纳认定为资产阶级中有一定进步思想的作家："福克纳小说大多是描写南方破落的贵族，但同时他以同情的态度描写那些受到战争摧残的人们。"②1962 年，当时的中国社会科学院哲学社会科学部资料研究室编缉了一本内部参考资料《美国文学近况》，其中将福克纳归类为"资产阶级作家"，批评其政治立场的同时又肯定他"最近有某些进步表现"③。袁可嘉 1964 年发表的文章《英美"意识流"小说述评》提及了福克纳，批判其作品和其他意识流小说"只表现没落阶级的扭曲心理和低级趣味的梦魇、性、疯狂与无意识"④。

70 年代末以后，文学的阶级分析受人冷落，学者们对福克纳小说中的阶级元素虽有认识，但没有展开研究。例如，孔耕蕻指出福克纳的"全部同情都在注定要灭亡的那个阶级方面"⑤；李文俊概括说"南方社会的变动，各阶级阶层人物的升降起落，各种人物的命运与精神面貌"都在福克纳小说中得到体现⑥；陶洁指出福克纳小说"反映

---

① 关于福克纳在中国的译介与研究情况，本书参考了耿纪永教授的论文《知音少，弦断有谁听——早期福克纳研究及其在中国》和陶洁教授的论文《新中国六十年福克纳研究之考察与分析》。特此表示感谢。（耿纪永.知音少，弦断有谁听——早期福克纳研究及其在中国[J].同济大学学报（社会科学版），2005(2)：77－82；陶洁.新中国六十年福克纳研究之考察与分析[J].浙江大学学报（人文社会科学版），2012(1)：148－156.）

② 李文俊.《喧哗与骚动》译余断想[J].读书，1985(3)：99－107.

③ 转引自陶洁.新中国六十年福克纳研究之考察与分析[J].浙江大学学报（人文社会科学版），2012(1)：148－156.

④ 转引自陶洁.新中国六十年福克纳研究之考察与分析[J].浙江大学学报（人文社会科学版），2012(1)：148－156.

⑤ 孔耕蕻.法国贵族衰亡的挽歌与美国南方望族毁灭的恋歌——福克纳与巴尔扎克艺术世界鸟瞰[J].安徽大学学报（哲学社会科学版），1989(1)：63－68.

⑥ 李文俊.威廉·福克纳[M]//吴富恒，王誉公.美国作家论.济南：山东教育出版社，1999：622－651.

南北战争前后南方社会阶级结构和各阶层人物精神面貌的变化”[①]。但这些学者都是点到为止，未就这个话题发表更进一步的评论。

相比之下，肖明翰教授的探讨前进了一步。他在《威廉·福克纳：骚动的灵魂》(1999)中注意到福克纳小说中的阶级意识形态，并展开了一定的讨论。该书以福克纳小说中的“斯诺普斯主义”为切入点，分析小说对穷白人斯诺普斯家族的叙述，审视作品对人物外表、行为和心理状态的描写，解读作品的叙事话语以及作家赋予这个家族成员的姓名等元素，发现作家对斯诺普斯们的“向上爬”行为溢于言表的厌恶之情，并剖析这种情感的意识形态本质和社会根源。肖明翰认为，斯诺普斯家族象征着南方正在发生的令旧贵族感到恐惧的深刻变革，福克纳将他们描写成贪婪、冷酷的典型反映出他对这一阶级的态度。遗憾的是，这部分的篇幅只占该书中很小的比例，所做批评也是宏观概述，对于小说书写的穷白人如何改变南方社会阶级格局、如何腐蚀南方传统价值观并无详细分析和讨论，对作家意识形态的社会历史根源的解释也较为简略，未再作深入阐述。

在新世纪，对这一领域进行探索的主要学者是李杨教授。他的《美国“南方文艺复兴”：一个文学运动的阶级视角》是国内首部以阶级视角研究美国南方文学的专著。福克纳作为“南方文艺复兴”的头号代表作家成为其中的重点讨论对象。该书梳理福克纳的家庭背景和创作历程，探讨福克纳小说的思想主题、情节设计和人物塑造，分析小说的叙事方式和语言修辞，发掘小说的“历史”“传统”“道德”等关键命题中潜藏的意识形态立场，并考察这种意识形态立场与作家阶级身份的关系，解释福克纳作品折射的超个人的心理体验。在此基础上，李杨教授指出，福克纳作为出身南方中上层阶级的作家，其思想意识和价值观念都受到阶级背景的深刻濡染，阶级倾向在有意无意间总出现在其作品中，影响作品的主题思想设计、人物形象塑造和故事情节构思，并促使作家形成自己独特的风格和标识[②]。全书的结论令人信服且富有启发性，

---

① 陶洁.灯下西窗[M].北京：北京大学出版社，2004：172.

② 李杨.美国“南方文艺复兴”：一个文学运动的阶级视角[M].北京：商务印书馆，2011：21－28.

但限于篇幅未就作家对南方社会现代变革的观点和态度展开进一步的探讨，而且由于福克纳只是“南方文艺复兴”作家群体的一员，对他的相关讨论内容分布在各章节内，略显零散。

李杨教授还对福克纳小说与当代南方文学作品进行比较，从而更清晰地揭示阶级身份和阶级意识对于福克纳小说创作的重要影响。其专著《美国南方文学在后现代时期的嬗变》和论文《美国南方文学嬗变之阶级阐释》指出，福克纳小说体现出对旧南方传统的怀念，这从根本上说是“对种植园主阶级的美好时光的留恋”，它与许多穷白人家庭出身的当代南方作家在观点和态度上大异其趣①②；他的论文《论阶级性在美国南方文学中的体现》进一步考察作家意识形态与其家庭和阶级背景的联系。论文指出，以福克纳为代表的“南方文艺复兴”作家虽然洞察、揭露旧南方的黑暗，但相当程度上仍沿袭旧南方上层社会的意识形态，这种明显的阶级倾向体现在以上层家族兴衰为焦点的叙事视角以及不同阶级人物在道德形象上的强烈反差③。他和刘羽涵合著的论文《论〈小镇〉里“穷白人”斯诺普斯形象的模式化》则梳理了福克纳小说中“穷白人”形象模式化的社会根源和文学成因。论文认为，斯诺普斯被描写成恶棍，既是作家个人情感向背的表达，也是受旧贵族长期把持的南方文学传统影响的结果，它一方面反映了旧贵族对穷白人的排斥、蔑视和憎恶，另一方面也折射了该阶级对穷白人颠覆南方社会既有经济和政治版图的恐惧④。

此外，部分学者的后现代主义视角研究也对福克纳小说中的阶级问题作了一定的探讨。刘建华的《文本与他者：福克纳解读》有一章讨论福克纳对穷白人的文本反思，认为小说《押沙龙，押沙龙！》对“穷白人低贱”的观点表达了一定的批评⑤。这些论著展示了福克纳小说所包含的阶级元素的含义，但“阶级”总体上处于次要、辅助的位置。

---

① 李杨.美国南方文学后现代时期的嬗变[M].济南：山东大学出版社，2006：108.

② 李杨.美国南方文学嬗变之阶级阐释[J].解放军外国语学院学报，2006(4)：82－85.

③ 李杨.论阶级性在美国南方文学中的体现[J].外语教学，2008(5)：69－72.

④ 李杨，刘羽涵.论《小镇》里“穷白人”斯诺普斯形象的模式化[J].西安外国语大学学报，2012(4)：110－112.

⑤ 刘建华.文本与他者：福克纳解读[M].北京：北京大学出版社，2002.

综上所述，国内外现有研究成果解读福克纳小说的人物形象，考察小说人物个人遭遇折射的群体命运，揭示其中反映的南方社会现代变革进程，分析作家对各式人物和南方社会变迁的立场、观点和态度，捕捉其中蕴含的阶级主题、阶级元素和作家意识形态，并从南方文化和社会环境着手，对这种意识形态的文化基因和社会历史根源做了不同程度的分析和评价。部分研究专著如拉里的《天生贵族品质：历史、意识形态和福克纳的产生》和李杨的《美国"南方文艺复兴"：一个文学运动的阶级视角》还相当深入且富有见地。它们为更全面地理解福克纳小说提供重要启示，开辟和拓展了阶级视角福克纳研究的领域和视野，为下一步的阶级视角福克纳研究打下了坚实的基础。同时，可以发现，现有研究成果总体上数量偏少，有些研究深入、详尽，但难免使研究的话题范围受到一定限制，有些研究则受总体目标和著作篇幅所限，未能专门针对福克纳小说中阶级主题和元素展开完全充分的探讨，对于"作家作为旧贵族后裔对南方社会现代变革的根本看法"这一基本问题还没有专门、系统、展开的研究。可见，瞄准福克纳作为旧贵族后裔对南方社会现代变革的思考这一基本问题，将文本、作家意识形态(阶级)和社会历史三重视域结合起来展开全面、系统、深入的分析，将是推进阶级视角福克纳研究的一个重要方向，也将为福克纳研究取得新的重要成果。本书即是这个方面的一次尝试。

第二节　阶级视角与"政治无意识"阐释

本书借鉴当代美国著名新马克思主义文艺理论家弗雷德里克·詹姆逊(Fredric Jameson)的"政治无意识"理论(the theory of Political Unconscious)对福克纳小说进行阶级视角阐释。做出这一选择的理由如下：

首先，"政治无意识"理论作为一种文艺批评理论，明确提出以阶级作为文学分析的视角，能将文本、阶级和历史整合起来进行分析，这与本书研究问题的关键要素"小说""旧贵族"和"现代变革"十分契合，对于本书的研究路径即从作家所属社会集团的集体生活经历以及美国南方社会变革语境考察福克纳小说也具有相当的指导性。

其次,"政治无意识"理论有效回应了后结构主义历史观的冲击,巩固了马克思主义历史化阐释的理论基础,较为合理地阐述了叙事、文本与社会历史的关系,为本书将文学作品置于历史情境中进行分析提供了较为适当的阐释框架。历史化阐释是马克思主义文艺批评的基本途径。早期马克思主义评论家主张通过"客体分析",即考察作品内容历史渊源或创作历史背景来进行批评阐释。随着 20 世纪 70 年代后结构主义思潮的兴起,这种批评模式的理论基础——"客观存在的历史"受到重大冲击。法国思想家米歇尔·福柯认为,所谓历史其实是历史叙事(historiography),人们接触到的"历史"只是以文本形式存在的"关于历史的叙述"。美国史学理论家海登·怀特认为,历史是根据特定的"深层结构"将一系列历史事实贯穿起来的叙事话语。面对这一困境,詹姆逊在批判后结构主义历史观的同时,也吸收了其中的合理成分,承认历史通过叙事(文本)才能为人们所认识:"作为缺场的原因,它(历史)只能以文本的形式接近我们,我们对历史的接触必然要通过它的事先文本化。"[①]他提出的"政治无意识"理论以马克思主义容纳拉康的精神分析理论,系统阐述了个别主体的历史想象、受意识形态遏制的深层历史、深层历史的叙事重现等概念,较为合理地解决了社会历史与文本叙事之间关系的问题。

最后,"政治无意识"理论提出了从文本结构回归历史总体、共时分析与历时分析交融的马克思主义文艺批评新模式,在分析方法上对于本书也有一定的启发性。"政治无意识"理论是詹姆逊借鉴和反思在他以前的马克思主义文艺理论基础上提出的文艺阐释理论。早期马克思主义文艺理论家从"经济基础决定上层建筑"这一论断出发,将"决定"理解为一种机械因果关系,认为文学的内容和形式都受特定社会历史时期的生产方式直接影响,并随生产方式变革而发生变化。这种机械因果律实际上取消了文学的独立地位和文学批评的存在价值。有鉴于此,匈牙利马克思主义理论家乔治·卢卡契(George Lukacs)提出"表现"论,认为经济基础或基础结构通过上层建

① JAMESON F. The political unconscious: narrative as socially symbolic act[M]. Ithaca: Cornell University Press, 1981: 42.

筑的元素或事例表现出来，这种表现不是机械复制，而是经过抽象以“典型环境下的典型人物”的方式体现出来。“表现因果律”学说有其合理性，但常让人误解为文学与经济基础之间有“同构”(homology)特质，因而使人误以为文学批评也必须以“生产方式”或“阶级斗争”为主叙事或主符码对文学文本进行改写。这种误解所得出的阐释和结论往往容易趋同。法国哲学家路易·阿尔都塞(Louis Althusser)发现了“表现因果律”的缺陷，提出“结构因果律”。他认为生产方式不是决定文化、意识形态、政治等事物的基础建筑(infrastructure)，相反，它本身就是确定经济、政治、文化等部分相互关系的一种结构(structure)。生产方式作为结构是无形的，各个部分的差异决定其在结构中的位置，相互间具有“半自治性”。在这个结构中，各部分都属于共时的体系，历史不存在于结构中，只是作为“不在场的原因”发挥作用。阿尔都塞的“结构因果律”和半自治性观点在一定程度上弥补了前两种观点的疏漏之处，却没能说明如何将文学文本与总体结构(生产方式)联结起来进行历史化阐释。为此，詹姆逊在“政治无意识”理论中提出用一套符码和术语来“分析表达两种相当不同的客体或‘文本’，或者说现实的两个非常不同的结构层面”，即“符码转换”(transcoding)的办法，在术语操作上则将马克思主义的基本概念“矛盾”与结构主义文论的基本理念“二元对立”联结起来，通过“二元对立”/“矛盾”的符码转换，将作品批评从文本结构分析导向社会历史阐释①。

“政治无意识”理论以马克思和恩格斯的经典论断为基础，汲取卢卡契和阿尔都塞等西方马克思主义学者关于“总体性”和“意识形态”的论述，吸收弗洛伊德和拉康等精神分析学家关于“无意识”和“主体”的学说，并融合结构主义分析方法，为文学批评提供了新的理论视角和方法框架。它将文学文本当成一种“征候”，让批评家通过文本阅读揭示文学“征候”之下涌动的政治欲望和被压抑的历史真实，从而全面把握历史、意识形态与文学作品之间的关系。这对于本书的研究具有相当的指导性。但

① JAMESON F. The political unconscious: narrative as socially symbolic act[M]. Ithaca: Cornell University Press, 1981: 40, 73.

需要指出的是,"政治无意识"理论作为阐释体系"具有某种无与伦比的复杂性"①,故本书无法亦步亦趋地遵照詹姆逊的具体论断进行分析。此处所称"借鉴"是指依照该理论的关键概念("作为社会象征性行为的叙事""意识形态遏制策略""政治无意识""政治欲望"),并以它的三重视域政治阐释框架为方法论,对福克纳小说文本进行解读和阐释。为此,下文将对这些关键词及政治阐释框架之内涵作一个简单梳理。

历史是"政治无意识"理论的一个核心问题。在该理论中,对文学生产形成决定性影响的并非经济基础,而是社会生活的总体(totality)。对马克思主义者而言,这个"总体"就是历史,"人类群体在历史中存在,社会历史的界限就是思想的界限"②,"历史本身构成了我们一般性的理解和特殊的文本阐释的终极基础和不可逾越的界限"③。然而,历史并非直接可观、可感的存在,它只能以文本形式走向我们,"我们对历史和现实本身的接触必然要通过它的事先文本化,即它在政治无意识中的叙事化"④。在叙事过程中,叙述者必然受到"个体与其实际生存状况的想象关系之表征"即意识形态的影响。通过表征上述想象关系,意识形态帮助人们认识世界、理解世界,同时也掩盖人们与世界的关系。而且,作为集体意识的表达,意识形态总是受社会历史条件界限的约束,即如马克思在《路易·波拿巴的雾月十八日》中所言"一个阶级的思想不能越出其生活所越不出的界限"⑤。这种封闭性和局限性使意识形态成为一种"遏制策略"(strategy of containment),它限制或封闭通往历史真实的思想路径,令作为社会生活总体的历史真实无法充分地呈现在人们的面前,迫使后者成为被遏制、被掩埋的"未被说出的历史"。在"未被说出的历史"中包含着被人类社会集体否

① 该评价见詹姆逊.政治无意识[M].王逢振,陈永国,译.北京:中国社会科学出版社,1999:封底.

② DOWLING W C. Jameson, Althusser, Marx: an introduction to the political unconscious[M]. Ithaca: Cornell University Press, 1984: 38.

③ JAMESON F. The political unconscious: narrative as socially symbolic act[M]. Ithaca: Cornell University Press, 1981: 100.

④ JAMESON F. The political unconscious: narrative as socially symbolic act[M]. Ithaca: Cornell University Press, 1981: 27.

⑤ 马克思.路易·波拿巴的雾月十八日[M]//马克思恩格斯全集:8卷.中共中央马恩列斯著作编译局,译.北京:人民出版社,1961:152.

认和压抑的深层历史矛盾。这种被压抑的矛盾有两大特质：一方面，它是被压抑和被掩埋的现实，类似于弗洛伊德和拉康理论中的无意识；另一方面，这种无意识并不局限于个体，它是集体的、社会的，因而必然是政治的。这样，被压抑的深层历史矛盾构成“政治无意识”的基本内涵。①

然而，正如精神分析理论中的“被压抑者”终将复现，被压抑的深层历史矛盾也必然改头换面地从无意识层面浮现到集体意识中，并催生出解决深层历史矛盾的集体政治欲望。因此，詹姆逊认为，意识形态具有否定/肯定双重意义。从否定意义上说，它是遏制历史真实的“虚假意识”；但从肯定意义上说，它反映集体对于美好世界的想象，所以“一切强有力的意识形态都是乌托邦的”②。因为意识形态与乌托邦构成辩证关系，作为意识形态遏制机制的叙事也成为集体欲望的宣泄出口。叙事无可避免地渗透着集体的乌托邦冲动，并在对乌托邦的叙述中对深层现实矛盾作出想象性解决。叙事构成一种社会象征性行为，它一方面解决了矛盾，作出了社会行为，另一方面这种“解决”又是想象的、象征性的，并没有实质上改变世界。由此，叙事机制“可以称为力比多的投资或作者欲望的满足，是一种象征性满足的形式”③。

文学作为叙事也是一种社会象征性行为。它一方面包含“未被说出的历史”的痕迹，另一方面又投射集体的政治欲望，并探索深层历史矛盾的解决之道，思考人

---

① 虽然詹姆逊在《政治无意识》一书中没有对“政治无意识”概念作出清晰的界定，但根据詹姆逊的有关表述，许多学者认为被压抑的深层历史矛盾是该词的基本内涵。所谓“深层矛盾”是指迄今人类历史上必然存在的剥削与压迫境况。这让压迫者和受压迫者都感到难以忍受（压迫者对于压迫导致的反抗和可能的暴力革命充满恐惧，而受压迫者则为短时间无力改变境况而感到痛苦），因而需要加以压抑。詹姆逊坚持马克思主义的观点，认为前述矛盾主要是生产力/生产关系之间的矛盾和阶级矛盾，他写道：“不管它们采取怎样的掩盖形式和象征形式，只能认为它们共有一个单一的基本主题——对马克思主义来说，这就是从必然王国争取自由王国的集体斗争。”（参见JAMESON F. The political unconscious：narrative as socially symbolic act[M]. Ithaca：Cornell University Press，1981：18－19；DOWLING W C. Jameson，Althusser，Marx：an introduction to the political unconscious[M]. Ithaca：Cornell University Press，1984：115，118；陈永国.文化的政治阐释学：后现代语境中的詹姆逊[M].北京：中国社会科学出版社，1999：155；荷默.弗雷德里克·詹姆森[M].孙斌，等，译.上海：上海人民出版社，2004：53；塞尔登，威尔森，布鲁克.当代文学理论导读.刘象愚，译.北京：北京大学出版社，2006：131.）

② JAMESON F. The political unconscious：narrative as socially symbolic act[M]. Ithaca：Cornell University Press，1981：289.

③ JAMESON F. The political unconscious：narrative as socially symbolic act[M]. Ithaca：Cornell University Press，1981：157.

类共同体的命运。所以,在一定程度上,可以认为,“一切文学都必定渗透着我们称之为的政治无意识(无论它多么微弱),一切文学都可以理解为对共同体命运的象征性沉思”①。

这样,叙事构成一个悖论,它既封闭历史真实和压抑深层历史矛盾,又不可避免地显现这些真实和矛盾。叙事文本必然留下历史真实的痕迹(tracing),折射无法被直接看见却始终“在那里”的深层历史矛盾的存在。对此,詹姆逊相信,历史化的政治阐释构成“一切阅读和一切阐释的绝对视域”,而“政治无意识”有助于对作为社会象征性行为的文化制品进行去伪:“正是通过追踪未受干扰的叙事的痕迹,通过在文本表面寻找被压抑、被埋没的这种根本历史现实,一种政治无意识理论才找到其功能和必要性。”②这种去伪需要进行双重揭示。首先,剥去文化制品的象征形式艺术面纱,揭示文本之下潜藏的意识形态既得利益和愿望满足的政治部分;其次,通过揭示文本自身也显然不清楚的意识形态帷幕,也就揭示了文本生产中的历史作用③。这样既避免后结构主义者将历史等同于文本的理论错误,也避免部分早期马克思主义批评家将历史看做文本的机械决定因素的观念错误。换言之,它通过研究文本征候,揭示文本赖以生成的意识形态基质以及更深层的社会历史原因,将文本阐释由某个“主符码”或“主叙事”改写推向更广阔的社会总体—历史真实探究。

在操作层面上,詹姆逊提出三重视域政治阐释框架。他写道:

> 对特定文本惰性的已知事物和素材的这种语义丰富和扩大一定发生在三个同心框架内,这些框架标志着文本社会基础的意义通过下列观念而得到拓宽:首先是政治历史观,即狭义的定期发生的事件和颇似年代顺序的系列事件;然后是社会观,在限制意义上指的是社会阶级之间构成的张力和斗争;最后是历史观,即在

① JAMESON F. The political unconscious: narrative as socially symbolic act[M]. Ithaca: Cornell University Press, 1981: 70.

② JAMESON F. The political unconscious: narrative as socially symbolic act[M]. Ithaca: Cornell University Press, 1981: 17-20.

③ 王逢振.政治无意识和文化阐释[J].马克思主义美学研究,2000(00): 341-354.

现在被认为是最宽泛意义上的一系列生产方式，以及各种不同的人类社会构造的接续和命运，从为我们所储存的史前生活到不管多么遥远的未来历史。①

三种观念构成三重不同层次的视域。在第一重视域，"文本"（它在一定程度上与某个"作品"相重合）是研究的客体。这一阐释方法与普通的文本分析法的差异在于个体文学作品被视为一种（社会）象征性行为。在第二重视域，文化客体的语义范畴扩展为包括社会秩序，也就是说所分析的客体不再被狭义地理解为个体的"文本"或作品，而是被重构为宏大的集体和阶级话语，而文本只不过是这些话语的个体表达。这重视域的研究客体是意识形态素（ideologeme），即社会阶级在本质上不相容的集体话语的最小可读单位。最后是以上要素在整个生产方式的复杂序列中的各自位置的视域，即人类历史的终极视域。在这重视域中，个别文本与其意识形态素都将经历最后一次改造，也就是被视为由不同符号系统的共存而传达给我们的象征性信息，这些符号系统本身就是生产方式的痕迹。②

① JAMESON F. The political unconscious：narrative as socially symbolic act[M]. Ithaca：Cornell University Press，1981：75.本段引文借鉴了王逢振和陈永国两位教授翻译的《政治无意识》中译本（詹姆逊.政治无意识[M].王逢振，陈永国，译.北京：中国社会科学出版社，1999：63－64），特此说明并表示感谢。

② 笔者发表在《江西社会科学》杂志 2018 年第 12 期的论文《詹姆逊"政治无意识"理论的支点：深层历史·叙事·符码转换》也曾尝试对"政治无意识"理论的逻辑脉络进行梳理。其中关于"政治无意识"理论在马克思主义文艺理论演进维度意义的论述得益于华东师范大学金衡山教授的指点，特此深表谢意！

在《政治无意识》一书中，詹姆逊比较完整地阐述了他的马克思主义文艺批评思想——在吸收后结构主义历史观合理成分基础上，以马克思主义容纳精神分析理论、结构主义文论等学说，从个别主体、社会历史与文学叙事三者间的关系入手，建构主体路线的"历史化阐释"路径。筑基于深层历史、叙事和符码转换等三个支点的"政治无意识"理论重新巩固了历史化阐释的理论基础，有效回应了后结构主义历史观的冲击，并提出了"从结构回归（历史）总体"的马克思主义文艺批评模式。在马克思主义文艺理论演进维度上，该理论以叙事作为"社会象征性行为"之论，为马克思主义文艺批评注入了新鲜血液。其一，它借鉴阿尔都塞结构马克思主义的生产方式概念，认为文学与生产力、生产关系等元素处于共时的生产方式宏观结构中，表明文学与社会现实并非机械对应，而只是有某种程度的联动关系，这样承认了文学的半自治性；其二，它从意识形态具有虚假意识和乌托邦两方面的辩证关系这一判断出发，提出"现实矛盾的想象解决"之论，表明文学叙事可以能动地反作用于现实，指出了文学与现实之间的辩证关系，打破了关于现实与文学之间逻辑顺序的固定看法；其三，它在马克思主义文学理论中引入"无意识"和"愿望满足"等精神分析学说概念，认为文学叙事是一种集体愿望的表达手段，因此在坚持社会历史总体性对于文学创作的决定作用的同时，也承认作家在文学创作中的主观能动作用，以及主观能动作用表现方式的多样性。以上观念有助于文艺批评跳出庸俗马克思主义文艺批评的窠臼。在阐释方法上，该理论提出三重视域阐释框架，将文学作品放置在历时（政治历史观）、共时（社会观）和共时中的历时成分（历史观）三个视域进行阐释，将马克思主义的阶级分析方法和历史分析方法有机地融为一体，确实将马克思主义的阐释理论推至前所未有的理论高度。其理念和方法之精妙，值得借鉴。（转下页）

基于以上理解，本书将福克纳小说视为同时存在且重合的三个实体，即文学叙事、阶级话语的个体表达和“未被说出的历史”的文本痕迹。与之相应，对福克纳小说的阐释将被置于与这三个实体范畴相关的文本、阶级和社会历史语境中展开。不过，这并非表示阐释分三个阶段进行，它们在时间上并无先后之分。在具体方法上，本书将对小说展开文本细读，梳理其情节构思、主题思想和人物刻画中蕴含的作家对南方社会历史（过去、当下和未来）的观点和态度，结合现有福克纳研究文献的学术成果，探讨作家意识形态立场，剖析其下潜藏的集体政治欲望，并从社会历史的视域对作家意识形态立场的成因作出阐释。本书在研究中接受马克思和恩格斯关于意识形态经典论断的指导，在讨论具体问题时还借鉴米哈伊·巴赫金（Mikhail Baktin）的某些论述，并受到阿尔都塞、特里·伊格尔顿（Terry Eagleton）和安东尼奥·葛兰西（Antonio Gramsci）等新马克思主义理论家之思想的启发。

第三节 研究对象和研究内容

本书从阶级视角对福克纳小说展开研究，需要选择既包含阶级主题又典型地反映作家思想的小说作为文本客体，因此将研究对象选定为沙多里斯系列小说《坟墓里的旗帜》（1929/1974）、《未被征服的人》（1938），斯诺普斯系列小说《小村》（1940）、《小

（接上页）不过，“政治无意识”理论也有其不足之处。首先，詹姆逊并未对“政治无意识”概念作出明确而清晰的界定；其次，该理论政治阐释框架的第三重视域旨在考察“形式意识形态”，即“共存的、作为生产方式痕迹或征兆的不同符号系统向我们传递出的象征性信息”，但论者并未清晰说明生产方式如何被投射为形式信息。以上模糊点仍是文学批评实践者有待解决的问题。

对此，本书的理解是：一、“政治无意识”是深层的社会历史矛盾，其中蕴育着集体政治欲望，这种政治欲望往往也是深层的、不易觉察的；二、“形式意识形态”中的所谓“形式”，并非一般意义上的文学技巧或结构特征，而是二元对立或二律背反，它与马克思主义学说中的基本概念“矛盾”相对应。文学作品表现的张力和矛盾，可以理解为社会历史矛盾在某种程度上的投影或折射。分析“形式意识形态”，就是透过文学作品中的悖论来窥探现实社会的矛盾和困境。运用“政治无意识”的文学批评不是探求“作家（个体）的政治无意识”，而是梳理作家意识形态，挖掘其下潜藏的集体政治欲望，并从社会历史的视域来理解这种政治欲望的成因。基于这种理解，本书对“政治无意识”理论的借鉴，是对该理论阐释框架作为方法论的借鉴，而非对其全部理论概念的机械搬用。

镇》(1957)、《大宅》(1959)，以及后期成长小说《坟墓的闯入者》(1948)、《掠夺者》(1962)。以上小说的创作时间大体贯穿福克纳小说创作生涯的早、中、后期，一定程度上反映了其不同阶段作品的主题思想。更为重要的是，它们在相当程度上代表了福克纳对美国南方社会变迁的重要关注点，反映他对南方社会现代变革的根本看法，选择这些作品便于本书发掘福克纳作为旧贵族后裔对南方共同体命运之沉思。

福克纳研究的开拓者奥唐奈曾指出，“沙多里斯世界和斯诺普斯世界的对立”构成了福克纳小说的主题[①]。这两个世界典型地代表着南方旧贵族、穷白人和从穷白人中崛起的新兴资产阶级，生动地展现福克纳对南方社会现代变革的观察和判断。书写这两个世界的沙多里斯系列小说和斯诺普斯系列小说构成福克纳文学创作的两股主线。1926 年开始创作“约克纳帕塔法世系”的时候，福克纳计划同时创作两部小说，一部是《坟墓里的旗帜》，另一部名为《亚伯拉罕父亲》(*Father Abraham*)。《坟墓里的旗帜》经删改后以《沙多里斯》为书名在 1929 年出版，并成为作家构筑约克纳帕塔法世系的起点。在该书中，福克纳设定了其南方故事的一大基本主题，即祖辈的“丰功伟绩”给旧贵族后裔施加精神重负，让这一阶级在新南方无可挽回地衰落，由此而来的社会变迁给他们带来复杂的心理体验。福克纳稍后出版的两部小说《喧哗与骚动》(1929)和《押沙龙，押沙龙！》(1936)都是对该主题的进一步深入探索。尽管两者在艺术技巧上大大超出《沙多里斯》及其姊妹篇《未被征服的人》，它们在社会探索深度上也有较大提高，但它们的主题思想并未跳出两部小说的基本框架。《亚伯拉罕父亲》则在写出一万五千词后停笔，但其中的人物和故事持续出现在其他约克纳帕塔法故事中，书稿的情节素材被陆续用于《烧马厩》等短篇小说和“斯诺普斯三部曲”的创作[②]。这些小说描写穷白人的经济贫困和反抗，以及部分成员在社会变迁中向上爬的故事，描绘了南方下层社会的全景画卷，相比另一部描写穷白人的小说《我弥留之际》(1930)更有代表性。沙多里斯和斯诺普斯两大系列小说生动展现了阶级差异和对

---

① O'DONNELL G M. Faulkner's Mythology[J]. The Kenyon Review, 1939, 1(3): 285 - 299.

② 福克纳《大宅》序言中称“他对斯诺普斯系列思考了 34 年”，即以 1926 年的《亚伯拉罕父亲》为起点。从中可见一脉相承的关系。

立，这种对立不仅是人物性格和价值观上的张力结构，也反映白人中上阶层与穷白人的利益矛盾，同时还代表农业主义传统社会与工商资本主义现代社会的对立。两个群体的兴衰沉浮轨迹折射了南方阶级利益格局的剧烈调整，两个世界的此消彼长折射生产方式的变革。就此而言，沙多里斯系列小说和斯诺普斯系列小说为本书从阶级立场和社会历史现实层面进行分析提供了适宜的材料。

在其后期创作的成长小说《坟墓的闯入者》和《掠夺者》中，福克纳不再以揭示问题的角度观察南方社会现代变迁，而是从解决问题的角度思考南方社会的未来命运。他试图以旧贵族后裔青年道德成长故事来解决社会问题，为南方带来更光明的未来。在这两部小说中，阶级矛盾和生产方式的印记逐渐隐退，小说主题趋向接受生产方式变革的现实以及集体矛盾的解决与缓和，这是前述两个世界对立的演变新阶段。可以认为，它们构成福克纳文学创作第三股主线。

由此观之，以前述三类小说为研究对象，可以较全面地覆盖本书关于福克纳作为旧贵族后裔"对共同体命运的沉思"的讨论，有助于更深入地探讨福克纳小说的阶级元素和社会历史因素。

需要说明的是，本书的研究对象未包括主要描写黑人群体的小说如《八月之光》(*Light in August*，1932)、《押沙龙，押沙龙！》(1936)和《去吧，摩西》(1942)，尽管这些艺术巨著是福克纳作品的重要组成部分。虽然有人认为黑人构成了除上层白人和穷白人之外的第三个美国南方阶级[①]，但在福克纳小说所描绘的历史时期内(从黑奴解放到战后种族隔离)，黑人的地位变迁还属于被动的变化(正如福克纳所说"他们在苦熬")。他们不像穷白人以及从穷白人中分化的新兴资产阶级那样对南方社会利益格局和生产方式造成重大冲击。因此，从阶级视角对这些小说展开分析的意义不是很充分。此外，尽管福克纳小说深入探索黑人的命运，但这种探索通常从黑人作为种族而非阶级的角度展开思考。有鉴于此，本书没有将这些侧重讨论黑人问题的小说作品纳为研究对象。不过，本书对前述两大阶级的探讨在一定程度涉及各自与黑人群

---

① PERCY W A. Lanterns on the levee: recollections of a planter's son[M]. Baton Rogue: Louisiana State University Press, 1973: 19.

体关系。本书第四章“重建旧贵族领导权的‘乌托邦’想象”也从阶级视角对福克纳小说展现的黑白矛盾进行了专门剖析。

本书将从两个方面(具体为四个问题)探讨福克纳小说对南方命运的沉思，即美国南方社会历史、白人中上阶层倾向与小说的社会变革叙事之间的关系，以及福克纳小说从南方的过去、当下和未来等三个维度对南方共同体命运的具体思考。与此相应，本书将分为三个部分、六章。

第一部分是绪论部分。

第二部分是主体部分，包括四章。

第一章讨论南方社会历史、旧贵族的阶级意识与福克纳小说的关系。这是对福克纳小说进行政治阐释的前提和基础，也是后续三章的总论。南方的社会历史，尤其是它在新南方时期的现代变革，是促使福克纳思考南方社会命运的重要外在动因，也是福克纳小说主题和内容的重要构成因素。南方的历史文化传统以及福克纳的上层阶级生活经历既为他的小说创作提供了养分，也确定了他观察和思考南方问题的视域界限。旧贵族的意识形态立场在很大程度上决定了福克纳观察和思考的出发点，并无意识地投射在小说的主题思想、人物刻画和情节设计中。因此，本章将考察福克纳小说创作时期的南方社会意识形态、福克纳家庭背景及个人生活经历对福克纳的主体建构，梳理阶级意识与南方社会现代变革叙事的关联，剖析小说的叙事视角、人物刻画和语言修辞中潜藏的阶级意识形态形式征候。

第二章讨论福克纳对旧贵族群体衰落的历史反思。旧南方与内战的精神重负造成旧贵族家族衰落，这是福克纳小说的重大主题之一。福克纳深入描绘这种衰落给该阶级带来的复杂心理体验，同时持续地追问造成他们无可挽回地衰落的原因，并试图从“过去”以及“对待过去的态度”上找到答案。本章以描述世家大族没落的沙多里斯系列小说《坟墓里的旗帜》和《未被征服的人》为对象，解读沙多里斯家族数代人不断重复的死亡宿命的成因，从家族历史、家族成员对过去的认知和态度、内战的正负精神遗产等方面，揭示福克纳对旧贵族群体衰落的反思以及对他们重新认识南方历史启示的冀望。

第三章讨论福克纳对新南方社会变迁的现实焦虑。在小说创作中，福克纳发出对传统价值观和生活方式消逝的叹息，表达对南方社会走向的忧虑。透过他对精神失落和物欲膨胀的叹息，可以看到他对贵族社会所珍视的静止的神圣秩序受到冲击的焦虑、对自穷白人中崛起的新兴资产阶级改变南方社会利益格局和权力版图的敌视，以及对资本主义生活方式和资产阶级价值观的批判。本章将以描述“穷白人”崛起和覆灭的“斯诺普斯三部曲”为对象，解读斯诺普斯家族兴衰，剖析他们的崛起对南方小镇的经济政治权力版图的影响，发掘其对传统意识形态的冲击，进而揭示作家对南方传统经济和文化体系受到破坏的忧虑。

第四章讨论福克纳对重建旧贵族领导权的“乌托邦”想象。本章以福克纳创作生涯后期的两部成长小说《坟墓的闯入者》和《掠夺者》为对象，解读两名旧贵族少年承担领导责任、战胜现实困难和道德堕落的诱惑、获得内心道德成长和他人尊重的故事，分析作家在社会变革不可逆转的现实之际期盼上层人物以高贵品质解决社会问题的观点，揭示作家对旧贵族重新确立文化领导地位，建立仁爱互助、和谐有序的家长制社会的“乌托邦”想象。

第三部分是结论。本章在文本、阶级和社会历史语境分析的基础上，对福克纳小说表现出的思想悖论作简要阐释，梳理和总结福克纳在领导群体的品质、南方社会结构、南方既有社会问题、南方未来走向等问题上的意识形态立场，并对其作为“旧贵族”的作家意识形态进行阐释和评价。

第一章

历史、阶级和南方变革叙事

文学是对共同体命运的象征性沉思，它通过叙事折射被压抑的深层历史矛盾并投射集体的政治欲望。作家是这种沉思的主体，也是集体政治欲望投射的中介。个人主体及其意识形态是社会总体性中的存在，它的一个重要特征是“历史地形成，它是虚假景象的构成物或者实际上的建构物，而这种虚假景象显然也是某种形式的客观现实”①。因此，作家主体不是独立自在的存在，而是受具体情境制约的历史的产物，它不可避免地打上阶级的烙印。作家主体的生成受制于两个层面的社会历史因素：宏观上是作家所处的特定社会历史条件，包括经济基础和意识形态等上层建筑；微观上则是作家所属集团在社会等级结构中的相对位置，以及该集团相应的集体生活经历②。作家主体在社会历史条件和集体生活经历的界限内对社会历史总体性进行理解和想象，并根据其理解和想象对共同体的命运进行观察和思考。文学叙事展现作家理解范围内的深层社会历史矛盾，投射作家所属集体的政治欲望。文学叙事中不可避免地浸润着作家的阶级倾向，它们渗透于文本的内容和形式，操控着文学作品的主题思想设计、人物形象塑造和故事情节的构思。因此，围绕作家主体这一节点，社会历史、阶级和文学叙事紧密地交织联系在一起。社会历史制约着作家主体的生成，并赋予其思想意识一定的阶级倾向，这种倾向又影响作家对社会现实的叙事，同时在文学文本中留下意识形态的痕迹，显露阶级倾向的形式征候。

因此，在探讨福克纳小说折射的社会历史矛盾和其投射的集体政治欲望之前，首先需要梳理三个与它们密切关联的要素：决定作家阶级倾向的社会历史条件和集体生活经历、阶级倾向影响下的社会变革叙事以及阶级倾向在文学文本的形

---

① JAMESON F. The political unconscious：narrative as socially symbolic act[M]. Ithaca：Cornell University Press，1981：153.

② 论述人之思想意识的社会历史制约性时，詹姆逊引用了马克思在《路易·波拿巴的雾月十八日》中的如下论断：“使他们成为小资产阶级代表人物的是下面这样一种情况：他们的思想不能越出小资产者的生活所越不出的界限，因此他们在理论上得出的任务和作出的决定，也就是他们的物质利益和社会地位在实际生活上引导他们得出的任务和作出的决定。一般说来，一个阶级的政治代表和著作方面的代表人物同他们所代表的阶级间的关系，都是这样。”(JAMESON F. The political unconscious：narrative as socially symbolic act[M]. Ithaca：Cornell University Press，1981：52；中译文引自马克思.路易·波拿巴的雾月十八日[M]//马克思恩格斯全集：8卷.中共中央马恩列斯著作编译局，译.北京：人民出版社，1961：152.)

式表现。本章即以作家主体为节点，梳理福克纳作家主体的历史生成、社会变革的文学叙事和阶级倾向的形式征候，以便为后续章节的具体探讨作出初步铺垫和总体陈述。

第一节　作家主体的历史生成

社会集团成员的思想意识受制于他所生活于其中的社会历史总体性。福克纳也不例外。美国南方社会的政治经济变迁、社会阶级之间的利益矛盾，以及各种意识形态之间的张力，构成了福克纳置身其中的历史总体性。学者研究发现，虽然福克纳的文学创作生涯纵贯 20 世纪 20 年代到 60 年代初，但形塑其作家主体思想的，却主要是 19 世纪 70 年代到 20 世纪 30 年代(即俗称“新南方”时期)的南方上层社会历史环境，其中对他思想影响最大的是旧南方及内战的历史记忆以及旧南方主流意识形态[①]。米尔盖特指出：“福克纳……无疑受到南方历史向后拉的力量。”[②]

根据威廉·库珀(William Cooper)和汤姆·特里尔(Tom Terrill)编《美国南方史》的解释，旧南方在地理上指内战前保持奴隶制并在内战期间脱离联邦的 11 个州，在时间上指上承殖民时代下至 1861 年美国内战爆发的时期[③]。美国南方的原住民是印第安人。自 16 世纪末起，欧洲移民抵达南方，利用当地温润的气候和肥沃的土壤，逐渐建立起以烟草和棉花为主的农业经济体系。随着殖民地经济发展和贫富分化，少数早期移民积聚财富成为种植园主。此外，英国资产阶级革命中流亡的骑士贵族也凭借他们带来的大量财富在当地购地置产，加入种植园主的行列。这些种植园主虽然人数不多，但拥有巨额财富，掌控了当地的政治经济命脉。与此相反，许多来自欧洲的穷苦白人无力支付移民费用，被迫与种植园主签订代偿服务协议，成为强制的

① 参见 RAILEY K. Natural aristocracy: history, ideology, and the production of William Faulkner[M]. Tuscaloosa: University of Alabama Press, 1999: 6.

② MILGATE M. Faulkner's Place[M]. Athens: The University of Georgia Press, 1964: 5.

③ COPPER W J, TERILL T E. The American South: a history[M]. New York: Alfred A. Knopf, 1990: 207.

劳工(unfree labor)，沦为事实上的奴仆。到了18世纪，大批非洲黑人被强掳至南方并出售给种植园主，成为无偿劳动的奴隶①。经过两个多世纪的演变，旧南方社会大致形成黑人奴隶、穷白人和富足的种植园主等三大社会群体②，南方成为“一个阶级和种族界线分明的社会，种植园主精英主宰了其社会生活”③。④

为了替本阶级占据南方社会顶层地位辩护，巩固自身的政治统治和维护群体的根本经济利益，南方种植园主们制造了以身份差别为理论基础的“家长主义”(paternalism)意识形态，并利用自身的经济政治优势极力维持这种意识形态在南方社会的统治地位⑤。在这种意识形态中，种植园被描述为其乐融融的大家庭，其中种植园主是慈爱的家长，黑人是心智不成熟的儿童，与种植园体系有经济依赖关系的穷白人则是“半个家庭成员的关系”，推而广之，南方也是一个人人各司其职的和谐大家庭⑥。家长主义的核心观点有二：一是道德权威，二是精英责任。历史学家詹姆斯·奥克斯指出，这种意识形态“暗示一种稳定的有意识的精英主义等级制社会秩序，家长主义者认为人固然不平等，有些人是天生统治者，其他人则需要服从，众人接受各自在稳定的分层化社会秩序中的位置，并形成有机整体”⑦。“家长”的权威不是来自被统治者的契约同意，而取决于个人的道德和文化修养，他们作为社会精英有责任和义务为社会福祉贡献个人力量。因此，在家长主义意识形态中，道德修养和社会责任被抬高到极为重要的位置，“家长主义者自诩为道德模范，他们对待他人包括地位比

---

① COPPER W J, TERILL T E. The American South: a history[M]. New York: Alfred A. Knopf, 1990: 24 - 27.

② BROOKS C. William Faulkner: The Yoknapatawpha country[M]. Baton Rouge: Louisiana State University Press, 1963: 10.

③ KING R A. Southern renaissance: the cultural awakening of the American South, 1930 - 1955[M]. New York: Oxford University Press, 1980: 21.

④ 关于内战前美国南方社会的阶级构成，马克思发表于维也纳《新闻报》的文章“北美内战”曾作如下简要论述：“联邦南部真正的奴隶主的人数不超过30万人，是一个狭小的寡头统治，与之对立的是好几百万所谓‘白种贫民’(poor whites)，这些白种贫民的人数由于地产的集中而不断增长，而他们的处境也只有罗马帝国极度衰微时期的罗马平民才可比拟。”(马克思.北美内战[M]//马克思恩格斯全集：15卷.中共中央马恩列斯著作编译局，译.北京：人民出版社，1963：354.)

⑤ GENOVESE E. Roll, Jordan, roll: the world the slaves made[M]. New York: Pantheon, 1972: 86.

⑥ GENOVESE E. The world the slaveholder made[M]. New York: Vintage Books, 1971: 101.

⑦ OAKES J. The ruling class: a history of American slaveholders[M]. New York: W W. Norton & Company, 1981: xvii - xviii.

他们低的人时秉持着一种荣誉观,而且抱有强烈的社会责任感"①。

发生于1861年至1865年的美国内战以南方战败告终,南方奴隶制和种植园经济体系崩溃,"家长主义"的影响一度处于低潮。但在19世纪70至80年代,随着"赎回"(Redeem)运动在南方展开,"家长主义"重新得到大力宣扬,甚至被南方人美化为最完美的价值标准。"对他们而言,内战之前的南方道德观、价值观和信仰习俗代表了一个黄金时代,代表了人类的辉煌成就和生活的巅峰,是人类所失去的伊甸园。"②内战也被美化为捍卫这种独特的价值体系和生活方式的"失败的事业"③。

但是,在另一方面,"赎回"运动和新南方社会的发展也造就了商人、律师、银行家、工厂主和铁路业主等一批资本新贵。这些人尽管鼓吹"家长主义"以证明自己是管制南方社会的适合人选,但在政治经济发展路径上却认同自由资本主义意识形态④。以亨利·格拉迪(Henry Grady)为代表的南方精英更明确提出"新南方信条"(New South Creed),他们认为南方应该重视商业贸易、发展工业生产、丰富农产结构⑤。此后二三十年中,南方社会的工业化、现代化和城市化进程逐渐展开,"南方完全统一到北方自由资本主义的制度和意识形态当中去了"⑥。强调自由竞争、追求私利的自由主义与主张固有秩序和精英责任的"家长主义"构成内在矛盾,两者在新南方社会产生日渐激烈的碰撞⑦。不过,尽管这些新贵族与旧贵族存在利益竞争和某些意识形态分歧,双方仍共同构成了新南方的统治集团,在南方经济社会发展中攫取了

---

① OAKES J. The ruling class: a history of American slaveholders[M]. New York: W W. Norton & Company, 1981: xvii - xviii.

② VOLPE E L. A reader's guide to William Faulkner: the novels[M]. New York: Syracuse University Press, 2003: 68.

③ RUBIN L D. The American south: portrait of a culture[M]. Baton Rouge and London: Louisiana State University Press, 1980: 4.

④ 参见 RAILEY K. Natural aristocracy: history, ideology, and the production of William Faulkner[M]. Tuscaloosa: University of Alabama Press, 1999: 18.

⑤ 参见 COPPER W J. TERILL T E. The American South: a history[M]. New York: Alfred A. Knopf, 1990: 450.

⑥ 钱满素.美国自由主义的历史变迁[M].北京:生活·读书·新知三联书店,2006: 42.

⑦ 历史学家奥克斯指出,这些"新人"实质上强调机会平等、个人主义、社会流动以及社会内部的经济流动,认为个人应该在市场中追求利润,个人发展的责任应由自己承担,这与"家长主义"是相悖的(参见 OAKES J. The ruling class: a history of American slaveholders[M]. New York: W W. Norton & Company, 1981: xvi - xvii)。

最大的利益。处于社会中下层的群体如小农场主、佃农和劳工等则深感不满，在 90 年代发起了声势浩大的“平民主义”运动(Populist Movement)，提出了公正选举、平等保护黑人和白人劳工的合法权利等主张。“平民主义”运动不久就在南方退潮，但留下了持久的思想影响，并为主张社会改革的“进步主义”运动(Progressive Movement)所吸收①。南方的“进步主义”带有一定社会自由主义色彩，一方面强调机会平等、勤奋工作和个人成功，另一方面又主张“新民主”，即把大众民主选举的议员和政府当作公民的守护者，“拒绝再假手精英家长的智慧来管理社会”②。南方“进步主义”为人数众多的穷白人“红脖梗”上升为新南方资产阶级开辟了通道，在 20 世纪初逐渐成为新南方的主导意识形态，在思想上对旧贵族阶级秉持的“家长主义”造成了猛烈冲击。不过，“进步主义”政客不反对经济自由主义，同时为了选举宣扬种族歧视政策，让南方“进步主义”染上种族主义的色彩。

关于南方社会历史条件对其思想意识的影响途径，福克纳本人没有做太具体的陈述，而是将其描述为一个自然的过程：

> 我的生活，我的童年是在密西西比州的一个小镇上度过的，这就是我背景的一部分。我伴随它成长。我吸收了它，不知不觉地就接受了它。它就在那里了。这和我信还是不信它，信它多少，没有什么关系——它就在那里了。③

这是一种模糊的描述。事实上，在相同社会历史进程中，不同的社会集团(阶级)往往在利益分配和价值取向上有一定的差别。虽然个体对此未必有清晰的认识，但个体作为特定社会集团的成员，因为其所在集团的群体生活经历的缘故，往往会因此产生认知和态度的差异，并在某种程度上形成思想意识和价值取向的不同。梳理福

① 参见 HARVARD W C Jr. Southern politics：old and new style[M]// RUBIN，L. The American South：portrait of a culture. Baton Rouge：Louisiana State University Press，1980：53.

② RAILEY K. Natural aristocracy：history，ideology，and the production of William Faulkner[M]. Tuscaloosa：University of Alabama Press，1999：22.

③ GWYNN F L，BLOTNER J. Faulkner in the university：class conferences at the University of Virginia，1957－1958[M]. Charlottesville：University Press of Virginia，1959：86.

克纳的成长过程，可以发现，南方社会历史条件对福克纳思想的形塑，在很大程度上也是通过家庭兴衰和个人成长中的群体经历而发挥作用的。

福克纳出生于密西西比州拉法叶县(Lafayette County, Mississippi)的一个富有家庭。他的曾祖父当过种植园主和邦联军官，是密西西比州北部声名显赫的人物；其祖父是当地一家大律师行主任和银行行长，在本县颇有影响。到了福克纳父亲这一代，家道有些中落，但家境还算宽裕，福克纳仍得以度过一个比较体面的少年时代。总体而言，福克纳家族是种植园主后裔和商人的结合体，属于南方统治阶级范畴，他们在心理上也确认这一身份归属。福克纳研究学者兼传记作家达维德·敏特(David Minter)指出："福克纳家族认为自己是贵族。"①

英国文化批评家伊格尔顿认为，意识形态可能掺杂冲突的、甚至是矛盾的世界观②。家庭的教育和生活经历让福克纳认识到新南方时期混杂并存的生产方式，也接触到不同的意识形态。一方面，从曾祖父和祖父那里，福克纳继承到重视社区、注重道德、崇尚责任的家长主义传统理念。其曾祖父威廉·克拉克·福克纳(William Clark Falkner)在内战前是一名种植园主。内战爆发时，威廉·克拉克自疏家财组建步枪团并自任上校(即当地人所称"老上校")，后来返回家乡组织游击骑兵队袭扰小股联邦军队，为此其家宅曾被联邦军队付之一炬。内战结束后，"老上校"对社会变革采取实用态度，他修铁路，选议员，还为当地捐资办学，努力将当地的变革掌握在自己手里，"力图把土地贵族的生活准则带到工业社会"③。由于"老上校"的内战经历，以及他在建立家族地位上的丰功伟绩，他在福克纳心中的形象非常高大，甚至成为后者立志模仿和超越的人生目标。为了表示对他的敬意，福克纳特意将自己的名字改为"威廉"。不仅如此，他还以"老上校"为原型，创作了《坟墓里的旗帜》中纪念碑式的邦联英雄沙多里斯上校，以表达其敬佩之情。小说虽然批评了"老上校"的某些性格缺陷，但仍将他塑造成为"具有勇敢、顽强和高度的荣誉感等优秀品质的一个传奇人物"④。福

① 敏特.圣殿中的情网：威廉·福克纳传[M].赵杨，译.北京：生活·读书·新知三联书店，1991：12.
② 参见伊格尔顿.马克思主义与文学批评[M].文宝，译.北京：人民文学出版社，1986：10.
③ 霍夫曼.威廉·福克纳传[M].姚乃强，译.沈阳：春风文艺出版社，1994：6.
④ 肖明翰.威廉·福克纳：骚动的灵魂[M].成都：四川人民出版社，1999：120.

克纳的祖父约翰·韦斯利·汤普森·福克纳(John Wesley Thompson Falkner,即当地人所称"小上校")尽管也经营律师行和银行等工商行业,但有着浓厚的家长主义情结。他积极照顾家族旁系成员生活,热心社区公益,曾提携过密西西比州第四十任州长李·罗素(Lee M. Russell),并领导小镇进行道路、排水和电气设施现代化改造。小说《未被征服的人》和《献给爱米丽的一朵玫瑰花》(*A Rose for Emily*)中颇有宽容仁爱绅士之风的老白亚德·沙多里斯即是以他为原型。祖辈的无形熏陶和濡染,使家长主义的意识形态内化于福克纳的思想意识和人格品质,不仅让他养成"南部纵深地区老派绅士"的生活方式,还培育了他侧重从精神和道德层面看待社会、人生和世界的视角和思维方式。奥唐奈曾精辟概括道:"福克纳是传统的卫道士。"①美国学者拉里在研究福克纳生平和作品后认为:"如果家长主义没有流淌在福克纳的血液里,它显然也在他头脑的语言里,它当然深深地影响了他对自身和世界的看法。"②对于这种影响,福克纳也不讳言。曾有大学生询问他为何偏爱以家长式旧贵族的视角讲述南方故事,福克纳回答说自己就是旧贵族家庭环境影响的产物,并颇有些激动地辩解道:"作家运用自己了解的材料,采用自己趁手的工具,所以他使用那些反动的、托利党的、遵循传统生活方式的反正随便你怎么叫的老派人物的本能和欲望。"③

另一方面,由于家族长辈经商的背景,福克纳也接触到自由主义的部分理念,认识到其中某些成分的合理性,并以此反思南方过去和现实的社会问题。他曾向《福克纳袖珍读本》的编者考利夸耀自己是"南方的自由派"④,并对筑基于奴隶制之上的旧南方经济制度的缺陷展开过批判性审视⑤。然而,随着家族衰落,福克纳更多地体会到自由主义造成的困扰。在福克纳的青年岁月里,福克纳家族在资本主义浪潮的冲

① O'DONNELL G M. Faulkner's Mythology[J]. The Kenyon Review, 1939, 1(3): 285-299.

② RAILEY K. Natural aristocracy: history, ideology, and the production of William Faulkner[M]. Tuscaloosa: University of Alabama Press, 1999: 37.

③ GWYNN F L, BLOTNER J. Faulkner in the university: class conferences at the University of Virginia, 1957-1958[M]. Charlottesville: University Press of Virginia, 1959: 53.

④ MERIWETHER J, MILLGATE M. Lion in the garden: interviews with William Faulkner, 1926-1962[M]. Lincoln: University of Nebraska Press, 1968: 262.

⑤ 参见福克纳.福克纳随笔[M].梅里韦瑟,编.李文俊,译.上海:上海译文出版社,2008: 97.

击下日益走向衰落。先是家族铁路在经济危机中被迫低价出售。随后，祖父被银行董事弹劾，丢掉了行长宝座，他留下的白色大宅不久也被分割为公寓房向外出租。家族在政治上也连续遭受挫败。1903 年，祖父在与一个"红脖梗"竞争公职时失败。此后，家族成员出于利益考虑先后支持过詹姆斯·瓦达曼(James Vadarman)、西奥多·比尔博(Theodore G. Bilbo)、李·罗素等"进步主义"政客，但收获不大反而深感仰人鼻息的屈辱。总之，福克纳家族可谓旧贵族在新兴势力挤压下日益退出历史舞台的典型案例，正如敏特所言："福克纳的家族当时在密西西比州北部十分显赫，刚好足以见证和体会以阶级和家族为基础的旧南方社会的消失……以及伴随这种变化而来的新南方的兴起。可以肯定的是，福克纳为这种消逝和兴起而感到困扰。"①家族衰落让福克纳对自由主义的冷酷无情产生切身的感受。在自由主义影响下，资产阶级价值观在南方大行其道，人们倾向以职业、财富和社会体面(respectability)作为衡量身份的标志，个人道德和家庭声誉等传统价值标准不再是社会地位的保证。福克纳所在的奥克斯福镇自然也未能免俗。"贫穷、黑肤色、生意失败，所有这些意味着被排除在小镇的社会活动之外。结果，教堂和学校以及每日呼吸的空气中都弥漫着资产阶级的体面和这种体面带来的报偿。"②"南方文艺复兴"运动的另一位作家沃伦曾在一次访谈中指出，福克纳和他一样，在青少年时期对新南方社会怀着阴郁观点，对本人和家庭在社会竞争中落败充满焦虑。他说："未来充满了噪音，充满了竞争，充满了残酷的现实。可是你却不能把握住你想要的。那种焦虑感，那种对于世界即将分崩离析的确定感，是福克纳写作的主旨。那个世界中没有安全感，没有可以长久停留的地方，没有对明天不必担心的社会阶级。所有的银行最好都关闭，因为没有什么是可以得到保障的。"③作为反应，福克纳在思想和行为上更加倾向传统理念一方，因而他对自由主义的评价总体上偏向负面。当旧南方与新南方、自由主义与家长主义思想相矛盾时，他的心理天平偏向旧南方和家长主义，正如埃德蒙·沃尔普(Edmund

---

① MINTER D. Family, region and myth in Faulkner's fiction[M]//FOWLER, D, ABADIES, A J.Faulkner and the Southern Renaissance.Jackson: University Press of Mississippi, 1982: 187－188.

② 卡尔.福克纳传[M].陈永国，等，译.北京：商务印书馆，2007：82.

③ 转引自帕里尼.福克纳传[M].吴海云，译.北京：中信出版社，2007：18.

Volpe)所言，他“永远不会摆脱旧南方传说在其孩提时代所激发的情感”[①]。福克纳的小说也反映出这种倾向。马修斯指出，福克纳小说中找不到赞扬新南方的痕迹，“过去似乎比现代生活提供的任何东西都更英勇，更有力度，更有同情心。”[②]

个人成长经历则深刻形塑了福克纳的阶级意识。在密西西比，阶级影响着人们的语言举止、生活方式以及成功机会，自诩为贵族的福克纳家族主要与当地的上层社会家族交往[③]。在这种环境下成长的福克纳自然对有关旧贵族的传说、礼仪和思想观念抱有亲近感。跟随旧贵族男性参加骑马和打猎活动，阅读启蒙老师赠给他的邦联传奇小说，陪同祖母参加缅怀邦联英雄的聚会，都使福克纳不知不觉间吸收贵族意识，让他对旧贵族的生活方式充满遐思。《福克纳传》作者杰伊·帕里尼(Jay Parini)描述说：“像沙多里斯家族那样的种植园主过着一种体面的生活，他们的行为方式深深地吸引着福克纳。”[④]贵族意识甚至还决定了福克纳的择偶标准，据传记作家乔尔·威廉姆森(Joel Williamson)考证，福克纳迎娶埃斯苔拉也是因为这“满足了他的感觉，即自己在某种程度上属于贵族阶级的一员”[⑤]。

福克纳与穷白人“红脖梗”的恩怨纠葛则从反面强化了他的阶级意识。詹姆逊曾指出，“阶级意识总是围绕着对群体生存威胁的认知而组织起来”[⑥]。随着南方穷白人崛起，旧贵族的经济利益受到侵蚀，他们在南方的政治主导地位也不断被削弱。福克纳家族就属于利益受侵蚀者之列。福克纳的祖父被拉下银行行长宝座，始作俑者就是一个名叫乔·帕克斯的“红脖梗”。他的祖父和叔叔先后参加政治竞选，也是败于“红脖梗们的无耻勾当”。曾受福克纳家资助的穷白人李·罗素当政后对福克纳家还算照顾，但他禁止“兄弟会”等旧贵族组织的秘密社团活动，导致福克纳被迫从密西西

---

① VOLPE E L. A reader's guide to William Faulkner：the novels[M]. New York：Syracuse University Press，2003：68.

② MATTHEWS J T. William Faulkner：seeing through the south[M]. Malden：Wiley-Blackwell，2009：77.

③ 敏特.圣殿中的情网：威廉·福克纳传[M].赵杨，译.北京：生活·读书·新知三联书店，1991：12.

④ 帕里尼.福克纳传[M].吴海云，译.北京：中信出版社，2007：4－5.

⑤ WILLIAMSON J. Faulkner and southern history[M]. Oxford：Oxford University Press，1996：149.

⑥ JAMESON F. The political unconscious：narrative as socially symbolic act[M]. Ithaca：Cornell University Press，1981：290.

比大学辍学①。十年后，另一名"红脖梗"政客比尔博再度当政，迫使福克纳的父亲穆里·福克纳(Mauri Cuthbert Falkner)从密西西比大学离职，后者家中经济状况开始变得紧张，令不时接受父母接济的福克纳在很长一段时间内生活窘迫，甚至沦落到从事体力劳动的地步。他在创作《我弥留之际》时，便在当地一家发电厂上夜班，同几个黑人一起为发电锅炉铲煤。由崇尚"优雅、闲适"的绅士变为混迹于下人之中的苦力，这让他颇感几分苦涩的滋味。因此，对于竭力向上爬的"红脖梗"以及为他们向上爬提供机会的政客，福克纳有着发自内心的厌恶和反感。他曾和好友斯通合编滑稽剧，对那些往上爬的"泥腿子"极尽嘲讽之能事。他还对出席其祖父葬礼的"红脖梗"州长瓦达曼和比尔博给出十分负面的评价。他弟弟杰克·福克纳(Jack Falkner)回忆说：

> 比尔向我转过身来，低声提醒我注意队列里的第三个和第四个人。我认出他们是上校活着时根本不欣赏的两个人物，现在他躺在坟墓里应该也不怎么欣赏。我点点头，比尔接着说："上校还活着的时候，根本就不想跟他们说话。现在他去世了，他们就往他脸上扬土。"②

不难看出，社会历史条件、家族兴衰和个人成长经历共同生成福克纳的作家主体，形塑他的思想和阶级意识，在相当程度上影响他对南方社会现代变革的根本看法。当他对现代变革展开叙事时，社会历史条件和集体生活经历所积淀的思想和阶级意识在不知不觉间渗入他的笔端。霍华德·奥德姆(Howard Odum)在考察福克纳的文学创作动机时指出："福克纳生长的年代正是南方民间社会和地区社会文化的形成时期。他目睹了南方如何在国家、种族、传统的冲突中为生存而努力挣扎，这促使他考虑历史、分析当前社会的可怕混乱，并且展望群体的未来。"③

---

① 参见 BLOTNER J. William Faulkner：a biography[M]. London：Chatto & Windus，1974：334.

② 转引自 BLOTNER J. William Faulkner：a biography[M]. London：Chatto & Windus，1974：335.

③ ODUM H W. On southern literature and southern culture[M]//RUBIN L D. Southern renascence：the literature of modern south. Baltimore：The John Hopkins University，1953：100.

第二节 社会变革的文学叙事

作为社会象征性行为，叙事的功能之一是折射现实的社会历史。从他的第三部小说《沙多里斯》起，福克纳建构起庞大的“约克纳帕塔法世系”，透过虚构人物的命运起伏叙述现实社会的世事变迁，特别是南方社会从内战到第二次世界大战结束的近百年间所经历的社会变革，以及不同社会群体在这期间的兴衰起落。这一虚构的小说世界在相当程度上象征着南方社会，“两者是同一时空的不同知识模式和叙事模式”①。在这些文学叙事中，福克纳透过其作为旧贵族后裔的视角描写他眼中的南方社会变革，包括生产方式转变、阶级利益格局调整和意识形态兴替，同时揭示新旧政治经济力量及新旧意识形态之间的激烈矛盾，并通过叙事投射他对这些变革和矛盾的基本判断。

生产方式变革是带动美国南方社会整体变革的根本力量。从战后重建时期起，南方开始发展工商业和对外贸易，在烟草、棉花等传统产业之外形成新的经济部门。到了20世纪初，工厂已遍布南方，机械化、城市化进程不断加速，农业部门在当地经济中的地位逐渐下降，经济日益围绕着资本的逻辑而运行，旧经济秩序日趋崩溃，农业社会形成的生产方式和社会秩序受到冲击并发生松动。对于这一变革，福克纳有着敏锐的观察，并在小说中作出细致描述，通过劳工、土地、机器等景观和物件，书写人与人、人与生产资料以及人与生产工具之间关系的变化，展现生产方式变革给南方社会造成的后果。

南方生产方式变革的一个显著方面是劳动关系的变化。南方战败后，建立于奴隶制基础上的种植园经济体系崩溃。此后数十年间，南方的主要经济形式是带有封建性质的“分成租佃”农业(sharecropping)，但这种农业经济形式不断遭受以市场为法则的工商资本主义的挑战，在20世纪前30年间逐渐让出主导地位。随着南方经济

---

① JEHLEN M. Class and character in Faulkner's south[M]. New York: Columbia University Press, 1976: 15.

构成的改变,劳动者对雇主的依附程度有所下降,劳动者受到的人身控制有所松动,他们有机会从无偿的强迫劳动力,变为受控制的有偿劳动者,再变为有一定自由的雇佣劳动者。梳理"约克纳帕塔法世系"不同时代的故事,可以看到福克纳对这一变化的思考和判断。在《押沙龙,押沙龙!》中,种植园主萨德本强迫来自海地的黑奴帮其建立一个种植园王国,却在内战中遭受毁灭性的打击,他在战后试图恢复这一"王朝"的努力也以失败告终。《未被征服的人》中的沙多里斯家虽然"仁慈"地对待黑人,仍无法阻挡向往自由的黑人卢西的"背叛"。新南方"分成租佃"农业体制随着时间的推移也摇摇欲坠。在《去吧,摩西》中,黑人佃农路喀斯无视地主爱德蒙兹关于土地种植和作物销售的各种指令,还挑战后者的权威,拒绝对方让自己妻子莫莉当乳母的要求;《烧马厩》中的穷白人艾勃·斯诺普斯以激烈的暴力反抗地主"半年多对他身体和精神的控制",一把火烧掉了地主德斯潘家的马厩。到了现代变革的高峰时期,许多南方人开始离开艰难的租佃农业体系,去寻找新的谋生和发财之道。例如《我弥留之际》中的农民本德伦一家拼命地逃离土地,朝着拥有汽车、留声机和各式工业制品的城镇前进。在《八月之光》《圣殿》《坟墓的闯入者》等小说中,许多农民离开土地进入城市,成为锯木厂和轧花厂工人、加油员、卡车司机和五金店售货员等城市工人阶级。斯诺普斯家族也离开"不赚钱"的种地行当,在约克纳帕塔法县的商业、地产和服务业大展拳脚,最终占据当地经济的一席之地。对于传统劳动关系的解体,福克纳感到忧心忡忡。他认为劳工和下层阶级一旦自由流动,就会脱离上层精英的正确道德引导,最后成为金钱和私欲的奴隶。他担心这种变化会造成社会无序和动荡,让美好的东西被邪恶淹没,使南方由文明的花园变成杂草丛生的荒原。因此,在他的笔下,试图摆脱旧经济体制的黑人或穷白人都或多或少卷入了欺骗、暴力或其他违法犯罪。路喀斯酿造私酒,沉迷于在地里挖金子,倒卖了爱德蒙兹的骡子,事情败露后还要靠后者收拾残局;《八月之光》里的克里斯默斯经受不住金钱诱惑而贩卖私酒,最终还走上杀人犯罪的道路;斯诺普斯家族来到小镇后更是坑蒙拐骗者的典型。一些进入城镇的乡下人为了保持私利、防止经济竞争还煽动种族仇恨,甚至将无辜的人置于死地。在《坟墓的闯入者》中,福克纳更明确地写道:"南方每个小镇里都有这样的人,他们不是暴民的真正领导者，但他们总是暴民的核心。"[①]因此，在福克纳的眼中，传统劳动关系的解体释放出不受控制的破坏力量，它正在推着南方朝着灾难的方向行进，这让他有一种"身不由主的恐惧，生怕他热爱的一切会毁于本地农奴的无知与商人、外来地主的贪婪"[②]。

土地作为生产资料的地位也在发生变化。传统农业主义者认为，土地与劳动的结合不仅是物质生活的基本保证，还是道德品质的坚实基础，土地不仅与南方人的基本生活和家族繁衍联系在一起，甚至还与财富和社会地位密不可分。然而，到了20世纪初，在现代工商业的冲击下，农业在南方经济体系中逐渐处于弱势地位，土地与劳动的密切关系逐渐瓦解。土地不再是独一无二的生产资料，它成为资本控制的普通物质要素，其价值重点不再是作为农业生产资料的使用价值，而是跟其他物品无异的一般交换价值。福克纳捕捉到这种变化，在叙述穷白人向上爬的两部小说中将这一变化描绘得尤为突出。在《押沙龙，押沙龙！》中，矢志成为上等人的萨德本通过各种手段从印第安人手中获取大批土地，建立起自己的种植园，希望以土地的使用价值为基础创造财富，由此缔造自己的永恒的"王朝"。相反，"斯诺普斯三部曲"的主人公弗莱姆却注重土地的交换价值。他接收了荒芜的"老法国人庄园"，但通过"前人宝藏"的骗局诱使村民买下这片土地，在转手之间完成原始资本积累，并以此为跳板远离土地进入工商经济体系。两者取向的差异在很大程度上表明新旧南方主导阶级的经济路径上的重大不同。此外，福克纳还以伤感的笔调描写土地所有权的转移。在南方变革进程中，土地与农业生产体系分离，不可避免地脱离地主的掌控，转移到拥有金融资本的新贵们手中。《喧哗与骚动》中康普森家的大片土地被迫出卖给资本家，后者用这片土地盖起了供新贵们娱乐消费的高尔夫球场[③]。《小村》里法国人湾的老法国人曾经拥有的地域辽阔的良田"被分割成一块块没法用的田地"，先是抵押给杰弗生银行的董事们，然后卖给地主威尔·瓦纳用作高利贷和提前收押[④]。到了小说

---

① FAULKNER W. Intruder in the dust[M]. London：Vintage Books，1996：43.

② COWLEY M. William Faulkner's legend of the south[J]. The Sewanee Review，1945，53(3)：343－361.

③ FAULKNER W. The sound and the fury[M]. New York：Random House，1992：1.

④ FAULKNER W. Snopes (The Hamlet，The Town and The Mansion)[M]. New York：Modern Library，2012：2.

《大宅》描述的时代，杰弗生镇郊外的农田和牧场逐渐消失，取而代之的是建造在这些土地上的狭窄逼仄的公寓、商店、加油站和千篇一律的各种建筑[①]。在这些描述中，土地逐渐失去了其曾经富有生命力的丰饶气息，最终成为毫无生气的荒芜的死物。其中折射出福克纳对土地在新南方的遭遇充满悲伤的情感，认为工商资本主义带给南方的是死气沉沉的景象。

生产工具的变化也改变南方人的生存状态。在工商资本主义中，机器成为最主要的生产工具。机器在改造自然过程中切断了人与自然的有机联系，它在带来生产力发展和技术变革的同时，让人失去了与自然和谐相处的纯真状态，使他们异化成非人。对于代表工商资本主义的机器，福克纳大致持排斥的态度，将它们描述为异化、堕落的象征符号。它们不仅外形丑陋、品质低劣，还往往成为破坏、犯罪和逃避责任的工具，几乎不具有生产性或者建设性：呼啸的火车就像"嘶叫着的蛇"[②]。伐木机器把树木全部砍了头，留下"萧杀而荒凉的田野"，然后自己也被抛弃，就像"被掏空了内脏"，只剩"残肢断腿"[③]。汽车则是像赫伯特·海德和杰生·康普森这样道德败坏者的玩物[④]。机器轰鸣的现代世界与带着金色余晖的旧南方田园社会形成强烈对比，击碎了南方人恒定不变的秩序感，带给他们彷徨、迷惘和无奈感，给他们造成巨大的精神焦虑。在《坟墓里的旗帜》中，机器还给人造成巨大的创伤阴影和精神压迫，驱使旧贵族青年小白亚德不断与机器搏斗以证明自身的存在。这些叙述折射出作家对现代工商资本主义的负面判断，它们建构了一个隐喻，暗示"没有道义生命力的机械文明败坏了南方"[⑤]，工业不断吞噬自然的领域，切断农业社会的有机秩序，给个体的生存带来精神压力。

生产方式的变革催生新的上层建筑，导致不同社会群体之间的相对地位发生变化，引发社会政治秩序的调整。随着经济主导权的逐渐转移，新兴资产阶级开始重新

---

① FAULKNER W. Snopes (The Hamlet, The Town and The Mansion)[M]. New York: Modern Library, 2012: 1046.

② FAULKNER W. Go down, Moses[M]. New York: Vintage Books, 1991: 322.

③ FAULKNER W. Light in August[M]. London: Penguin Books, 1987: 2.

④ FAULKNER W. The sound and the fury[M]. New York: Random House, 1992: 137, 241.

⑤ COWLEY M. William Faulkner's legend of the south[J]. The Sewanee Review, 1945, 53(3): 343 - 361.

定义上层社会的构成特征，并向南方既有社会等级结构发起强势冲击，使南方社会的阶级格局发生急剧调整。在福克纳小说中，这一天翻地覆的变化体现在南方社会基本单位——家族上。伴随着家庭的兴衰，个人被卷入历史洪流中，面对不以自身意志为转移的变革作出自己的选择，并接受由此带来的命运。家族的兴衰起落和个人的遭遇反映出福克纳对南方阶级格局调整的总体观察和判断。

随着南方生产方式的转变，处于上升趋势的政治经济势力极力推行自身思维逻辑和价值规则，为自身占据政治经济主导权造势和辩护，令“上层社会”的定义发生着缓慢而持续的改变。这样的变化也反映在福克纳小说叙事之中。纵观小说的人物群像可以发现，新旧南方在“贵族”身份上有着对比鲜明的识别标识。在旧南方，家族血统、个人的道德修养及社会责任感被当作上流社会成员的标志。《未被征服的人》的沙多里斯家族在内战的混乱中设法照顾困难乡邻，在众人的认同中确立其上层社会的地位①；旧贵族后裔如白亚德·沙多里斯和斯蒂文斯在新南方时期依然秉持旧南方对上层阶级的定义——“贵人要有高贵的行为”(noblesse obligé)，他们克己守礼，自觉承担着社会责任，虽然经济上日渐窘迫，但仍努力维持优雅的生活方式和作为上等人的慷慨，是“贵族气质与社会责任结合的典范”②。相反，新南方社会把财富和职业当成衡量社会地位的重要因素。《小村》里的地主瓦纳没有教养和绅士风度，但凭借放高利贷积聚的经济实力仍成为占据当地社区绝对主导权的上层人物。《小镇》里的弗莱姆靠冷酷算计起家，令很多小镇人士感到厌恶，尽管如此，一旦他登上银行行长的宝座，却依旧被选为杰弗生镇的教会执事。这种描述暗示旧社会秩序是建立于道义基础之上的秩序，而现代南方的新规则侵蚀了这种秩序的基础，崇尚道义规则的人在新社会结构中找不到自己的位置，对他们而言新社会是无序的。对于“上层社会”评价规则的变化，福克纳感到难过，因此将杰弗生镇书写成正面临着外来者威胁的保守等级体系的象征。伊丽莎白·克尔(Elizabeth Kerr)总结道：“[小说书写的]20 世纪

① FAULKNER W. The unvanquished[M]. New York: Vintage Books, 1966: 177.

② KERR E M. Yoknapatawpha: Faulkner's "little postage stamp of native soil"[M]. New York: Fordham University Press, 1969: 119.

的杰弗生社会,代表着一个保守的、分层的阶级等级结构。这一结构有着守旧者的传统价值观的深刻烙印,对这些守旧者而言,当代没什么值得称道之处。"①小说折射的态度与福克纳的言论也相互印证。他曾言简意赅地描述过"体面"(respectability)一词在新旧南方的不同寓意,为它由道德标杆转变成财富标志而感到悲伤和遗憾,认为"在维多利亚时代,人们要变得体面,是为了挽救灵魂。现在,人们要变得体面,是为了发财"②。

"上层社会"评价标准的变化造成南方社会阶级格局的调整。这种阶级格局调整在福克纳小说中得到多维度的呈现,其中描述得最沉郁痛切而令人感同身受者,是旧贵族后裔对社会地位衰落的绝望反抗。部分旧贵族成员顺从资本主义的利益逻辑,同化为资产阶级成员,而另一部分旧贵族固守贵族理念和生活方式,在无法逆转的政治经济洪流的冲击下日渐凋零。小说中世家大族子孙的飘零命运,贵族淑女爱米丽与北方工头的爱恨纠葛,贵族绅士与中产阶级女子的乏味婚姻,都折射出旧贵族成员对资本主义或抗争、或顺从、或迎合利用的态度,以及他们分化重组的大致趋势。此外,随着穷白人跻身上层社会,旧贵族后裔不仅被迫接受与"下三滥"平起平坐的现实,他们的家族财富也处于这些"下三滥"的攻击和掠夺之中,变得朝不保夕。沙多里斯家的银行最终变成斯诺普斯家的银行,而康普森家建立于殖民时期的住宅最终也被斯诺普斯买下,并被分割成小房间充作乡下人的旅馆。此番消长和反差还带来黑暗沉沦的前景:旧贵族的后裔竭力维护旧日荣誉地位,沉迷于自己编织的梦幻中无法自拔,而"红脖梗"们则利用手中的金钱步步紧逼,猛烈地冲撞旧等级秩序的樊篱,践踏旧贵族阶级残存的地位、荣誉和骄傲。对此,作家表现出深深的忧虑,在笔端流露出沉郁凝重的主题基调。正如肖明翰教授指出的:"它们是福克纳心中难以容忍的堕落,对此的书写深刻地反映出他的思想意识对社会发展的基本态度。"③

---

① KERR E M. Yoknapatawpha: Faulkner's "little postage stamp of native soil"[M]. New York: Fordham University Press, 1969: 119.

② GWYNN F L, BLOTNER J. Faulkner in the university: class conferences at the University of Virginia, 1957-1958[M]. Charlottesville: University Press of Virginia, 1959: 32.

③ 肖明翰.威廉·福克纳:骚动的灵魂[M].成都:四川人民出版社,1999:320.

福克纳小说还反映阶级格局调整的另一方面，即下层阶级的向上流动。部分穷白人竭尽全力抓住机会扩展经济实力，成为新兴资产阶级并跻身于上层社会的行列，扩大了自身的政治和文化实力。其他下层社会群体的政治地位也得到一定提高。随着“民主”“选举”等政治形式的深化，血统和身份等因素与政治地位的稳固联系发生松动，南方政治开始由旧贵族眼中的“质量主导”走向“数字对决”，底层群体的人数优势对冲了旧贵族对公共事务的影响和控制。对于底层群体进入公共事务，福克纳抱有深切的疑虑，认为底层群体没有足够的判断力，一旦摆脱他们的应有位置就会像一群脱缰野马，将把社会折腾得秩序大乱，不仅会冲击富有道德感的上层社会群体，还会把处于更弱势的黑人群体推向危险的境地。小说《坟墓的闯入者》对穷白人公器私用的抨击，以及《圣殿》《八月之光》等小说对私刑暴力泛滥的描述，都从一个侧面反映出这一点。《圣殿》中检察官和法官草菅人命，小镇暴民的私刑之举，社区的冷漠无情，以及《八月之光》中格雷厄姆追杀克里斯默斯的举动，都反映出南方社会在道德低下的愚氓或自私自利的政客控制下的失序。在反思变化的原因时，福克纳除了将其归咎于南方的“进步主义”政客外，还暗示新南方社会的民主制度是最终根源。在他看来，民主不仅助长了“红脖梗”们的野心，还使选举沦为满足私欲的工具，让南方社会的政治格调大幅下降。这是一幅“黄钟毁弃，瓦釜雷鸣”的景象，这种变化不是进步，而是文明的倒退。正如马修斯所分析，福克纳认识到南方社会结构的变化无法避免，但又对其加以否定，视其为“一种社会秩序注定要被一种更差的秩序替代”①。可以说，福克纳小说的这种悲观基调充分反映出他对南方阶级格局变化的焦虑。

生产方式变化和阶级格局调整必然会反映到思想层面，引发意识形态上层建筑的变动。在旧南方，种植园贵族构成主流社会，该阶级所崇尚的价值取向构成南方社会道德观的基础②。随着现代变革的不断深入，南方人的思想面貌变得多元而复杂，

---

① MATTHEWS J T. Faulkner and proletarian literature[M]//KARTIGANER D M, ABADIES A J. Faulkner in Cultural Context. Jackson: University Press of Mississippi, 1997: 167.

② YOUNG S. Not in memorial, but in defense[M]//TWELVE SOUTHERNERS. I' ll take my stand. Baton Rouge: Louisiana State University Press, 1977: 337.

曾经看似不辩自明的道德观受到侵蚀和削弱。形成于农业社会、注重静止永恒的旧南方意识形态体系在社会变迁中日趋衰落,适应资本主义的、强调个体流动的意识形态体系逐渐扩大影响。新旧意识形态激烈交锋,让处于现代变革的南方人处于思想的困扰、迷惘甚至混乱之中。福克纳也关注到南方社会这一亘古未有的变局,对人们在社会转型中的言行举止加以道德棱镜的检视。在福克纳看来,这种变化无疑是一种堕落和倒退,所以他在小说中将南方意识形态兴替书写成礼崩乐坏、道德沦丧的景象,表现出对资本主义势力侵蚀和破坏南方传统价值观念的不满和批判。

在福克纳笔下,新兴资产阶级得势导致功利主义在南方大行其道,这种功利主义带来的不是个人奋斗,而是巧取豪夺、尔虞我诈。作家笔下的斯诺普斯等人物的卑劣品质典型地表达出作家的道德评价,他们的人生轨迹和命运结局委婉地表达作家对这种灾难性后果的政治评判。唯利是图的杰生·康普生只能苟且偷生地渡过漫长的岁月;奴役黑人的萨德本死于非命,整个庄园被付之一炬;冷酷算计的弗莱姆众叛亲离,等待他的是族人的复仇一击。相反,邦奇、契克、斯蒂文斯、黑人女佣迪尔西等富有人道主义品质的人物不仅得到作家的高度评价,大部分人还拥有了较为充实幸福的人生。通过这些道德寓意浓厚的故事,福克纳表达对传统道德观的赞同,对它们得到继续传承寄予殷切希望。正如南方历史学者理查德·金(Richard King)指出:“福克纳用精彩绝伦的小说替沙多里斯伦理观和社区精神辩护,并抵抗斯诺普斯主义贪婪的无政府状态……他成为现代人文主义的代言人、南方的吹鼓手,教育世人他们丢失了什么。”[①]事实上,这也与福克纳本人在访谈中表白的思想一脉相承。他曾反复指出,同情、怜悯、牺牲是社会稳定的压舱石,“人们应该践行这些品质,不是因为它们是美德,而是因为这是人们获得自身安宁以及同周邻和平共处的最佳方式”[②]。

新兴资产阶级得势也导致消费主义观念在南方蔓延。在福克纳小说中,这一变化突出体现为新老统治阶级的生活方式差异。旧贵族重视精神享受而非物质利益,

---

① KING R. A Southern renaissance: the cultural awakening of the American South, 1930 - 1955[M]. New York: Oxford University Press, 1980: 12.

② GWYNN F L, BLOTNER J. Faulkner in the university: class conferences at the University of Virginia, 1957 - 1958[M]. Charlottesville: University Press of Virginia, 1959: 134.

热衷于培养优雅气质和热情好客而非把握机会积累财富。他们安守传统消费观念，把消费作为满足基本需要和改善生活的手段，对于旨在炫耀身份和追求愉悦的现代消费观念抱着抵触情绪和反对态度。在《小镇》里，老派的镇长沙多里斯上校甚至宣布一项命令，禁止作为奢侈品的汽车在杰弗生镇行驶。然而，随着新兴资产阶级成为社会主流，老一代的观念束缚被逐渐推翻。德斯班当选镇长后，立即废止该禁令，还自己开设了小镇的第一家车行，当地银行也在巨大商机诱惑下为人们购车提供信贷支持。这些行为极大地激发了人们的消费欲望，催生消费需求。下层社会群体也潜移默化地受到上层社会消费方式影响。例如，弗莱姆当上小店伙计后，不久就抛弃了原先的装扮，换上了白衬衫和机制的黑色领结。法国人湾村民发疯似的抢购不能用于农业生产的"马"(实际上是弗莱姆贩来的野马)。对于南方消费主义时代，福克纳既意识到其无可避免性[①]，又从内心对其加以嘲讽和批评，暗示消费主义催化欲望、滋生享乐主义和自私人格，侵蚀节制欲望的传统生活理念，腐化南方人的自尊、荣誉、正直等价值观，使人成为受欲望奴役、失去道德和价值判断能力的单向度之人。许多自诩为主流社会的人物被这种感官欲望所控制后，几乎忘记了基本的礼义廉耻，甚至毫不顾忌社区的评价，如《圣殿》中整日周旋于男大学生中间的谭波尔，以及《小镇》中与人通奸的镇长德斯班。但是，追求消费满足的人往往不能获得真正的幸福，反而处境悲惨。谭波尔被男伴出卖，惨遭强奸；德斯班身败名裂被迫远走他乡；法国人湾村民买下的野马一哄而散，留下两手空空的村民们欲哭无泪。这些人物的结局揭示出作家对南方人追求消费主义的痛心疾首态度。在他们演绎的悲喜剧中隐藏着作家内心对消费主义的排斥和批评。

福克纳小说还关注意识形态兴替带来的另一个变化，即社会秩序观的变化。在

---

① 福克纳小说中许多坚持旧贵族理念的正面人物也不得不通过物质消费显示和维持阶级身份和社会地位。例如，《坟墓的闯入者》中的哈伯瑟姆小姐因为家道中落只能穿着廉价的印花布裙，却通过邮购在纽约定制价值数十美元的手套和鞋子。在《掠夺者》中，卢修斯的祖父"老板"为了"在难以解读的玄妙中"与沙多里斯上校"一争高下"，也选择了买汽车的办法。"斯诺普斯三部曲"中最坚守小农生活理想的小贩拉特利夫到了纽约也不能免俗，在一家俄罗斯人开的服饰店选了一根昂贵的领带来提高身份。(参见 FAULKNER W. Intruder in the dust[M]. London：Vintage Books，1996：77；FAULKNER W. The reivers：a reminiscence[M]. New York：Vintage International，1992：25；FAULKNER W. Snopes (The Hamlet，The Town and The Mansion)[M]. New York：Modern Library，2012：815.)

旧南方时代，种植园主等上层阶级将社会看做一个人人各司其职的有机整体，社会精英负责维持社会秩序并照顾弱者。在“新人”掌权的时代，流行的观念是人人机会平等并竭力追求自己利益，弱者应该对自己的失败负责，社会可以通过个人选举出公共机构维持社会秩序和照顾弱者，不必假手于“精英的仁慈和智慧”①。对此，福克纳颇不以为然。在他看来，如果失去了富有道德的上层精英的领导，整个南方社会将陷入不断堕落的恶性循环，沉入冷漠无情的深渊。他在叙述小镇诸多社会事件时，往往在不经意间展示新南方缺乏怜悯与同情的实质。《献给爱米丽的一朵玫瑰花》中的老处女爱米丽孤独终生，无力缴税，老镇长白亚德谎称爱米丽的父亲曾借款给镇政府，以此对其免税。新镇长则通过公函和上门催缴的方式要求缴税。“斯诺普斯三部曲”则揭示，在这种情况下，强者愈强，弱者恒弱，道德低下者反而容易实现逆向淘汰。法国人湾的地主瓦纳凭借手段成为当地的实际统治者，但对有暴力前科(烧马厩)的佃农斯诺普斯家心存恐惧，被迫让弗莱姆加入自己的商店，让他得以通过这个平台在日后扶摇直上。弗莱姆用贩来的野马骗走村民仅有的血汗钱，还导致村民被狂奔野马撞成重伤。当村民诉诸法律，负责判案的法官只是机械地照搬法律条款，致使逍遥法外的弗莱姆越发有恃无恐。弗莱姆的侄子克拉伦斯·斯诺普斯从无赖到参议员的政治发迹之路也说明“劣币驱逐良币”。

如上所述，通过讲述个人的命运故事，福克纳小说间接地叙述了南方社会现代变革的深层历史，展现被压抑的深层社会历史矛盾。在叙事中，作家无意识地流露对社会变革的沉郁体验和负面判断，表现出一定的阶级倾向。这种倾向不仅渗透在小说文本的内容里，也表现在小说文本的形式中。

第三节　贵族倾向的形式征候

文学叙事不仅是意义的传达，同时也是艺术生产，这种艺术生产具有意识形态的

① RAILEY K. Natural aristocracy：history，ideology，and the production of William Faulkner[M]. Tuscaloosa：University of Alabama Press，1999：24.

性质。詹姆逊指出，审美或叙事形式生产是一种自身独立的意识形态行为，内在的纯粹的形式结构应被阐释为社会在形式和审美结构内部的象征性表达①。因此，由特定社会历史情境生成的作家在展开叙事时，往往会在文本形式上留下意识形态的痕迹，显露阶级倾向的形式征候②。福克纳在叙述南方社会变迁时，也在文本形式上留下意识形态立场的痕迹，在小说作品的叙述技巧、人物形象塑造和语言修辞方面显露出明显的贵族倾向。这种倾向是福克纳小说的鲜明特点。

首先是叙事技巧选择上的倾向。福克纳小说在叙事视角的选择、叙事情节的组织和叙述声音的分配上，都流露出对上层阶级明显的整体偏好，折射出其深刻的贵族倾向。李杨教授指出，在福克纳的心目中，"要充分表现南方生活的画卷就必须从它的中坚——南方中上层阶级写起。所以，占据了他的'约克纳帕塔法'表演舞台中心的演员主要是沙多里斯、康普森、古瑞厄森、德斯潘、考德菲尔德这些当地曾经的贵族、奴隶主、邦联军队军官、商人"③。因此，在讲述约克纳帕塔法故事时，福克纳往往以旧贵族人物的命运为主轴，展现他们跌宕起伏的人生，书写那些在他们生活和感知视域中出现的人物和事件。这些人物的悲欢离合遭遇和辛酸苦辣感受被当成"前景"，而其他阶级人物的人生往往成为衬托他们的"背景"。在现实中，美国南方社会现代变革和其他社会的现代转型一样，都包含着"不同生产体制的上升和下降，也孕育着不同阶级群体的构成、比例和利益的调整"④。它是多重曲线叠加的宏观图景，其中杂糅着上层白人、穷白人和黑人等不同群体的命运遭遇。小说叙述的旧贵族人物生活只涵盖其中某个或某几个剖面和向度，并非客观、全面的南方社会现实，这种叙述依据旧贵族人物的焦点进行取景和裁剪，聚焦、放大部分社会事件，同时缩小、消隐另一部分社会事件，对南方社会变迁作出叙事再现。这样，其对事件情节所作叙述的

---

① JAMESON F. The political unconscious: narrative as socially symbolic act[M]. Ithaca: Cornell University Press, 1981: 77-79.

② 在詹姆逊的理论中，"形式"作为对社会矛盾的表达和折射，通常表现为各种二元对立或二律背反，类似于格雷马斯符号学矩阵中的对立项。本书所称"形式征候"，是就作家在若干二元对立中的整体选择偏好而言的。（参见 JAMESON F. The political unconscious: narrative as socially symbolic act[M]. Ithaca: Cornell University Press, 1981: 83, 166.）

③ 李杨.美国"南方文艺复兴"：一个文学运动的阶级视角[M].北京：商务印书馆，2011：169.

④ JAMESON F. The singular modernity[M]. London & New York: Verso, 2002: 78.

详略、潜隐和轻重必然渗透着旧贵族的价值判断，展露该社会群体的政治倾向。正如迈克尔·格林伍德(Michael Grimwood)所断言："福克纳小说的视点是受到威胁的、落魄的贵族的视点。"[①]考之于福克纳小说叙述的上层社会人物的个人境遇和家族兴衰，梳理笼罩其中的迷茫、苦闷、窒息的气氛，以及它们暗示的南方社会的衰落趋势和末日图景，不难看出弥漫于小说世界的价值判断和情感向背。

当然，福克纳小说也讲述社会底层人物的故事，在部分小说中底层人物还被当作主要的书写对象。但这些人物却很难像上层人物那样成为叙述的主体，无法用自己的声音来讲述事件的来龙去脉和个人的经历遭遇，更遑论展现他们对社会现实的判断和感受。他们在全知叙述者口中的形象经常与故事中其他人物的评价相混杂，有时显得扑朔迷离甚至前后矛盾。闯入上流社会的"红脖梗"则更少出现在全知叙述者的视野里，他们的形象往往是通过上层阶级人物的话语棱镜折射出来。例如，萨德本是《押沙龙，押沙龙！》中推动故事演进的核心人物，但其思想、举止和经历在小说中却没有得到任何直接叙述，他的面目在康普森父子和考德菲尔德等上层人物的反复叙述中不断变形。同样，"斯诺普斯三部曲"的主人公弗莱姆在小说中也很少出场。他的举止和经历散见于他人的故事和际遇之中，其欲望、情感、逻辑都只能在叙述者的想象、推理和演绎中建构出来。有学者认为，福克纳这么做是要"通过塑造其他人物、讲述其他人的故事来对照和反衬弗莱姆，从而解释这个人物形象的本质和意义"[②]。如果考虑到故事的主要讲述者都是小镇上层人物或他们的同情者，这种形式选择的动机就耐人寻味了。不可否认，这种形式选择确实有艺术探索的考虑，但其中不可避免地包含着作家的情感倾向和意识形态立场。正如杰赫伦所指出，福克纳小说的叙述方式与意识形态经常交织在一起。她以弗莱姆为例总结道："在形式上，白亚德·沙多里斯是一个立体的人物，而弗莱姆·斯诺普斯只是一个寓言上的零，这不仅是艺术上的选择，也是一种社会判断。"[③]

---

① GRIMWOOD M. Heart in conflict: Faulkner's struggle with vocation[M]. Athens: University of Georgia Press, 1987: 166.

② 肖明翰.威廉·福克纳：骚动的灵魂[M].成都：四川人民出版社，1999：337.

③ JEHLEN M. Class and character in Faulkner's south[M]. New York: Columbia University Press, 1976: 25.

在几部经典小说中，旧贵族人物还被赋予叙述者的特权。有了这种特权，他们得以占据中心位置，自诩为南方身份、文化和利益的代言者，将自己的思想和观点说成全体南方人的价值和意识。一个典型例子是“斯诺普斯三部曲”和《坟墓的闯入者》中的主要人物兼叙述者契克。作为小镇旧贵族的后裔，他天然地相信自己是小镇社区的代言者，并由此出发叙述约克纳帕塔法县的事件，作出“社区”的评判。在《小镇》中，他明言道：“我说‘我们’和‘我们认为’时，我的意思是杰弗生镇和杰弗生镇认为。”[①]在《坟墓的闯入者》中，他相信自己所思所想是“每一个十四岁的南方男孩”的思想。[②] 通过叙述，旧贵族人物得以建构其话语权，将他们所信奉的价值观宣扬为“普世的”价值体系，并据此对南方社会其他群体进行衡量和评价。奥唐奈在分析“约克纳帕塔法”故事后指出：“福克纳的大部分作品维持了一种等级制度，尽管他把斯诺普斯世界的人物描绘得和沙多里斯世界的人物一样清晰，但在他的优秀作品中，他总是从沙多里斯的观点来观察人物并确定他们相应的高度的”[③]。

与旧贵族通常占据叙述者位置的情况相反，其他阶级的人物往往被排除在叙述者所称的“我们／社区／南方人”之外，成为他者和客体。他们在中心人物的目光界限内外出现或潜隐，被压制和分割成支离破碎的印象，无法构成独立完整的自我存在。只有特定情况下，如接受既有秩序、泄露内心丑陋或反思自身邪恶时，他们才能发出自己的叙述声音（典型者如斯诺普斯家族成员和本德伦一家等）[④]。当他们中的某些人表现出与上层阶级不同的价值判断或者与之发生利益冲突时，则被叙述为南方的威胁、“侵略者的同盟者”和“终于败坏了南方的敌人”[⑤]。

在“约克纳帕塔法”故事中，福克纳还塑造了一个庞杂的人物体系。这些人物以

---

① FAULKNER W. Snopes (The Hamlet, The Town and The Mansion)[M]. New York: Modern Library, 2012: 679.

② FAULKNER W. Intruder in the dust[M]. London: Vintage Books, 1996: 191.

③ O'DONNELL G M. Faulkner's Mythology[J]. The Kenyon Review, 1939, 1(3): 285 - 299.

④ 杰赫伦在评论福克纳小说中“穷白人”人物时曾指出：“福克纳对穷白人的同情深切到可以描述他们的苦难，但没有深切到让他们为自己说话的地步。”(JEHLEN M. Class and character in Faulkner's south[M]. New York: Columbia University Press, 1976: 147.)

⑤ O'DONNELL G M. Faulkner's Mythology[J]. The Kenyon Review, 1939, 1(3): 285 - 299; COWLEY, M. William Faulkner's legend of the south[J]. The Sewanee Review, 1945, 53(3): 343 - 361.

阶级为界线，清晰地划分为道德境界明显高下有别的不同阵营。在福克纳笔下，沙多里斯、康普森、卡罗瑟斯等旧贵族有着优良的家族文化传统，奉行“古老的道德准则”，涌现出老白亚德和斯蒂文斯这样体贴待人、宽容慷慨的谦谦君子，为解救黑人不惧夜探坟墓的侠义青年契克，以及与勇斗穷白人恶棍的少年绅士卢修斯。他们尽管有这样或那样的缺点，但都用行动诠释了“荣誉、勇气、尊严、怜悯、同情、牺牲”等南方传统价值观，散发着无穷的人格魅力。相反，本德伦、拉波夫、奥蒂斯等穷白人大都野蛮粗鲁、庸俗可笑、自私自利。《坟墓的闯入者》中有一段描述形象地反映出作家眼中穷白人获得政治影响力后为所欲为的行径：

> 这是他们的道路因为这是他们纳的税投的票以及他们的亲戚和能对那些分配资金的议员施加压力的关系户投的票所修起来的……城镇也是他们的，因为只是由于他们容许和支持在这里建立他们的监狱和他们的政府大楼小镇才得以存在。如果他们认为合适的话还可以聚集在街道上把街道堵得满满的并且造成交通堵塞……被害的人是他们的，凶手也是他们的。[①]

在这段描述中，来自乡下的穷白人掌握了社会公器，却没有为社区大众服务的意识，在他们看来拥有权力不是为了让社会变得美好，而是为了满足小群体的直接利益。小说对此表达辛辣嘲讽和批判之余，也暗示穷白人脱离道德约束后可能发生的危险。

在小说中，弗莱姆等穷白人出身的新兴资产阶级更是贪得无厌之人，他们只有被欲望驱使的空洞灵魂。在《小村》结尾处，弗莱姆带着巧取豪夺得来的钱财离开村子向小镇进发，对于站在路边的受害者毫无内疚之感，在这一场景中弗莱姆的冷酷无情表现得淋漓极致：

> 斯诺普斯并没有从路上停下来，在停放于路边的马车旁边稍停靠一下。相反，他赶着车往前走，从停在那儿的马车前经过，那些怀抱吃奶孩子的女人转过

① FAULKNER W. Intruder in the dust[M]. London: Vintage Books, 1996: 145.

头来盯着他，沿围栏站着的男人们也转过头来看他。他们脸色阴沉，同时也在压抑某种情绪。……斯诺普斯脑袋转过来，一口唾沫吐在马车的轮子外面。他轻轻抖了一下缰绳。“驾”，他说道。①

通过这一口唾沫，小说刻画了往上爬的穷白人的“人类道德所能达到的最低水准”②，透过后者视同伴为垫脚石、漠视后者苦难的行径，塑造出他们自私残忍的道德面目和他们被物质欲望扭曲的“非人类”本质。

这些人物形象的塑造并非偶然，而是作家对南方各阶级群体的一般价值评判。纵观福克纳小说的人物，沙多里斯、康普森等旧贵族虽然有性格的缺陷，但始终坚持着同情、仁爱、尊严等道义准则，致力于维护一个“定义了‘真正的人’的秩序”，而斯诺普斯等人物所代表的“红脖梗”则贪得无厌、冷酷无情，对南方社会传统秩序构成巨大威胁。小说人物的道德形象折射福克纳对于特定阶级的情感倾向，反映出福克纳对旧贵族所代表的价值观的肯定，以及对这种价值观逐渐边缘化的怀恋和惆怅，同时也反映出他对部分穷白人蚕食旧贵族主导地位、亵渎旧南方传统价值观的厌恶。在谈及两大阶级的代表康普森家族和斯诺普斯家族时，福克纳坦率地表达出这种好恶：“我为康普森家的人感到难过。他们曾经拥有高贵和勇敢的血统，但这种血统已逐渐稀薄、减退，消失殆尽。至于斯诺普斯们，我害怕他们。”③对于斯诺普斯家族，他直言“我痛恨他们、嘲笑他们、害怕他们，已经三十年了”④。总结福克纳小说的人物形象，杰赫伦曾感叹道：“他们[这些人物]是用阶级标志的材料做成的。……他们的动机以及他们的故事通常与对某一社会环境的维系、怨恨或复兴攸关，这种社会环境的首要

---

① FAULKNER W. Snopes (The Hamlet, The Town and The Mansion)[M]. New York: Modern Library, 2012: 343.

② BROOKS C. On the prejudices, predictions, and firm beliefs of William Faulkner[M]. Baton Rouge and London: Louisiana State University Press, 1987: 26.

③ GWYNN F L, BLOTNER J. Faulkner in the university: class conferences at the University of Virginia, 1957 - 1958[M]. Charlottesville: University Press of Virginia, 1959: 197.

④ GWYNN F L, BLOTNER J. Faulkner in the university: class conferences at the University of Virginia, 1957 - 1958[M]. Charlottesville: University Press of Virginia, 1959: 20.

界定因素是阶级，其次才是地区和种族……他们的社会身份是类型化的。”[①]

从根本上说，福克纳对不同阶级人物的好恶标准，与其内心对旧南方传统价值观的认同密切相关。在福克纳对理想南方社会的想象中，上层精英承担社会管治及道德表率的责任，下层社会群体则接受上层精英的关怀和教化，任何人不得动摇这种社会秩序。因此，作为旧南方传统价值观的崇尚者和守护者，沙多里斯、康普森、德斯潘等旧贵族人物普遍受到褒扬和认可，有些人虽然犯过各种错误，但这些错误都被视为维护南方社会秩序所必要的代价，因而他们依然受到原谅、包容甚至肯定。董衡巽等国内学者指出：“福克纳笔下的地主阶级人物如沙多里斯、德斯潘干过不少坏事，但是，在福克纳看来，他们与弗莱姆不一样。他们干坏事甚至犯罪是受到自己‘激情’的驱策。”[②]对于服从传统、安心接受既有秩序的下层社会群体人物，福克纳也不乏赞誉之辞，将温和、宽容、忍耐等无威胁性的美德赋予他小说中的一些穷白人，如《小村》中的阿姆斯蒂德、《大宅》中的明克·斯诺普斯和《八月之光》里的邦奇等。当穷白人不满足于自己的现状，准备与上层阶级展开竞争时，他们就成为像斯诺普斯那样没有道德的人。对此，格林伍德一针见血地指出：“只要穷人呆在他们的位置上，他们就能赢得福克纳深深的尊敬。福克纳可能这样说：我们身边永远可以有穷人，但身边不能有不满足的穷人。”[③]福克纳小说中那些“与众不同”的阶级人物其实也不例外，都因为迎合或悖离旧南方价值观而受到肯定或批判。愿意接受旧贵族女教师劝导、按照传统价值观生活的华尔·斯诺普斯被称为“不是一个真正的斯诺普斯”，而视传统价值观为无物的世家子弟杰生·康普森被放置在“红脖梗”位置上，成为“和斯诺普斯一样邪恶的人物”[④]。福克纳小说创造的经典黑人形象，如迪尔西、林戈、拉沃尼亚也没有脱离这一窠臼。透过这些小说中人物形象的道德脸谱，可以清晰地看见福克纳无意

① JEHLEN M. Class and character in Faulkner's south[M]. New York: Columbia University Press, 1976: 10-11.

② 董衡巽等.美国文学简史：下[M].北京：人民文学出版社，1986：278.

③ GRIMWOOD M. Heart in conflict: Faulkner's struggle with vocation[M]. Athens: University of Georgia Press, 1987: 165.

④ GWYNN F L, BLOTNER J. Faulkner in the university: class conferences at the University of Virginia, 1957-1958[M]. Charlottesville: University Press of Virginia, 1959: 208, 246.

识的贵族倾向，正如肖明翰教授所言："不论是对黑人身上忠仆品质的赞扬，还是对'红脖子'往上爬的愿望的厌恶，都反映了福克纳的深层意识中的阶级偏见。"①

福克纳小说还富含对南方的历史、地理、文化、人口等社会背景的描绘和陈述。一般而言，这些描绘和陈述似乎并不包含直接的道德评价。但是，当描陈对象与特定社会阶级相联系时，它们往往体现出一定的情感向背，反映出叙述者内心的褒贬和好恶。在这种情况下，描绘和陈述语言不再是中立透明的纯表意符号，而是象征着高贵与低劣、光明与黑暗、文明与愚昧等二元对立的话语，它们印证着英国马克思主义历史学家加雷斯·琼斯(Gareth Jones)的论断："阶级一词总是内嵌于语言之中"②。

这种话语倾向性在涉及不同阶级人物的事项中表现得尤为明显。在外貌、名字、群体生活习惯等个人无法自主选择、无关道德的方面，福克纳小说也充满具有象征意味和隐喻意义的语言。很多底层人物不仅被安上具有贬义的名字(如"卡什"/现金、"弗莱姆"/痰液、"明克"/水蛇，"兰斯洛特"/花栗鼠)，还被描绘为如牛、猪、山羊等动物般迟钝和低能。在社会变革中趁势而起的"红脖梗"更被暗示为社区的威胁和非我族类的野蛮人。在"斯诺普斯三部曲"小说《小村》中，叙述者对于斯诺普斯家两个女孩的粗壮体型大加嘲讽，尽管两人老实本分，并无坑害村民的劣迹：

> 她们看起来好像甚至屏住呼吸，但是他知道她们在呼吸，她们必须呼吸；那种排量的身体，那显然的几乎是沉重的健康，需要空气，大量的空气。在一瞬间他有个感觉，仿佛她们是两头母牛，双脚齐膝浸入空气构成的小溪或池塘里，鼻子猛地一吸，那水面迅速下降，水流快速而安静地流入那一吸之中。③

这种嘲讽的叙述之下隐含着叙述者对穷白人的情感厌憎和无意识的恐惧。在叙

---

① 肖明翰.威廉·福克纳：骚动的灵魂[M].成都：四川人民出版社，1999：327.

② JONES G S. Languages of class: studies in English working class history, 1832 - 1982[M]. Cambridge: Cambridge University Press, 1983: 7.

③ FAULKNER W. Snopes (The Hamlet, The Town and The Mansion)[M]. New York: Modern Library, 2012: 48.

述者心中,这些穷白人不管有无劣迹、行为举止如何,他们在南方社会的蔓延都在客观上侵占旧贵族曾经享有的社会资源,排挤其他群体的生存空间,甚至导致后者在社会中的“窒息”。而这与福克纳接受采访时将斯诺普斯们描述为飞蛾、白蚁和霉菌时的潜意识几乎一脉相承①。

福克纳小说对地理和社区环境的描述也包含情感向背。上层大族生活的传统宅邸往往巍峨宏伟、气势不凡,他们的社区伴随着翠绿的树木、皎洁的月光和芬芳的木兰花,建筑与自然完美地融为一体,其中充盈着祥和静谧的气氛,让人感到安全、光明和温暖。尊贵、优雅和浓郁的人文气息弥漫于这种环境,令人不禁期望这一切美好事物能够永远地流传下去。例如,在小说《坟墓里的旗帜》中,旧贵族沙多里斯家的大宅充满光明与温暖,令人神往:

> [大宅]掩映在葱郁的树丛中,简洁而雅致。明媚阳光下的花园盛开着鲜花,花香四溢,蜜蜂发出令人沉醉的嗡嗡声,仿佛众多金嗓子在浅吟低唱。阳光似乎也要钻进耳朵里。②

相比之下,穷白人居住的房屋千篇一律地黯淡、低矮、简陋、破旧,毫无赏心悦目之感。斯诺普斯等穷白人生活的乡下充满暴力,是正常人不敢靠近的黑色区域,甚至是哥特式的阴森恐怖的场所。在小说《小村》开头,弗莱姆的发迹地(第四巡逻区法国人湾)被描述成令人望而生畏的化外之地:

> 联邦官员来到这乡下后便消失了。失踪者穿戴过的东西——毡帽、粗纹西服、城里人穿的鞋子甚至还有手枪——可能出现在某个孩子、老人或妇女身上。除了选举年份,县里的官员很少搅扰他们。他们支持自己的教会和学校,彼此通

① 参见 MERIWETHER J, MILLGATE M. Lion in the garden: interviews with William Faulkner, 1926 - 1962[M]. Lincoln: University of Nebraska Press, 1968: 39, 201.

② FAULKNER W. Flags in the dust[M]. New York: Vintage Books, 1974: 56.

婚，偶尔干些通奸之事，更多的是内斗仇杀，他们是自己的判官和行刑者。整个地区没有哪个黑人敢拥有土地。外地的黑人则绝对不肯在天黑后路过这一地区。①

这些地理环境书写的内涵暗示，在小镇与乡下、上流社会与底层世界之间是文明与野蛮、光明与黑暗的区别，而这种区别的根本原因在于人的不同。正如帕尔默分析第四巡逻区的黑暗地域印象时所言，“[小说暗示]这种区别的源头是阶级界线”，它们警告人们远离“白人下三滥”“不要试图越过这些阶级界线，否则会被污染、被强暴”②。

此外，小说对日常生活的家居、器具、物品的描述也标志着阶级审美境界的高下。穷白人出身的斯诺普斯和萨德本的日常用品，与血统高贵的康普森和麦卡斯林等家族的衣食器物表现出明显的审美差距。弗莱姆脖子上总是一成不变地戴着机器制造的领结，他当上银行行长后订购批量生产的模块式家具，他对大宅的整修和装饰也显得单调乏味，这一切无不显示他庸俗、机械、毫无个性，只能表面效仿上流社会的“体面”，实质上是现代社会非个人化的空心人。相反，沙多里斯家的族谱、短剑、骏马、衣饰则彰显其家族的高贵血统、骄人功绩和高雅品位，以及他们对男性气概和个体存在意义的追寻与探索。通过这些物质文化，小说表明“上层阶级总是文明开化的缩影”“旧贵族和劳工阶级的对比彰显了前者的主导地位”③。

这些话语修辞凸显了旧贵族的权威、尊严、高贵、辉煌历史和胆识勇气。与此截然相反的则是下层社会群体庸碌无为的状况。在这些隐含褒贬好恶的图景中，外表、生活环境和物质文化等因素不是生产方式和社会资源分配的结果和产物，而是个人和群体内在本质的反映，是衡量特定群体应有社会地位的一个依据。它们超越了物质的范畴，而成为社会地位的象征和精神世界的投射，反映出人性的宽厚与狭隘、文化底蕴的深厚与浅薄，精神境界的崇高与卑劣。由此，客观环境和物质文化上的差别

---

① FAULKNER W. Snopes (The Hamlet, The Town and The Mansion)[M]. New York: Modern Library, 2012: 9.

② PALMER L. Bourgeois blues: class, whiteness, and southern Gothic in early Faulkner and Cadwell[J]. The Faulkner Journal, 2006, 22(1&2): 120-139.

③ RAILEY K. Flags in the Dust and the material culture of class[M]//URGO J R, ABADIE A J. Faulkner and material culture. Jackson: University Press of Mississippi, 2007: 70, 77.

被引申和阐释为文明/野蛮、先进/落后、精神存在/物质存在等二元对立。附加在旧贵族身上的文明进步话语象征着旧贵族权力和主导地位的正当性。这种系统性的话语选择是作家阶级倾向的无意识的投射[①]。

"约克纳帕塔法"小说在叙述技巧、人物形象塑造和话语修辞方面都反映出一定的偏好,它们作为形式征候折射出作家的阶级倾向,其中潜藏着作家对传统价值观消逝和既有"美好世界"崩溃的惆怅,以及他对传统价值观破坏者的怨恨。它们为作家观察整个南方社会现代变革提供了一个基点,让叙述者由此出发讲述社会变革中纷繁复杂的事件,评价形形色色的人物,思考南方的历史教训、现实矛盾和未来纠偏方向。

综上所述,南方社会历史背景和旧贵族生活经历共同生成了福克纳的作家主体。在很大程度上,福克纳正是从旧贵族的视域出发,对南方共同体的命运进行沉思,形成对南方社会现代变革的根本看法,由此对现代变革展开叙述,评判各阶级群体在现代变革中扮演的角色,剖析现代变革造成的社会问题,探讨对现代变革进行纠偏的方向和途径。在他看来,20世纪上叶发生在南方社会的最显著的变化,在于阶级格局的调整和意识形态的兴替,即旧贵族的衰落和从穷白人中分化的新兴资产阶级的崛起以及它们造成的巨大冲击。基于这种判断,他在文学创作中持续地反思造成旧贵族群体衰落的历史成因,观察新南方社会变迁展现的灰暗现实,并思考旧贵族再度奋起、领导南方建设和谐有序理想社会的道路。这一沉思投射着福克纳本人及其所属阶级的政治欲望。

① 林长洋,欧阳琴.贵族无意识:论福克纳小说的形式意识形态[J].景德镇学院学报,2018(02):37-41.

第二章

旧贵族群体衰落的历史反思

在美国南方社会现代变革中，随着资本主义生产方式的渗透，南方经济政治主导权不可避免地发生更替，以种植园主为主要代表的旧贵族政治经济地位明显下降①。19 世纪 70 年代南方重建结束后的数十年间，旧贵族转型为地主或地主—商人混合体，他们与城镇商人和银行家结盟，继续占据南方社会的经济主导地位②。但是，随着南方社会现代变革的深入，这一群体在南方社会的既有主导地位日益受到动摇，到 20 世纪初越发呈现出明显颓势③。政治经济地位下降给旧贵族后裔造成重大影响，令拥有旧贵族家庭生活经历的福克纳深感痛楚，驱使他观察和思考造成该群体衰落的原因，并将这种思考融入他的文学创作中。

在福克纳观察中，造成旧贵族群体衰落的致命原因不是经济地位的变化，而是部分旧贵族青年后裔绝望而阴郁的精神状态④。这些青年在思想上与现实社会产生隔阂，未能在自己接受的传统价值观与资本主义新南方现实之间形成调和平衡。面对南方社会的现代变革，他们感到茫然无措，“企图躲藏到某种与世隔绝、永恒不变的理想状态之中”⑤。这导致他们在社会变革中应对失当，无法有效承担领导社区的责任，有的甚至绝望自戕，造成家庭分崩离析，加速了本家族和本阶级的衰落进程。

对于旧贵族青年后裔“思想瘫痪”的原因，福克纳认为这与他们所承载的历史记忆密切相关。他在弗吉尼亚大学与学生座谈时多次指出：“对我来说，没人是他自己，

---

① 许多南方历史和文化研究学者都将旧贵族的衰落视为旧南方时代终结的象征。例如，丹尼尔·克尔文认为，旧南方灭亡的时间是 1910 年，在这一年“南方最后一位具有真正贵族气质的人”勒罗伊·珀西(Leroy Percy)在密西西比州州长选举中输给了代表穷白人的瓦达曼，这表明密西西比人终于“放弃了旧贵族的传统”；威尔伯·卡什也认为，珀西的失败代表“一个时代的终结”；冯·伍德沃德则将瓦达曼取代珀西视为“新南方时代的重要事件”。(参见 KIRWAN A D. Revolt of the redneck：Mississippi politics，1876 - 1925[M]. Lexington：University of Kentucky Press，1951：230；CASH W J. The mind of the south[M]. New York：Vintage Books，1991：104；WOODWARD V C. The origin of the new south，1877 - 1913[M]. Baton Rogue：Louisiana State University Press，1951：67.)

② 参见 HARVARD W C，Jr. Southern politics：old and new style[M]//RUBIN L. The American South：portrait of a culture.Baton Rouge：Louisiana State University Press，1980：50.

③ 参见 WILLIAMSON J. Faulkner and southern history[M]. Oxford：Oxford University Press，1996：102.

④ 关于这一点，福克纳没有公开发表言论。但《福克纳袖珍文集》编者考利在“《文集》序言”中有一段话，似乎可以作为旁证：“在福克纳的小说中，旧的统治阶级的后裔虽然有阻止新的灾难发生的愿望，但缺乏这样做的勇气和力量。”(COWLEY M. William Faulkner's legend of the south[J]. The Sewanee Review，1945，53(3)：343 - 361.)

⑤ 肖明翰.威廉·福克纳研究[M].北京：外语教学与研究出版社，1997：87.

他是过去的综合。没有什么东西是真正的过去,因为过去总是存在于现在。”①为此,他以旧贵族后裔在 20 世纪初的命运为起点反思南方社会的过去,探索过去留下的精神包袱,试图“在过去与当下之间建立起某种有机联系,以便更深刻、更全面地认识现在”②。这种反思并非要彻底否定旧贵族曾经拥有的光荣与理想,而是对过去留下的精神遗产进行批评性思考,找出使青年一代踟蹰不前的因素,正视其中夹杂的灰暗和狭隘成分,通过与过去的对话认识和超越过去的弊端和缺陷,帮助青年一代重新获得道义的力量,从而直面阶级地位下降的黯淡现实,以求在新的社会历史条件下再度奋起。内战作为美国南方最重要的历史事件,成为福克纳历史反思的重要指向。

在南方人心中,最令人难以忘怀的历史事件,莫过于发生于 1861 年至 1865 年的内战。约翰·佩尔京顿(John Pilkington)指出:“探讨南方及其历史的人……都认为内战是南方过去最重要、最富于象征意义的事件。了解南方的意义……必须从内战开始。”③对于“南方优秀传统的代表者”旧贵族后裔而言,内战是催生痛苦、悲伤、感动、骄傲等复杂情感的群体性经历。正是在这场战争中,他们的祖辈失去了赖以维系社会主导地位的经济基础,同时又巩固了他们作为“南方地域文化”代言人的身份。祖辈在内战中的功绩与罪孽、荣誉与耻辱都成为融入他们血液的精神遗产。然而,被美化和夸大的祖辈事迹在给青年们带来悲伤和荣耀的同时,也为他们树立僵化的荣誉评价标准,将他们的思想框定在这些“优秀传统”中。鉴此,福克纳将对内战的反思融入关于世家大族命运的两部重要小说——《坟墓里的旗帜》和《未被征服的人》④。

---

① GWYNN F L, BLOTNER J. Faulkner in the university: class conferences at the University of Virginia, 1957-1958[M]. Charlottesville: University Press of Virginia, 1959: 84.

② GRAY R. The Life of William Faulkner: a critical biography[M]. Cambridge, MA: Blackwell Publishing Company, 1996: 130.

③ PILKINGTON J. The memory of war[M]//RUBIN L D. The history of southern literature. Baton Rouge: Louisiana State University, 1985: 356.

④《坟墓里的旗帜》的创作始于 1926 年,经删减后 1929 年以《沙多里斯》之名由哈考特出版公司出版。1973 年未删减的手稿全本被重新发现,并由兰登书屋出版。《沙多里斯》是福克纳“约克纳帕塔法世系”的第一部小说,沙多里斯家族是约克纳帕塔法县最显赫的家族。《未被征服的人》由七个短篇组成,但福克纳认为这是一部有着连贯主题的长篇小说(参见李文俊.序[M]//福克纳.没有被征服的.王义国,译.北京:北京燕山出版社,2015: 1-4)。

在这两部小说中，福克纳以沙多里斯家族为样本，透过该家族在内战前后数十年的兴衰起落经历，思考几代青年子弟的不同命运，揭示造成青年精神重负和旧贵族群体衰落的深层原因。作家在这种思考中无意识地流露出对旧贵族群体衰落的惋惜、失落和惆怅，同时又表达出他对旧贵族青年的某种冀望，即后者应重新认识内战历史的启示，摆脱内战记忆遗留的僵化的荣誉观形式，获得真实而富有人道关怀的生活，从而将真正具有长久生命力的南方传统美德延续下去。

第一节 《坟墓里的旗帜》：贵族青年殒落的历史成因

从内战结束到第一次世界大战时期，内战记忆一直笼罩着旧贵族青年后裔的心头。邦联战败后数十年间里，南方社会弥漫着对旧南方的敬意和留恋，许多南方人尤其是旧贵族不断对内战经历加以颂扬和纪念，将它们当作捍卫南方生活方式的崇高事件，视它们为南方地域文化的神圣根基和源头。英国埃塞克斯大学教授、《福克纳传》作者理查德·格雷(Richard Gray)借用巴赫金的术语将这种历史记忆称为“史诗式的过去”[①]。道格拉斯·米勒(Douglas Miller)也指出，在类似福克纳小说书写的那种南方小镇，人们往往“将内战经历变成值得用荷马诗篇书写的战记”[②]。因此，在“约克纳帕塔法”小说的开篇之作《坟墓里的旗帜》(1929/1974)中，福克纳从发生于20世纪的第一次世界大战出发，探讨旧贵族构建的“史诗式的过去”可能对青年造成的悲剧性影响，以期在“过去、当下和未来交融”的时间体系中追踪旧贵族的历史记忆，剖析他们对过去的文化处理方式及其对青年后裔造成的精神重负，从旧贵族自身寻找造成该群体衰落的原因。

---

① GRAY R. The Life of William Faulkner: a critical biography[M]. Cambridge, MA: Blackwell Publishing Company, 1996: 130.

② MILLER D T. Faulkner and the Civil Wart: myth and realit[J]. American Quarterly, 1963, 15(2): 200 - 209.

在福克纳看来，历史不是僵化的教条，而是进行道德审视和反思的镜鉴。“人应正确看待历史”，才能“更好地了解自我、完善自我、确立个人在现代社会中的位置，获得精神归属感和健全的人格发展”①。尽管福克纳受到内战英雄叙事的无形熏陶和濡染，在情感上对邦联将士深怀景仰和尊重，为他们的顽强意志和牺牲精神而十分感动，但他仍在理智上意识到，狂热地、不加审视地接受内战叙事建构的英雄主义，甚至以夸张的方式突出和渲染英雄的“阳刚气概”，将其当成认定上层阶级身份的永恒标准，这往往会阻碍青年一代对现代社会的认知和调适，使他们沉湎于旧日荣光的梦幻和今不如昔的悲叹中逃避现实，最终可能造成个人和家庭乃至群体命运的悲剧。② 在小说《坟墓里的旗帜》中，他以主人公小白亚德·沙多里斯(Bayard Sartoris)的命运展示出这种可能的阴郁前景。一战结束后，英雄梦碎、目睹兄弟无谓战死的小白亚德从欧洲战场返回南方，在思想上与小镇浓厚的英雄崇拜氛围格格不入。难以宣泄的精神痛苦驱使他终日追逐“危险、暴力和死亡”，最终导致他自我毁灭，祖父意外死亡，家族也因此分崩离析。内战和第一次世界大战仿佛是“两个极点”，将他撕裂在历史记忆与社会现实之间③。他彷徨、窒息、绝望的精神状态下隐伏着挥之不去的内战传说幽灵，暴露出神圣崇高的历史记忆对旧贵族青年思想的束缚：祖辈的战争传说时刻萦绕在他们的心灵，给他们的生活投下浓重的阴影，将他们封闭在“贵族英雄”的迷梦之中，阻止他们对社会现实的认识和对南方历史的反思。透过小白亚德心灵的挣扎，小说“表达出一个至为清晰的主题，即历史现实在记忆行为中被升华为经典的悲剧”④。福克纳正是通过揭示小白亚德的思想矛盾，让“史诗式的过去”与当下现实产

---

① 李杨，张寅佩.美国“南方文艺复兴”的历史观[J].英美文学研究论丛，2012(2)：234－245.

② 对于作家思想中情感与理智的矛盾，福克纳本人和福克纳研究学者已多有论述(参见福克纳.福克纳随笔[M].梅里韦瑟，编.李文俊，译.上海：上海译文出版社，2008：44；李杨，张寅佩.美国“南方文艺复兴”的历史观[J].英美文学研究论丛，2012(2)：234－245；VOLPE，E L[J]. A reader's guide to William Faulkner：the novels[M]. New York：Syracuse University Press，2003：68；肖明翰[J].威廉·福克纳研究[M].北京：外语教学与研究出版社，1997：111－113)。

③ 关于“两个极点”的论述，参见佩尔京顿著作《约克纳帕塔法心脏》(PILKINGTON J. The heart of Yoknapatawpha[M]. Jackson：University Press of Mississippi，1981：8－9)。

④ KING R. A Southern renaissance：the cultural awakening of the American South，1930－1955[M]. New York：Oxford University Press，1980：79.

生接触、冲突和对话，从而追溯造成旧上层青年精神瘫痪乃至肉体殒落的历史肇因，剖析旧贵族群体衰落的历史根源。

谈及小白亚德的悲剧，许多评论家将其联系到沙多里斯家沉重的悲剧宿命，即“一种奇怪的传统，家族成员总是参加战争，总是在战争中被杀”①。这种传统之所以令人奇怪，是因为他们参加的大多数战争远在千里之外，与其家族或南方并无直接的经济政治利益冲突②。对于沙多里斯家青年热衷参战的思想成因，学者们大多归结为家族的过去，即祖辈们在内战中的“丰功伟绩”或者“骄傲的身影”。但是，透过福克纳对小白亚德兄弟成长环境的书写，可以发现，不是内战的过去，而是旧贵族的史诗式英雄叙事，对青年造成无意识的影响。

詹姆逊指出，过去并非直接给人以启示，而是通过叙事来影响人的思想和行为选择：“我们同过去交往时必须要穿过想象界，穿过想象界的意识形态”“我们只能了解以文本形式或叙事模式体现出的历史，换句话说，我们只能通过预先的文本或叙事建构才能接触历史。”③因此，人们在叙事中认识的历史启迪，以及他们从历史中理解的文化身份、社会地位和价值取向，都必然受到叙述者“理解和应对过去的特定方式”和其所属群体的政治经济地位的制约。福克纳笔下的沙多里斯家族成员关于内战的认识，也来自他们所处家庭和社区的内战叙事。在他们的历史观中，内战是一个属于英雄的时代，内战的历史是一部崇高的英雄史诗，父辈们用鲜血让南方价值观更加圣洁而熠熠生辉，他们冷峻高傲的身影像史诗英雄般为人们所景仰、崇拜和追忆，几乎“成为精灵或神祇”“比活人更强有力地存在于人们的生活之中”④。这种历史观并非个人或家族的特例，而是南方“失败的事业”神话的普遍反映。内战结束后，南方进入战后重建时期，建立在奴隶制上的旧南方生产关系瓦解，旧贵族在南方的政治经济主导地位处于风雨飘摇之中。为了替本阶级延续社会主导权寻找道德正当性，弱化奴隶制

① TAYLOR W. Faulkner's search for a south[M]. Urbana: University of Illinois Press, 1983: 28.

② 《坟墓里的旗帜》只叙述小白亚德兄弟在欧洲参战，未说明其所属军队国籍。但短篇小说《飞向星空》清晰表明了沙多里斯兄弟在英国皇家空军飞行团服役。这可以说明他们参战的“非政治性”。（参见福克纳.福克纳中短篇小说选[M].斯通贝克，选.陶洁，等，译.北京：中国文联出版公司，1985：279）。

③ JAMESON F. Marxism and historicism[J]. New Literary History, 1979, 11(1): 41 - 73.

④ FAULKNER W. Flags in the dust[M]. New York: Vintage Books, 1974: 19.

导致的道德负罪感，遮蔽战败对本阶级此前政治立场的彻底否定，为自身提供一个"完美的心理防御机制"，旧贵族利用其仍然占据的思想、文化和教育优势，将大众意识中关于内战与其政治根源（奴隶制）的联系剥离开来，竭力在抽象的价值观层面对内战进行美化，将其描述成捍卫南方荣誉和高贵生活方式的"失败的事业"①。在这种思想影响下，旧贵族的内战叙事忽略战争的宏观历史动因和客观后果，聚焦于贵族军官们的个人英雄气概和英勇壮举，把他们描述为成英勇无畏、崇尚荣誉和侠义精神的骑士，将他们展现的尊严、荣誉、骄傲等价值观宣称为亘古不变的"贵族品质"②。

相比此前的南方作家，福克纳对这种史诗式的历史叙事有着更清醒的认识，并意识到"邦联英雄"内战传奇的功利作用和人为建构性质。他通过小说对杰弗生镇社区文化氛围及人物日常生活的描述暗示：内战传奇在抚慰南方人受到战争创伤的心灵、缓解南方的集体挫折感和屈辱感之余，也维持了旧贵族占据社会主导地位的正当性。由于个人英雄品质成为证明社会地位的重要新坐标，它们在大家族的内战传奇中不断得到标举、强调和宣扬。与现实南方社会相似，小说中以珍妮姑婆为代表的内战叙述者喜欢"亮丽的罗曼司，而非无可争辩的黯淡事实"，闭口不谈老约翰/白亚德等老一辈沙多里斯家族成员参加战争的原因、目的和它带来的后果，而是"随时随地欢快地重复着"他们"如夜空中燃烧的星星般"的华丽战争经历片段③。叙述者在"英雄史诗"中彰显沙多里斯们超常的勇气和荣誉感，甚至把他们在战争中毫无意义的鲁莽战死颂扬为维护荣誉的举动，将他们面对暴力和死亡所体现的狂热情绪当成家族传说最核心的意旨。小说这样写道：

> 这个故事她已重复过千百遍。现在她[珍妮姑婆]已八十多岁，还在不停地讲述，哪怕许多场合并不适合。随着她年岁的增长，这个神话也变得愈加醇厚，闪耀着美酒馥郁的光泽。最终，原本是两个有勇无谋的年轻人在躁动的青春中

① GALLAGHER G W, NOLAN A T. The myth of the Lost Cause and Civil War history[M]. Bloomington: Indiana University Press, 2001: 28.

② OSTERWEIS R G. The myth of the Lost Cause, 1865－1900[M]. Hamden: Shoestring Press, 1973: ix.

③ FAULKNER W. Flags in the dust[M]. New York: Vintage Books, 1974: 17.

> 做出的轻率鲁莽的恶作剧，演变成了英勇而富有悲剧色彩的传说。由此，因为两位天使勇猛而富有魅力的坠落和消逝，充满精神懈怠毒气的旧沼泽上产生了一个种族的历史，改变了人类事件的进程，净化了人的灵魂。①

不难看出，关于父辈的英雄传说为沙多里斯家族建构了一个远离旧南方历史污秽的新起点，它们在相当程度上构成家族文化身份新的精神根基和源头，形成供青年后裔恒久传承的贵族精神内核。然而，这样的传说排除社会政治经济现实而关注个人品质的外在形式，将暴力和死亡当成美好的幻想，让沙多里斯的"血脉基因"和"天生使命"包含着难以摆脱的死亡气息。这样，借助小说对沙多里斯家族内战传说的描述，福克纳表明，尽管史诗式的内战叙事赋予旧贵族道德权威和领导资格，但它从根源上为未来后裔的命运埋下了悲剧的种子。正如新罕布什尔大学教授弗朗索瓦·毕达伟(Francois Pitavy)所评论道："传说英雄散发的魅力制造了其自身的毁灭性的准则，操控着后辈们的行为。"②

历史叙事在讲述过去的事件时，不仅反映历史叙述者对过去的理解和判断，也不可避免地投射叙述者的政治欲望，正如詹姆逊所指出："我们对过去的了解，总是要受制于某些深层的历史归类系统的符码和主题，受制于历史想象力和政治无意识。"③在小说中，沙多里斯家的内战叙事给家族青年们树立了祖辈的崇高英雄形象，在他们的无意识中植入了重复祖辈辉煌的欲望，同时又操控着他们欲望实现的路径。这突出反映在该家族反复赋予男性后裔"白亚德"和"约翰"等名字的传统上④。阿尔都塞指出，赋予"父亲之名"是成为独一无二的主体的必要过程，孩子按照"期待"即家庭意识

① FAULKNER W. Flags in the dust[M]. New York：Vintage Books，1974：14.

② PITAVY F L. Anything but earth：the disastrous and necessary Sartoris game[M]//KINNEY A F. Critical essays on William Faulkner：the Sartoris family. Boston：G. K. Hall & Co.，1985：269.

③ JAMESON F. Marxism and historicism[J]. New Literary History，1979，11(1)：41－73.

④ 几代父子同名是沙多里斯家族的突出现象。在"白亚德"这一名字上表现尤其明显。国外学者为方便区分，有时将他们称为"内战的白亚德/卡罗莱纳的白亚德"(小白亚德的曾叔祖父，家族传说的英雄人物)、"老白亚德"(小白亚德的祖父)和"小白亚德"，或者称为白亚德一世、白亚德二世和白亚德三世。对于沙多里斯家族反复取名为"约翰"或"白亚德"，学者大多认为这并非偶然的巧合，而是标志着过去的美国南方贵族传统对当下的影响。(参见廖綵胜.福克纳小说中的语言与文化标志[M].福州：福建教育出版社，1999：70.)

形态构型被指定为这个构型的主体①。作为意识形态的象征，命名行为提示名字背后的历史和它所代表的价值品质，它在向祖辈表达虔诚敬意的同时，也蕴含对当下的个体的期待，要求他们行事时“不要辱没祖辈和父亲铭刻在民族历史上的名字”②。在珍妮姑婆对“我的白亚德”的呼唤声中，在雕像、短剑和家谱等沙多里斯家物质文化载体中，小白亚德等青年后裔不断被提醒“父亲”（内战的白亚德）的华丽传说片段，因为“白亚德一世之死树立了一种惯例，［后代的］每个故事乃至死亡都必须与他发生联系”③。如此，“史诗式的过去”为沙多里斯厘定了家庭和阶级身份标准。它驱使小白亚德等青年将祖辈当作模仿对象，以证明自己的个人品质和群体归属。“他们生活在对先辈的景仰与对自己的绝望中……［小］白亚德的悲剧在于他拼命想证明自己是一个真正的沙多里斯。”④此外，“沙多里斯”并非简单的家族血缘标记。从沙多里斯家战后营商从政的几世荣光、家族屹立在小镇的大宅和雕像，以及社区居民对沙多里斯家车驾“礼让三分”的态度，不难看出其中蕴含的社会等级标志。“［小］白亚德不得不通过其继承的精神遗产来理解自己，即他作为南方种植园贵族后裔的地区和阶级身份。”⑤

然而，史诗式的内战叙事逐渐产生一个悖论。对于旧贵族青年而言，祖辈们的经历作为“史诗式的过去”构成“一切美好事物的唯一根源和根基”，必然跟青年们的时代产生史诗的距离。祖辈的形象越是光辉高大，越是难以复制，随着时代的变迁只能为后代留下达不到的标准。在这种情况下，急于证明自身的青年后代往往放弃对英雄的内在道德和思想境界的探索，转而模仿其外在形式，接受内战传说宣扬的形式化的英雄气概、超凡胆略和蔑视危险及死亡的荣誉观等，并试图以此来彰显自身作为

① ALTHUSSER L. Lenin and philosophy and other essays[M]. BREWSTER B, tr. New York: Monthly Review Press, 1971: 177.

② WYATT-BROWN B. Southern honor: ethics and behavior in the old south[M]. New York: Oxford University Press, 1982: 67.

③ FUJIE K K. Ties of blood: gender, race and Faulkner[D]. Doctoral Dissertation of University of California, Berkeley, 2010: 280.

④ 肖明翰.大家族的没落：福克纳与巴金比较研究[M].桂林：广西师范大学出版社，1994：183.

⑤ JEHLEN M. Class and character in Faulkner's south[M]. New York: Columbia University Press, 1976: 27.

“南方贵族”的资格。因此，从幼年时期开始，小白亚德和孪生兄弟约翰就一次次寻找证明自己的机会，多次在垂髫之年挑战异常危险的事物，或从高耸的水塔跃下飞掠屋面，或独自登上热气球飞上高空，引得小镇居民惊恐不已和议论纷纷。肖明翰教授认为，这就是史诗式历史叙事造成认识偏差的表现：“小白亚德没有继承真正的英雄主义的道德内容，而是把表面的勇敢甚至残忍和暴力这些消极成分当作传统的核心接受过来作为自己生活的准则。”①

除了无意识渗透的途径，内战叙事还通过英雄形象建构的方式半强制地影响青年的个人价值取向。小白亚德兄弟竞相做出无谓鲁莽的举动，成为“相互催生的暴烈的鬼魂”，还有另一层原因：“史诗式的过去”强化了社区的荣誉感，将勇气提升为体现荣誉的首要美德和衡量个人荣誉的无形标准，迫使青年们拼命证明自己的英雄气概。内战叙事将内战描述为南北方之间的一场“决斗”②，则进一步强化了南方已有的关于荣誉与暴力的浪漫想象，致使“战后南方的荣誉模式蜕变为鲁莽冲动的英雄主义”③。小说中福尔斯老人等邦联老兵的回忆演说，以及珍妮姑婆、纳西莎和贝尔等“邦联女儿”的沙龙聚会，都在杰弗生镇营造出追思英雄和崇尚暴力荣誉的浓厚话语氛围。为了证明自己具有同等的品质，以走出那些“内战英雄纪念碑”投下的阴影，彰显自己的存在价值，旧贵族青年需要通过暴力或危险举动等可见方式，展现自身超人的勇气和蔑视危险的胆略。此外，南方人的荣誉不仅取决于个人的品质本身，还取决于品质的表现以及其同伴对此的肯定和承认④。青年们无法承受被社区和同伴视为怯懦的精神压力，因而经常选择比旁人更为激进的方式，证明自己具有更强的英雄气概，有时甚至不惜以自身生命为赌注，追求“流星般刹那间爆发的绚丽光彩”。战争作为暴力的最高形式，成为南方青年向往的缔造自身英雄神话的时机。当第一次世界大战爆

① 肖明翰.大家族的没落：福克纳与巴金比较研究[M].桂林：广西师范大学出版社，1994：183.

② WYATT-BROWN B. Southern honor：ethics and behavior in the old south[M]. New York：Oxford University Press，1982：5.

③ LEVINS L G. Faulkner's heroic design：The Yoknapatawpha novels[M]. Athens：University of Georgia Press，1976：121.

④ GORN E J. Poor，violent men in a pre-modern world：the old douth[M]. Hoboken：Blackwell Publisher Ltd.，2001：115.

发时，小镇的许多旧贵族青年“突然间消失了身影”。小白亚德抛下怀孕的妻子与其弟约翰远赴欧洲参战，都是因为“在战后重建传统熏陶下成长的[南方]年轻人眼中，第一次世界大战是证明英雄气概的大好机会”①。从《坟墓里的旗帜》的叙述中，可以看出福克纳对内战历史叙事负面影响的剖析：将内战建构为“史诗式的过去”并不能让人们领悟世界的本来面目，反而让他们受困于过去，使他们拼命在形式上模仿和重复“父辈英雄们”的鲁莽举动。

历史叙事作为对过去的阐释，本质上是当下与过去的对话，人们借助这种对话观照和审视当下的不足，在对过去的阐释中怀抱关于未来的理想。正如詹姆逊所指出，“过去对人们的意义，不在于它作为某种无生命的客体，而是它作为认识过程的主动参与者，对我们讲述我们所具有的和未实现的‘人之潜力’”②。所以，历史叙事的作用在于为人们把握当下、追求未来指引方向。正是在这一点上，福克纳通过叙述小说人物的命运悲剧，揭示了旧贵族建构的“史诗式的过去”的弊端：它从根本上是绝对向后看的，没有为青年调适、容纳和应对现代社会生活留下空间。

战后数十年间南方社会处于保守停滞的状态，“史诗式的过去”作为绝对价值的根基，为旧贵族提供了价值观念和群体身份的稳定坐标。然而，一旦这些“绝对价值”和“稳定坐标”与现代社会发生接触，湍急汹涌的现代洪流让筑基于“史诗式的过去”的价值观遭受巨大冲击，它的观念和坐标与急剧变化的现代世界产生断裂，曾经习惯于“回望过去”旧贵族青年难以在绝对的过去和变动的当下之间确立连贯的身份，他们感到茫然无措，失去应对当下并开启未来的能力。小白亚德的精神痛苦和彷徨就源自这种身份断裂。

战争结束后，小白亚德“从他自己家拥有的铁路上，偷偷潜入他自己的曾祖父建立的小镇里”，被家中的黑仆西蒙称为“搞得好像他是个[白人]下三滥似的”③。“白人下三滥”在南方是对穷白人的蔑称，其中蕴含极低的社会地位和道德评价意涵。一位

① KING R. A Southern renaissance：the cultural awakening of the American South，1930－1955[M]. New York：Oxford University Press，1980：14.

② JAMESON F. Marxism and historicism[J]. New Literary History，1979，11(1)：41－73.

③ FAULKNER W. Flags in the dust[M]. New York：Vintage Books，1974：10.

多次击落敌军王牌飞行员、从战场凯旋的战斗英雄，本应为自己的经历倍感骄傲和荣耀，然而他却深感彷徨与羞愧，以至于自惭形秽到像"下三滥"一般，甚至不敢直面家人和社区的父老，这的确有些令人难以理解。然而，将这一事件放在"史诗式的过去"营造的英雄主义观念下剖析，小白亚德的个人心态又有合乎情理的解释。造成其精神困境的关键事件是孪生兄弟约翰的鲁莽战死。在飞行技艺尚不娴熟的情况下，约翰不顾小白亚德的极力劝阻（甚至向后者开火），执意在恶劣天气中向德军机群出击，最终死于敌机的炮火。尽管约翰选择死亡的原因不明，却给小白亚德造成巨大的思想分裂。一方面，对于小白亚德而言，约翰用死亡彰显了自己的英雄气概，证明了他作为"沙多里斯"成员的荣誉。在被炮火击中时，约翰面带笑容，向小白亚德"摸了摸鼻子"。"鹰鹫般的鼻子"是沙多里斯家男性的典型外貌特征，是他们冷峻骄傲气质的物化体现。在"摸鼻子"这一举动中，约翰将自己与此前的家族成员连接在一起，融入和更新了沙多里斯家族暴烈、冲动和非正常死亡的传统，由此与家族英雄传说的源头老约翰和（内战中的）白亚德一样，构筑起一座新的"英雄纪念碑"。他的极端英雄气概让小白亚德佩服、景仰和羡慕，甚至"为自己没有死亡而深感内疚"。另一方面，小白亚德又意识到个人英雄主义在资本主义工业化时代没有价值和意义。他认为约翰的鲁莽举动"要么是傻，要么是喝醉了"①。他对约翰死亡的描述也折射出这一心态。其一，在约翰出击的过程中，小白亚德只看见一架"骆驼"飞机和德军机群的追逐。飞行战斗虽然类似传统的"决斗"，但后勤和机器性能成为决定战斗胜负的重要关键。战斗不仅是个人意志和勇气的对抗，更属于工业力量之间的抗衡。其次，在小白亚德眼前，约翰很快消失在空气中，在战场只留下几块烧焦的疑似骨骸，他和许多埋骨他乡的青年一道，湮灭在战场的尘埃之中。这暗示，在工业化造就的毁灭性力量面前，大多数人只能沦为渺小的战争牺牲品，在历史上没有留下任何痕迹；最后，战争成了血腥、混乱和野蛮交织的暴力梦魇，交战双方只是非人的杀人机器，谈不上勇敢、尊严、荣誉，更不是仁爱、奉献和牺牲，他们只是做毫无意义的相互杀戮，暴露出人性中最黑暗和愚昧的底色，只是"不能见容于天堂和地狱的暴力"。小白亚德尽管佩服约

① FAULKNER W. Flags in the dust[M]. New York: Vintage Books, 1974: 46.

翰追求死亡的勇气,但自己不会因为追求英雄形象而挑战危险和追求死亡。他明白自己不能达到家族历史传说的英雄高度,无法进入沙多里斯家族的传统。正如福克纳谈及参加一战的南方青年时所做的评论:“从某种意义来说,他们已经死了;他们已是精疲力竭……他们和战后所要面对的世界格格不入。”①《坟墓里的旗帜》对小白亚德战争经历的叙述表明,这种死亡不是身体或物理的湮灭,而是确认自身群体身份的价值坐标失效。他成了一个失去方向的人。

布鲁克斯认为,小白亚德悲剧的部分原因在于“他返回的是一个传统的社会”②。之所以这么说,是因为“史诗式的过去”形成的传统造成他与家族和社区的隔阂,加深了他的身份危机。返回南方后,小白亚德“努力寻找某种行为和经验的模式,通过这种模式,他能够同时与现实生活的重负、死去兄弟的鬼魂以及高悬在他们头上的英雄主义神话作出妥协”③。他与从姑婆到黑仆的家族成员以及从自耕农到乡村小贩的社区成员交流,尝试回归传统的农业主义生活方式,但经历各种尝试后,这种调和的努力最终失败。小白亚德失败的原因在于,“史诗式的过去”形成一个封闭的、完结的世界,那个世界里没有未解决的问题,也没有关于未来的任何考虑,因此无法容纳小白亚德在现代社会生活经历中获得的经验和产生的困惑。

一方面,“史诗式的过去”叙事模式遏制了小白亚德表达其经验和疑惑的可能性。在南方,个体的社会化过程开始于“将祖先描述为丰功伟绩的英雄和供模仿的偶像”,它借助“家庭追思仪式”而建构后辈的“荣誉责任”④。在这种模式中,英雄被偶像化和典型化,他们的外在功绩成为评价荣誉的有形标志,后辈们依靠模仿先辈外在功绩来突显自己的“荣誉”,借此在南方社会等级结构中取得上层地位,并对社会生活表达意志和施加影响。“失败者”虽被人同情和怜悯,但无形中被剥夺了对社会公共生活发

① GWYNN F L, BLOTNER J. Faulkner in the university: class conferences at the University of Virginia, 1957 - 1958[M]. Charlottesville: University Press of Virginia, 1959: 23.

② BROOKS C. William Faulkner: The Yoknapatawpha country[M]. Baton Rouge: Louisiana State University Press, 1963: 104.

③ CORRINGTON J W. Escaping into myth: the long dying of Bayard Sartoris[M]//KINLEY A F. Critical essays on William Faulkner: the Sartoris family. Boston: G. K. Hall & Co., 1985: 179.

④ WYATT-BROWN B. Southern honor: ethics and behavior in the old south[M]. New York: Oxford University Press, 1982: 67.

表意见的资格①。尽管小白亚德在残酷的大战中幸存下来，并有击落德军王牌飞行员的骄人战绩，对于战争也有更深刻的认识，却未能达到沙多里斯家族成员应有的高度。在约翰的阴影下，小白亚德成为旁人眼中的“失败者”，他失去与家族传说的白亚德的联系②，被剥夺掉“白亚德”这一名字所赋予的神圣意义，丧失贵族身份的文化根基，沦落为黑仆西蒙口中的“[白人]下三滥”。由于约翰成了沙多里斯家新的“纪念碑式”的英雄，对其死亡的肯定和美化构成沙多里斯家族唯一的叙事模式，它遏制小白亚德的自我表达资格，让他难以有效地叙述他所理解的约翰死亡事件。当他试图以自己的方式向珍妮姑婆详述约翰的死亡原因时，珍妮温柔但坚定地说：“安静，快睡觉。”③妻子纳西莎“同情他，对他充满耐心和绝望的悲伤”，然而，一旦小白亚德讲述“关于那鲁莽而无谓的暴力的野蛮故事”时，纳西莎感到“粗野和亵渎”“挣扎着将手从他的手掌中挣脱开来”④。疼爱他的祖父也“被封闭在耳聋的高墙里”“听不清他的故事”。这种困境正如日裔美国学者藤江恭子(Kristina Fujie)所说：“小白亚德不能将自己的经验与家族唯一的叙事相连接，因而无法清晰地讲述[约翰的]死亡，这让他注定要重复这种死亡……他既受困于当下，又受困于遥远的过去。”⑤

另一方面，“史诗式的过去”不允许“调和”即对其自身的修正。巴赫金指出，“史诗式的过去”蕴含绝对的价值：“它神圣而不可侵犯，获得普遍承认的评价，要求对自己的尊崇态度……在本质上非个人经历所可企及，也不允许有个人观点和评价。”⑥因此，小白亚德对约翰的看法与“史诗式的过去”相左，这造成他与“史诗式的过去”的捍

① 参见 GORN E J. Poor, violent men in a pre-modern world: the old douth[M]. Hoboken: Blackwell Publisher Ltd., 2001: 17.

② 狄米诺在“对当下的梦想：时间、生命力和沙多里斯家族”一文分析认为，由于其不计后果的行为，约翰更接近于家族传说中的[内战中的]白亚德，成为青年一代的“白亚德”。(参见 DIMINO A. The dream of the present: time, creativity and the Satoris family[M]//KINLEYA F. Critical essays on William Faulkner: the Sartoris family. Boston: G. K. Hall & Co., 1985: 338.)

③ FAULKNER W. Flags in the dust[M]. New York: Vintage Books, 1974: 50.

④ FAULKNER W. Flags in the dust[M]. New York: Vintage Books, 1974: 280.

⑤ FUJIE K K. Ties of blood: gender, race and Faulkner[D]. Doctoral Dissertation of University of California, Berkeley, 2010: 74.

⑥ BAKHTIN M M. The dialogic imagination[M]. EMMERSON C, HOLQUIST M, tr. Austin: University of Texas Press, 1981: 16.

卫者产生不可调和的矛盾。小白亚德曾多次当众直言“天使坠落”和“流星爆发的光辉”等英雄传说只能造成“永恒的末日”，粗俗地咒骂自己“当乖孩子太久了”①。他甚至将自己和约翰在青少年时代保存的文字、纪念品和挂着荣誉章的照片付诸一炬。物品作为符号和标志类似于阿尔都塞所言的“铭文、仪式等物质存在”，它们作为意识形态国家机器实践的形式参与主体的建构②。因此，毁灭这些物品是高度象征性的行为。小白亚德借此宣泄他对悲剧根源的愤慨，表达他与建构其主体的家族英雄传说断绝关系的姿态。为此，他与家族英雄传说的叙述者和捍卫者珍妮姑婆发生激烈争吵，导致后者以南方人极为重视的个人“荣誉”为攻击点发出致命的话语反击：

> “他[内战的白亚德]是个绅士，即使胡闹也像个绅士，不像你们这些密西西比乡下人。乡巴佬！看看他用一匹马完成了什么壮举，”她接着说道，“他还不用任何飞机。”
>
> “看看他参加的那场微小不值一提的战争，”小白亚德回敬道。“一场令人失望的战争，甚至曾祖父都不愿意留在弗吉尼亚战场上。”……“至少他让自己体面地被杀，”珍妮小姐厉声说道，“他用一匹马做到的事，你开飞机都比不上。”③

珍妮姑婆之所以做出强烈反应，是因为“史诗式的过去”关系到沙多里斯家的贵族身份的根基。家族成员所展现的荣誉观念、英雄气概和直面死亡的勇武精神，为家族赢得了在当地社区的显赫地位，为家族继续站立于社会等级结构顶端提供了正当性理据。英雄传说体现了旧贵族高贵的品质，为他们提供占据南方主导地位新的道德正当性和历史根基，令珍妮姑婆成为小镇居民心目中”高傲而不可轻侮的战争女神”和淑女们乐于咨询讨教的“监护人”④。为了继续维护家族的根基，她只能切断小

---

① FAULKNER W. Flags in the dust[M]. New York: Vintage Books, 1974: 133.

② ALTHUSSER L. Lenin and philosophy and other essays[M]. BREWSTER B, tr. New York: Monthly Review Press, 1971: 169.

③ FAULKNER W. Flags in the dust[M]. New York: Vintage Books, 1974: 258.

④ FAULKNER W. Flags in the dust[M]. New York: Vintage Books, 1974: 30.

白亚德与家族传统的联系，让他彻底失去在南方传统中的“贵族”身份。

至此，通过讲述小白亚德与内战浪漫传说的纠缠和搏斗，小说《坟墓里的旗帜》揭示旧贵族在新南方时代的深层历史，折射旧贵族青年遭遇的沉重无比又难以言说的精神矛盾：在“史诗式的过去”形成的传统中，青年们找不到为自己当下思想和行为辩护的依据，也无法用自己的当下经历来证明传统的缺陷。他们的思想局限在祖辈英雄形象所框定的范围内，无法解决过去与当下之间的断裂。诚如米勒所言，“旧秩序的准则，尤其是邦联传奇英雄所形象化的准则，是如此扭曲，以至于要么导致暴烈的死亡，要么导致病态的无能”①。福克纳笔下的小白亚德选择了前者。面对看不到其他未来前景的惨淡现实，他企图以肉体的刺激和疼痛来替代和缓解精神痛苦，从情感困境中得到解脱。于是他寻找“危险、速度和死亡”，尽情宣泄心中难以言表的痛苦，对于无处不在地凝视着他们的“父亲”表达无言的抗议，对于控制他们命运的高高在上的“神祇”进行亵渎，直至他飙车造成祖父死亡而被迫离开南方，不久后登上无人敢于驾驶的飞机，走向注定毁灭的归宿。

叙事作为一种社会象征性行为总是投射集体的政治欲望。通过《坟墓里的旗帜》的故事，福克纳一方面指出小白亚德等旧贵族后裔青年自身的认识错误，批评他们“做出不计后果、完全以自我为中心的行为，除了带来痛苦和伤悲外没有任何益处”②，同时也道出悲剧成因中更重要的另一面即造成青年绝望的社会客观因素，借此提示读者注意当时南方的保守气氛及其危险：面对变革浪潮的猛烈冲击，南方人产生恐惧和戒心，希望在英雄的、绝对的过去中获得安慰，这种心态最终让青年们在这种思想环境下应对失当。在此提示的基础上，小说进一步指出旧贵族整体的判断失误。这一阶级出于对前途的迷茫和恐惧，根据过时的意识形态，将过去建构成价值观的绝对范畴，尽管这让他们在一定时期内实现了自我辩护的目的，却为后代遗留下必然衰败和毁灭的根源，其历史教训正如巴赫金所言：“一切参与史诗式过去的事物，都借此

① MILLER D T. Faulkner and the Civil Wart: myth and realit[J]. American Quarterly, 1963, 15(2): 200-209.

② GWYNN F L, BLOTNER J. Faulkner in the university: class conferences at the University of Virginia, 1957-1958[M]. Charlottesville: University Press of Virginia, 1959: 255.

拥有真正的重要性和价值，同时也就具有完结的性质，或者说，丧失了延续发展的一切权利和可能性。"[①]此外，《坟墓里的旗帜》也从更广的意义上指出，旧贵族不应将人"奉献"给过去，而应该从过去获得给人带来真正生活的源泉，避免衰落的命运[②]。小说中内战亲历者与内战记忆者的不同选择和不同命运也突显这一主题。小白亚德的祖父老白亚德对内战英雄传说保持冷静态度，因目睹战争对南方的巨大破坏而投身于战后资本主义经济浪潮，他承继"老上校的铁路事业"，买卖土地，开设银行，夯实经济基础，努力将旧南方的道德准则与新南方的工商发展现实结合起来。得益于自己的选择，老白亚德成功当选小镇的镇长，将影响力扩展至政治领域，使沙多里斯家族成为本县首屈一指的名门望族，家族地位盛极一时。相反，由于信奉英雄传说形成的僵化教条，沙多里斯家青年后辈进入了"死亡宿命"的循环，从而面临后继无人的窘境。正是这种窘境为穷白人斯诺普斯提供了机会，使其得以大肆窃取沙多里斯家的钱财，并以下流的匿名信向贵族淑女纳西莎发动进攻，推动更多贪婪狡诈的斯诺普斯族人进入上层社会的进程。这无疑是一个历史的反讽，正如密西西比大学教授杰伊·华特森(Jay Watson)指出："福克纳在《坟墓里的旗帜》暗示(尽管这一点在《八月之光》的海托华身上才表现得更清楚)……'失败的事业'的想法可以让那场战争沐浴于光辉和荣耀中，但'失败的事业主义者'本身从中得不到好处。"[③]

不过，小说并未断绝旧贵族重新奋起的希望。在小白亚德死亡之日，他的遗腹子降临到世上，这个孩子没有再被命名为约翰或者白亚德，为终结沙多里斯家"古老的游戏"露出一丝曙光[④]。这寄托着某种难以言明的政治欲望，即旧贵族青年摆脱"史诗

① BAKHTIN M M. The dialogic imagination[M]. EMMERSON C, HOLQUIST M, tr. Austin: University of Texas Press, 1981: 16.

② 怀亚特-布朗和克里林等学者指出，在南方，"对父辈的责任至上""未能坚持父辈英雄主义理想的子孙将被视为'弑父'"。从这个角度说，《坟墓里的旗帜》也是对这一传统的批评。(参见 WYATT-BROWN, B. Southern honor: ethics and behavior in the old south[M]. New York: Oxford University Press, 1982: 67; Kreyling, M. Figures of the Hero in Southern Narrative. Baton Rogue: Louisiana State University Press, 1987: 156.)

③ WATSON J. William Faulkner's Civil War[J]. Southern Quarterly, 2013, 51(12): 41 - 57.

④ 1959 年在弗吉尼亚大学回答关于"最后的沙多里斯"的提问时，福克纳曾表示"大概他不会再像他们[指小约翰、小白亚德等]那么暴烈了罢"，这可以从侧面反映作家写作时的思想意识。(参见 GWYNN F L, BLOTNER J. Faulkner in the university: class conferences at the University of Virginia, 1957 - 1958[M]. Charlottesville: University Press of Virginia, 1959: 254.)

式的过去”形成的僵化传统，获得有道德、有意义的真实生活，重新站上南方社会的高峰，引领南方创造更美好的明天。或许是因为寄托在婴儿身上的希望太过于缥缈，或者是作家试图让青年们从旧南方的绅士成长过程得出启示，在十年后出版的小说《未被征服的人》中，福克纳将这一愿景赋予小白亚德的祖父老白亚德。在那部小说里，老白亚德还是个少年，正在等待成长。

第二节 《未被征服的人》：贵族青年成长的历史透视

在历史启示问题上，福克纳相信，过去既蕴含光辉与荣耀，也包含落后与缺陷，它不是不可撼动的思想根基和绝对的价值标准，而是可与当下交往对话的对象，人们在传承、批判和反思过去的基础上确定自身的发展方向，唯有“全面地理解过去”，个人“才能在理解历史、尊重历史启示的过程中，获得人格上更为全面的发展”[①]。要帮助旧贵族青年全面理解南方的过去、摆脱内战叙事造就的英雄神话，需要解开笼罩在内战历史上的理想化、浪漫化的光晕，让“史诗式的过去”还原为光明与阴影交杂的复杂现实。巴赫金指出，“史诗式的过去”的绝对崇高性质源于时间距离造成的不可变动性：“在自己的时代不可能有伟大的事物。伟大总是诉诸后代，因为对后代而言，伟大的品质已成为过去，变成遥远的形象，它成为记忆的对象，而非可见、可以相互交往的鲜活对象。”[②]因此，在1938年出版的小说《未被征服的人》中，福克纳决意拉近过去与当下的距离，打破“过去与子孙后代的当下之间不可逾越的界线”，让过去的亲历者近距离地观察英雄传说中的先辈，从历史事件发生时的社会历史条件对“史诗的过去”进行剖析。他以小白亚德的祖父老白亚德·沙多里斯(Old Bayard Sartoris)为主人

---

① 李杨，张寅佩.美国“南方文艺复兴”的历史观[J].英美文学研究论丛，2012(2)：234－245.

② BAKHTIN M M. The dialogic imagination[M]//EMMERSON C，HOLQUIST M，tr. Austin：University of Texas Press，1981：18.

公和叙述者，让这位沙多里斯家族唯一享有健全幸福人生的成员回顾其青少年成长岁月，借助他在内战中和内战后的经历透视过去的复杂面貌，将“英雄”“战争”和“荣誉”等史诗元素置于道德天平之上，以人道主义的价值观重新审视南方的英雄主义传统①。

在旧贵族的叙事中，英勇的邦联将士在战争中展现的忠诚奉献、勇敢仁爱等英雄品质彰显了南方贵族的荣誉，让赢得战争的北方佬“陷入对南方人的暗暗的嫉妒和敬畏中”②。这种叙事曾给福克纳的心灵带来无形而深刻的影响，让他在情感上对邦联将士充满敬佩和亲近。尽管如此，福克纳从理智上意识到，邦联将士固然英勇、顽强，有着南方人所称颂的荣誉感和其他优秀品质，但是他们和许多普通人一样，也有着各种人性的缺点，惟有全面、准确地认识他们的优点和缺陷，才能帮助旧贵族的青年后裔认识历史教训并汲取精神力量，最终为他们在新南方历史条件下继续前行指明道路。为了彻底达到这一目的，他让白亚德将审视的视线越过沙多里斯家族典型的血气英雄[内战的]白亚德，直指家族大写的“父亲”——约翰·沙多里斯上校，透过白亚德对父亲由盲目崇拜到客观对待的观感变化，剖析南方英雄主义的缺陷和它带来的不良后果。同时，透过白亚德对“父亲”从仰视到审视的转变过程，福克纳揭示南方英雄主义思想基础的固有缺陷，由此冀望旧贵族青年形成自己独立的价值判断标准，超越传统的血气之勇(physical courage)，拥抱道义之勇(moral courage)，从而达到“对自身、对普遍人性的全面了解，更好地面对未来”③。

在小说《未被征服的人》中，约翰·沙多里斯是杰弗生镇居民所称颂的邦联英雄。内战爆发后，他为了南方而疏财赴难，先自费招募一个步枪团开赴前线作战，后来返乡

① 《坟墓里的旗帜》中的“老白亚德”在小说《未被征服的人》中还是十多岁的少年，为避免叙述的尴尬，同时与《坟墓里的旗帜》中的“小白亚德”进行区分，下文将称“老白亚德”为“白亚德”。小说《未被征服的人》以成年后的白亚德的视角，回忆和叙述其青少年的成长经历。有学者认为，叙述者就是“《坟墓里的旗帜》中在阁楼里望着家谱沉思的老白亚德”(LEVINS, L G. Faulkner's heroic design: The Yoknapatawpha novels[M]. Athens: University of Georgia Press, 1976: 129)。

② GASTON P M. The new south creed: a study in mythmaking[M]. Baton Rogue: Louisiana State University Press, 1976: 8.

③ 参见 WARREN R P. The legacy of the Civil War: meditations on the centennial[M]. New York: Random House, 1961: 100.

组织骑兵游击队，盗军马，烧敌营，积极给北方军队以有力打击，因此他在当地民众中享有崇高的威望，甚至连年长他几十岁的老种植园主都视他为偶像。在年幼的儿子白亚德的心目中，他的行为完美地诠释了英雄的定义："正是他所做的事情，正是据我们所知他在弗吉尼亚和田纳西做过的和正在做的事情，让他在我们心中显得高大。"[①]然而，随着战时生活经历的增加，白亚德发现沙多里斯的英雄品质伴随着不可忽视的性格缺陷和道德瑕疵，他开始以自己观察到的事实而非盲目的崇拜来判断父亲的形象。小说正是借助白亚德的审视，揭示出内战英雄光环下夹杂的自私、幼稚和虚荣等缺点。

首先受到审视的是南方英雄主义的个人动机。在旧南方的英雄传奇中，英雄的个人品质有着力挽狂澜、一锤定音的功效，其重要性被提升到无与伦比的高度。英雄的荣誉被叙述为个人品质的结晶，而非集体努力的结果[②]。在这种英雄观影响下，人们往往愿意突出自身的骄傲，而较少考虑为集体做出个人的牺牲，他们的英雄主义行为往往伴随着个人荣誉的自私动机。沙多里斯也是这样，其参加内战的目的并非单纯地为南方无私奉献，而是通过击败对手来彰显自己超人的勇武精神。在不熟悉内情的旁人眼中，他是忘我牺牲的英雄，但一位邦联上尉的话戳破这一神话。后者揶揄道："沙多里斯上校不打仗，只偷马。"[③]。白亚德亲眼见证的沙多里斯战斗经历也印证了上尉的观点。在这场战斗中，沙多里斯尽管俘虏了北方军队的六十多名骑兵，但在收缴敌军的给养、装备和马匹后不久就故意让他们逃走，既未将部分战利品转送物质极度匮乏的邦联后勤部门，也没有考虑将战俘转送邦联军队的指挥机关让他们获取情报。在未改变敌军士兵政治立场的情况下，释放对方意味着并未削弱敌方的有生力量，他在战斗所缴获的些许物质的作用，除了像穷白人艾勃·斯诺普斯所嗤笑的那样"养活游击队好让他们继续东奔西跑"外，对"邦联事业"的实际上帮助不大[④]。这令白亚德不禁开始怀疑沙多里斯发动这场战斗的实际目的。思考和梳理沙多里斯的参

① FAULKNER W. The unvanquished[M]. New York：Vintage Books，1966：10.

② WYATT-BROWN B. Southern honor：ethics and behavior in the old south[M]. New York：Oxford University Press，1982：14.

③ FAULKNER W. The unvanquished[M]. New York：Vintage Books，1966：60.

④ FAULKNER W. The unvanquished[M]. New York：Vintage Books，1966：136.

战轨迹，白亚德发现沙多里斯对领袖地位极为重视。沙多里斯在招募步枪团战斗时“不在意职衔称谓如何，上校也好、中士也罢，只要他们肯让他发号司令”①。被撤销团长职位时，他备感“屈居人下”的耻辱，在维克斯堡陷落、邦联军队遭遇重大挫折之际，不顾战局的胜败离开战场。尽管他在后方拉起队伍对北方军队进行游击袭扰，但这种小袭扰的作用仅在于激怒和羞辱敌人，对于扭转南方的颓势并无实质的帮助。由此，白亚德意识到，沙多里斯战斗不仅是帮助南方抵抗北方的“侵略”，也是为了体验叱咤风云的英雄豪情，证明个人的荣誉。借此，小说揭示出南方英雄主义所包含自私目的。这种自私性还表现在，当个人追求英雄豪情时，集体的信念和准则往往被置于次要的位置。在小说中，作为英雄的沙多里斯心中不仅有“整个国家”，也有一定的个人动机，他更在意的不是为了南方的整体利益或社会进步，而是自己的社会地位和形象，为此他才会以一种堂吉诃德的姿态，再三证明自己拥有的个人荣誉。在小说倒数第二章，面对南方战败，沙多里斯保持着轻松态度，令白亚德感到非常惊讶：“这个人曾经有四年时间率领一团人，发誓要将联邦军队逐出国门。但现在看起来好像我们根本没有投降，而是同以前的敌人会师了。”②

透过白亚德的观察，小说还揭示了南方英雄主义的表演性成分。在旧南方的荣誉观中，荣誉不仅取决于自我的行为，还取决于他人尤其是伙伴或敌人的承认与肯定③。在这种风气的影响下，南方白人生怕自己屈居于其他白人之下，常常出于展示男性气概的目的做出激烈反应，有时甚至故意追求戏剧化的效果④。小说中的邦联英雄也是如此。他们唯恐自己被同伴和敌人所轻视，所以将内战简化为对男性气概的考验，将战斗视为骑士决斗般的游戏。相比战斗的胜败，他们更在意在战斗中展现出超越伙伴、碾压对手的英雄气概，为此常常不计后果地冒险，将鲁莽行为取得的胜利宣扬为勇敢，视之为至高精神愉悦的源泉。白亚德的姑妈珍妮对沙多里斯兄弟参战

---

① FAULKNER W. The unvanquished[M]. New York: Vintage Books, 1966: 56.

② FAULKNER W. The unvanquished[M]. New York: Vintage Books, 1966: 228.

③ WYATT-BROWN B. Southern honor: ethics and behavior in the old south[M]. New York: Oxford University Press, 1982: 28 - 29.

④ 参见刘家钦.试论内战前美国南部的决斗之风[J].阜阳师范学院学报(社科版),2000(1): 68 - 71.

动机曾作精辟总结，颇为一语中的："他们不是为了任何政治信念，而是为了纯粹的精神愉悦。"[①]在白亚德见证的那场遭遇战中，战斗场面犹如一场表演。面对人数众多的北军骑兵，沙多里斯让白亚德和黑人童仆林戈大声吆喝、虚张声势，想象自己身后有整支军队，在千军万马的冲锋下震慑住对手，获得战斗的胜利。战斗结束后，沙多里斯命令游击队剥下北军骑兵的衣服，北佬们为避免在大庭广众下暴露身体而在夜间潜入灌木丛中逃走。在这一情节中，战争的目的不是置人于死地，不是给谁造成恶劣的后果，而是实现令人捧腹的羞辱和反衬自身的仁爱勇武。目睹敌军狼狈逃走，沙多里斯尽情享受由此带来的精神战果。"父亲没有放声大笑出来"，白亚德叙述道："他只是坐在那儿，[因为忍笑而]浑身颤抖。"[②]通过白亚德的观察，小说揭示出沙多里斯等人的"英雄主义行为"的幼稚一面——它与儿童战争游戏极为相似，其中没有士兵的杀戮、没有决定命运的生死成败，只有想象中的勇气或者智慧的对抗，正如詹姆斯·梅默特(James Memmott)略带嘲讽意味的评论："没有鲜血四溅的场面，被俘的士兵也可以偷偷逃走，沙多里斯这么做，大概是希望改天有人跟他玩捉迷藏的游戏。"[③]白亚德的继母德鲁西拉的话也从侧面反映南方人出于表现自己的目的而参加战争的实质。她解释道："生活原本愚蠢而单调，但战争爆发后，年轻人不必再为此操心……他们能够骑马离开，在精彩的战斗中被杀死。"[④]

此外，小说还指出南方英雄主义的虚荣的一面。在旧南方，人们往往将英雄形象和骑士品质相联系，把现实的英雄塑造成传说中完美的骑士，宣扬他们俊朗挺拔的身姿、优雅的风度和勇武的气概[⑤]。受此影响，南方人在追求作为英雄的精神愉悦时，往

---

① FAULKNER W. Flags in the dust[M]. New York: Vintage Books, 1974: 14.在这方面，约翰·沙多里斯上校的心态与其亲兄弟[内战的]白亚德可谓异曲同工。根据《坟墓里的旗帜》里珍妮姑婆(即本书中白亚德的姑妈)的叙述，当内战爆发时，[内战的]白亚德感到"这是上帝送来的礼物"，因为战争提供了尽情展示自身勇气和荣誉的平台，相形之下战争的胜败倒处于无足轻重的位置，"因此，当穆特里要塞陷落而南卡罗莱纳州州长又拒绝投降时，沙多里斯全家私下里都有些庆幸，因为白亚德现在有事可干了"。

② FAULKNER W. The unvanquished[M]. New York: Vintage Books, 1966: 79.

③ MEMMOTT J. Sartoris ludens: "the play element in The Unvanquished"[J]. Mississippi Quarterly, 1976, 29(2): 375 - 387.

④ FAULKNER W. The unvanquished[M]. New York: Vintage Books, 1966: 115.

⑤ 参见 TAYLOR W R. Cavalier and Yankee: the old south and American national character[M]. New York: Harvard University Press, 1979: 160.

往也将这种“骑士品质”的外在形式当作重要成分。在战争初期,沙多里斯也曾有意无意地凸显这些外在形式。他像骑士对待对手那样,彬彬有礼地对待被俘的北方军官;战役结束后返回种植园时,他常常让儿子白亚德和黑仆林戈分侍左右,自己骑马缓步从园门行进至主宅的台阶前,犹如古代骑士的盛装巡游。对于这样的父亲,白亚德曾深感骄傲,在他身上闻到“火药和荣誉的味道”①。然而,观察的深入和思想的成熟,白亚德逐渐发现,这种形式化的愉悦并非永恒的存在,它既不能为英雄及其群体带来物质或实质的改善,本身也往往因战斗胜负而成为转瞬即逝的幻影,显得多少有些虚幻而荒谬。随着战争的延续,沙多里斯及其部下经常衣衫褴褛返回家中,不是“带着荣誉的气味”凯旋,而“实际上几乎是偷偷溜回家”,他们“笨拙的行动中似乎流露出一种羞愧和歉意”②。在小说中,沙多里斯曾选择放走被俘北军骑兵。在他看来,放回被剥光衣服的骑兵,既狠狠地羞辱了北方佬,又彰显了自己以少胜多的勇武气概,可以帮遭受挫败的邦联军队挽回声誉,因此“甚至[邦联将领]约翰斯顿将军都会感谢我们”③。不久,这个“好计划”就暴露出其荒谬的一面。遭受羞辱的北军士兵很快就返回杰弗生镇进行搜捕,沙多里斯被迫装疯卖傻、衣冠不整地逃跑,可谓狼狈至极,沙多里斯家宅邸也被北军付诸一炬,其家族财富和社会地位遭受沉重打击。因此,当德鲁西拉兴奋地将“南北方火车头英勇对决”与父亲的“英雄行为”相类比时,白亚德觉得它们就像骑士传说般虚幻。他内心独白道:

> [它们]就像身穿铁甲的古代骑士的对抗,不是为了物质利益,而是为了原则——用荣誉否定荣誉,用勇气否定勇气——这些行为不是出于什么目的,而是为了行为本身,通过这些行为来经历终极的考验。结果,除了死亡的宿命和所有的努力都是虚荣外,它证明不了任何东西。④

① FAULKNER W. The unvanquished[M]. New York: Vintage Books, 1966: 11.
② FAULKNER W. The unvanquished[M]. New York: Vintage Books, 1966: 108.
③ FAULKNER W. The unvanquished[M]. New York: Vintage Books, 1966: 78.
④ FAULKNER W. The unvanquished[M]. New York: Vintage Books, 1966: 111.

当德鲁西拉要求白亚德向沙多里斯转告她想参加骑兵队的愿望时，白亚德尽管表面应允，但暗中予以拒绝[①]。透过白亚德混杂着敬仰和质疑的评论话语以及他的实质举动，小说在一定程度上折射了作家对南方英雄主义的缺陷的认识。在小说中，白亚德还多次意识到，这样形式化的英雄主义像“彩虹色的肥皂泡，虽然光亮但没有重量”[②]。

文学作为对群体命运的沉思不仅关切个人际遇，剖析个人的性格缺陷和道德瑕疵，同时也在更深的层面探索社会历史条件对人类群体命运的影响和操控，从中揭示特定历史现象下存在的经济、政治和意识形态逻辑，提示人们选择正确的方向，避免重蹈覆辙。因此，尽管小说揭示南方英雄主义自私、幼稚和虚幻等负面成分，但作家无意将其完全归咎于沙多里斯等南方英雄的个人性格或道德瑕疵，而是将旧贵族所追思的“史诗式的过去”置于内战后期的社会历史条件，从过去事件所发生的“当下”探讨南方英雄主义兴起和壮大的深层原因。他让白亚德看到一个根本性问题：沙多里斯的英雄主义行为得到德鲁西拉、米拉德小姐（白亚德的外婆）和麦卡斯林大叔（小说中杰弗生镇最大的种植园主）等众多旧贵族成员的认同和赞扬，德鲁西拉甚至宣称“每一个人都应该像他那样”[③]。这促使白亚德进一步观察南方英雄主义得以自我放大的社会环境，思考邦联在内战时期强调英雄主义的原因及由此带来的社会后果，并展开质问：“这些英雄主义行为在多大程度上是必要的呢？”[④]

小说一方面揭示了南方英雄主义在内战中得到宣扬的政治和意识形态逻辑。在战争后期，白亚德并不理解这场败象已露的战争为何是一场“不得不打”的战争[⑤]，男人们为何“在明知被击溃后又打了两年的仗”[⑥]。但是，随着北方军队攻入家乡，白亚德逐渐明白，在战争发生决定性转折后，对于南方而言，战斗在很大程度上已不是军事的需要，甚至也不是维护旧南方经济政治制度的挣扎，而是在不愿承认失败和掩盖

① 白亚德对此有委婉的表述：“我并没有告诉爸爸，也许是忘了。”（参见 FAULKNER W. The unvanquished[M]. New York: Vintage Books, 1966: 116.）
② FAULKNER W. The unvanquished[M]. New York: Vintage Books, 1966: 40.
③ FAULKNER W. The unvanquished[M]. New York: Vintage Books, 1966: 256.
④ HOFFMAN F. Faulkner's Country Matters: Folklore and Fable in Yoknapatawpha[M]. Baton Rouge: Louisiana State University Press, 1989: 73.
⑤ FAULKNER W. The unvanquished[M]. New York: Vintage Books, 1966: 108.
⑥ FAULKNER W. The unvanquished[M]. New York: Vintage Books, 1966: 247.

错误的心理驱使下的行动，是“用激烈狂暴的胜利，在我们与现实之间、在我们与事实和注定的末日之间，立起一片遮羞布、一道屏障”①。为了维护战争的正当性，证明南方人拥有比北方佬更为高贵的道德原则，以种植园主为代表的旧贵族需要坚持战斗，通过邦联将士的英勇行为彰显自己“尊严和荣誉至上”的品质，因此他们“将这令人难过的事情拖延了三年之久”②。在这种情况下，宣扬南方英雄主义就有其非同寻常的重要性。为了编织南方英雄的神话，旧贵族开动“仅余的欺骗的意志和能力”，开始浪漫化地演绎邦联将士的战斗经历，渲染英雄主义精神，将它们建构成堪比古代骑士罗曼司的英雄传说③。此外，他们还寻找可以表明南方英雄主义的各类事件和人物。甚至两台机车在铁路上追逐行驶也被理解为南北方的英勇对决。听闻德鲁西拉讲述这一“英勇对决”的故事时，白亚德理解了邦联强调英雄主义的用意。他内心独白道：

> 机车离开亚特兰大他们［围观者］似乎就多少有些明白了，就好像穿灰衣服的将军们亲口发出了信号，告诉他们，“你们受了三年的苦，现在我们将让你们和你们的孩子们瞥一眼你们因之受罪和遭到摒弃的那个东西”。因为这就是一切。现在我明白了。④

如此，内战中的英雄主义不过是个人与邦联合谋的表演，是旧贵族“自我欺骗的乐观主义”的外在表现。白亚德的剖析表明，至少就内战后期而言，英雄主义不是南方历史的必然要求，它只是旧贵族的自我创造、强调和放大。

在另一方面，小说也揭示了南方英雄主义给社会带来的消极后果。杰弗生镇居

---

① FAULKNER W. The unvanquished[M]. New York：Vintage Books，1966：2.

② FAULKNER W. The unvanquished[M]. New York：Vintage Books，1966：108.

③ 正如白亚德在故事“突袭”中的叙述：“在战争还没有被文字记录下来前，老人就不停地对年轻人和孩子讲述战争和搏斗：有关地点场所和时间顺序说得模棱两可……没有铁器的时代却有铁器的攻防交战——相同的故事，相同的叙述，前一个或后一个完全一样。”(FAULKNER W. The unvanquished[M]. New York：Vintage Books，1966：107.)

④ FAULKNER W. The unvanquished[M]. New York：Vintage Books，1966：111.“灰衣服”指邦联军队。在美国内战中，北方的联邦军穿蓝色制服，南方的邦联军穿灰色制服。

民对于内战英雄主义行为的认可在很大程度上源于对内战的认同。在他们看来，内战塑造了南方人对家乡及其生活方式的热爱，淬炼了他们顽强、忍耐的品质；战争中经受的苦难是必要的代价，它作为对南方忠诚的体现将浩然长存，正如年幼的白亚德想象的那样："这种顽强比大炮还沉重，相形之下，最显赫的胜利和最悲惨的失败，只不过是转瞬即逝的喧嚣而已。"①但随着白亚德的观察，可以发现，内战给南方造成了严重伤害。联系到小说对内战延续原因的判断，可以认为，作家对内战生活的描绘在一定程度上就旨在揭示南方英雄主义的消极后果，包括巨大的财产损失和无形的精神伤害。首先，毫无必要且漫长的战争进程摧毁了南方的经济政治体系。和沙多里斯步枪团一样，许多邦联部队招募的大多数士兵其实是农民。由于大批农民外出参战、黑人逃亡以及贵族军官鲁莽指挥造成的伤亡，南方劳动力极度匮乏，南方经济陷于停滞和瘫痪状态，人们普遍忍饥挨饿，社会秩序也处于崩溃边缘。在白亚德的印象中，返家的游击队有许多"实际上缺胳膊断腿的人"，一些人甚至因身负重伤被"送回家中等死"②。其次，长期的战争对文明造成摧残，它不能彰显南方"高贵的生活方式"，反而可能让人脱离道德的控制，暴露出兽性的一面。在小说中，许多处于生存压力下的人暴露出自私、狡诈、残忍的本性。为了摆脱物质的窘境，甚至连拥有道德洁癖的米拉德小姐也被迫与"白人下三滥"艾勃·斯诺普斯同流合污，通过欺骗和盗抢北方军队的骡马来长期牟利。此外，战争没有实现英雄主义的根本目标，即"保证个体、家庭和社区的生存，避免其受到攻击或批评"③。社区失去了法律、正义和秩序的守护，打着"邦联军独立大队"旗号的匪帮在杰弗生镇肆意劫掠，甚至残害居民的性命。当米拉德小姐遭到匪徒杀害时，年幼的白亚德被迫以私人暴力实现正义。在社区秩序崩坏的时刻，邦联军队并未承担起保护社区和维持秩序的作用。白亚德心中的讶异反映出这一点："四年里，我们包括妇孺都为将北佬军队逐出国门这一件事情而活着"，但"我们所见的唯一邦联军官，除了父亲以外，就只有在格兰特烧毁杰弗生

① FAULKNER W. The unvanquished[M]. New York: Vintage Books, 1966: 3.

② FAULKNER W. The unvanquished[M]. New York: Vintage Books, 1966: 158.

③ WYATT-BROWN B. Southern honor: ethics and behavior in the old south[M]. New York: Oxford University Press, 1982: 35.

之前与布克大伯对话的那一位上尉”[1]。透过白亚德的观察,小说暗示了南方英雄主义的两面性:邦联的英雄们固然献身于南方和“伟大的事业”,但他们实际上也带来大规模的破坏。他们固然是南方和邦联的救星,同时在一定程度上也是家庭和社区的实际破坏者。由此,福克纳也委婉地指出,旧贵族在内战后期强调和宣扬英雄主义的行为,如果不能称为自私的,至少在相当程度上是愚蠢的,除了某些精神上的自我安慰外,它所产生的效果其实令人怀疑。

特定时期的社会历史条件是决定该时期群体生活和思想界限的总体,但同时也是伟大集体故事中的一个系列片段[2]。由此观之,所谓“史诗式的过去”并非凭空而生的绝对存在,而是在它之前更早的“过去”演化的结果。南方英雄主义的兴盛不仅是内战时期历史条件使然,也是南方社会经济政治的历史演化,尤其是旧南方意识形态长期潜移默化的熏陶所致。因此,在小说中,福克纳没有将审视目光局限于内战时期的社会历史条件,而是扩展至更为久远的旧南方文化,探究这种文化尤其是旧南方荣誉观对南方英雄主义的影响。

文化和历史研究学者认为,旧南方的文化是一种耻感文化,人的价值取决于他人的评价,“荣誉”则是评价标准的核心,白人根据荣誉的大小确定各自在南方社会等级结构中的位置[3]。他们认为荣誉是自己区别于“低贱黑人”的本质差别,害怕自己屈居于周邻的白人之下,因此对于个人荣誉极为敏感,即使面临轻微的侮辱也要做出激烈乃至暴力的反应[4]。这样,个人的荣辱实际上是残酷竞争体制下的自我的外在形式体现,与个人的道德、礼义相差甚远[5]。历史学家怀亚特-布朗将这种荣誉观称为“原始的荣誉观”[6]。

---

① FAULKNER W. The unvanquished[M]. New York: Vintage Books, 1966: 157.

② 参见 JAMESON F. The political unconscious: narrative as socially symbolic act[M]. Ithaca: Cornell University Press, 1981: 19.

③ GORN E J. Poor, violent men in a pre-modern world: the old douth[M]. Hoboken: Blackwell Publisher Ltd., 2001: 115.

④ 刘家钦.试论内战前美国南部的决斗之风[J].阜阳师范学院学报(社科版),2000(1): 68－71.

⑤ JOYNER C. Supten’s honor: William Faulkner and the historians[M]//Tao, J. Faulkner: achievement and endurance. Beijing: Peking University Press, 1998: 105.

⑥ WYATT-BROWN B. Southern honor: ethics and behavior in the old south[M]. New York: Oxford University Press, 1982: 14.

在内战中，这种荣誉观影响下的英雄主义发挥了提升邦联将士士气、鼓舞他们英勇战斗的积极作用，但也存在暴力、专制和好斗的弊端。在小说《未被征服的人》中，福克纳揭示出这些弊端对于和平时期南方的负面作用。他借助白亚德的观察和判断，叙述了沙多里斯以英雄主义准则重建小镇经济政治秩序、稳定旧贵族社会领导权，又因这种英雄主义变得残暴好斗继而死于非命的人生过程。透过这位邦联英雄战后崛起和衰落的经历，小说揭示了南方英雄主义在价值观底蕴上的深层缺陷。

小说首先揭示南方英雄主义的重要缺陷，即暴力倾向。内战结束后，尽管沙多里斯及其追随者宣称其追求"和平和法律下的秩序"，但实际上仍信奉让他们扬名立万的战争法则和暴力伦理。在他们的思维中，暴力行为彰显荣誉和勇气，可以反证个人的道德正当性，诉诸武力作为简单明了的处事准则不会因战败而受到摒弃。在发生利益矛盾或观念分歧时，沙多里斯往往以暴力作为维护个人和本群体利益的手段，他枪击退伍士兵、暴力恐吓黑人，甚至当众射杀发动黑人选举的北方人。在他的暴力逻辑下潜藏着强权为尊的法则，即自身的意志可以凭借暴力手段强加在他人身上，自身的权力可由暴力而得到强化。他的行为暴露出这种暴力倾向对南方文明社会的危险：它在维护所谓权威的时候，破坏旧南方所崇尚的仁爱、怜悯和同情等价值观准则，损害旧贵族占据南方社会主导权的正当性，甚至可能将南方推向丛林世界。正如小说所暗示的，沙多里斯眼中有"肉食动物特有的那层透明薄膜，肉食动物正是从这层薄膜来看待反刍动物从未看见也不敢看见的那个世界"①。换言之，在那个世界中，弱者群体将被视为低劣的种族甚至非人物体，可以被冷酷无情地伤害，他们的生命相对于强者的利益无足轻重。德鲁西拉为沙多里斯辩护的话就折射出这种思想。当白亚德语带批评地说"他们[被杀的人]是人，是生灵"时，德鲁西拉回应道："他们是北方人，是管闲事的外国人……世界上并没有多少梦，却有许多人的生命，而且一条人命或者两打人命——根本算不了什么。"②

小说还暴露南方英雄主义另一个缺陷，即专制心态。战后，沙多里斯试图将社区

① FAULKNER W. The unvanquished[M]. New York: Vintage Books, 1966: 267.
② FAULKNER W. The unvanquished[M]. New York: Vintage Books, 1966: 257.

置于自己的掌控之下，让社区按照自己的思想和规划运行，不能容忍他人游离于其意志之外。这种专制心态在沙多里斯干预黑人选举的事件中表现得至为明显。凭借杀人的余威，沙多里斯公开宣布在他的家中举行选举，并任命其妻子德鲁西拉为“选举委员”，试图将他家变成杰弗生镇事实上的政治权力中心，而他自己则成为主宰权力分配的核心人物。为了权力，沙多里斯甚至顾不上掩饰其炽热的欲望，暴露出军阀式的专制本色，“在人们还没有做出反应的时候，他就挥挥手让他们住口了”[①]。沙多里斯不能容忍其意志相左的观念或决定，为此常常带领部下党同伐异。在他掌控社区经济政治的过程中，沙多里斯与本阶级的头面人物不断发生激烈矛盾，乃至刀兵相见。他多次要求与种植园主萨德本决斗。出于专制心态，沙多里斯不愿旁人跟他平起平坐，他的事业伙伴最终都在“狂怒的冲突中与其分道扬镳”，连同心协力的伙伴雷蒙德最后都变成了他的生死仇敌。在沙多里斯身上，白亚德看到“容不得他人的傲气”，这种傲气隐含着对和平时期规则和秩序的排斥，它源于战争英雄的气概，而非太平绅士的宽容。白亚德评价道：“即使他们投降了并宣称自己受到了鞭笞，他们仍然是战士”[②]“他绝不可能是律师。”[③]

小说揭示的南方英雄主义第三个缺陷是对抗思维。沙多里斯从事战后重建的经济和政治活动，不仅旨在获得物质利益和实现经济政治目标，更在于击败对手并从中体验精神的愉悦，犹如白亚德所比喻的“酒精带来的迷醉”[④]。结果，在他追求权力的过程中，沙多里斯不断贬低和羞辱对手的怯懦和无能，以此凸显自己的勇气和远见进而彰显自身荣誉。前合作伙伴雷蒙德对他的愤怒也源于此。铁路修建面临困境时，雷蒙德接受沙多里斯的条件退出经营，沙多里斯却将此作为前者短视和无能的证据，在公共场合大加宣扬。他与雷蒙德的议员竞选也由政治角逐变成“你死我活的比赛”。这种“毫无道理且毫无必要的”挑衅行为招致反噬，沙多里斯在决斗中被不堪羞辱的雷蒙德枪杀。白亚德认为，这种对抗思维是英雄主义迷醉带来的虚幻感觉，它是

---

① FAULKNER W. The unvanquished[M]. New York: Vintage Books, 1966: 238.
② FAULKNER W. The unvanquished[M]. New York: Vintage Books, 1966: 257.
③ FAULKNER W. The unvanquished[M]. New York: Vintage Books, 1966: 265.
④ FAULKNER W. The unvanquished[M]. New York: Vintage Books, 1966: 282.

战争遗留的难以改变的恶习，决定了沙多里斯的性格和命运，就像“酒鬼想要戒酒，但已为时过晚”①。

小说对沙多里斯人生的叙述揭示了南方英雄主义的复杂面貌。从白亚德的讲述中不难看出，沙多里斯是南方英雄主义的化身，其人生轨迹充满英雄主义的烙印，有着勇猛刚烈、意志坚定、骑士精神等南方人所推崇的优秀品质，同时也有自私、幼稚、虚荣等性格缺陷，还有残暴、专制等道德瑕疵。后两者实际上降低了沙多里斯的道德水准，恶化他在某些社区居民心中的形象，最终也导致他的死亡。他所竭力恢复和重建的事业也差点戛然而止。可以说，他在享受英雄主义带来的荣耀时，也成为英雄主义的牺牲品。当他躺在棺木中时，他的“军服、马刀和羽毛饰下隐约带着无形的毫无必要的斑斑血迹”②。

至此，透过白亚德的观察，小说指出了战时盛行的英雄主义与和平年代发展要求之间的矛盾。白亚德也根据这种观察确立人道主义的道德立场，规划自己的道德成长路径，并超越南方英雄主义的桎梏。这折射出作家对旧贵族未来努力方向的思考。

父亲被雷蒙德枪杀的消息传来时，白亚德抵制住继母和父亲旧部要求其复仇的压力，决心放弃以暴制暴的传统法则。但白亚德放弃复仇并非仅仅为了获得良心上的安宁，而是将其当作一个变革的机会，扬弃“沙多里斯”这个姓氏曾经代表的暴烈传统，赋予其人道价值取向，进而为旧贵族群体和南方社区作出示范。通过赤手空拳说服雷蒙德离开杰弗生镇，白亚德向社区成员展现了他所理解的勇气。这种勇气不是以搏斗和杀戮为标志的对抗性“血气之勇”，而是以深思、谨慎、尊重生命和善待弱者为标志的“道义之勇”。在“血气之勇”向“道义之勇”的升华中反映了某种期待，即旧贵族由强调光荣和勇气等品质的“原始荣誉观”转变至崇尚正义、宽容、虔诚、忍耐和同情的“人道主义荣誉观”③。同时，它也表明，英雄主义只是在特定年代盛放并且适应特定年代的价值观念，而非永远适用的僵化教条。在和平年代，旧贵族应该放下包

① FAULKNER W. The unvanquished[M]. New York：Vintage Books，1966：272.

② FAULKNER W. The unvanquished[M]. New York：Vintage Books，1966：272.

③ WYATT-BROWN B. Southern honor：ethics and behavior in the old south[M]. New York：Oxford University Press，1982：26.

袱,以更加平和的方式来强大自己和领导社区。

小说结局折射作家对这种变化的肯定。放弃以暴制暴后,白亚德的人道主义荣誉观得到了继母和父亲旧部的认同。它反映一种可能性,即旧贵族青年认清时代的要求,在同情、怜悯等人道主义价值观的浸润下领导南方社会朝和谐美好的方向前进①。当然,小说也流露出一定的忧虑,即在祖辈人物的行为已被浪漫神化的情况下,某个成员的成长难以根本扭转旧贵族的价值取向,正如白亚德所叹息的:“他[沙多里斯]遗留给我们的东西我们永远也难以忘却,每当我们当中的任何人(包括黑人和白人)闭上眼睛的时候,那种东西就会呈现出他的肉体形态。”②这既是福克纳对《坟墓里的旗帜》中小白亚德殒落悲剧的历史成因的追溯,也是他对旧贵族青年的严肃提醒。

《坟墓里的旗帜》和《未被征服的人》是福克纳反思旧贵族衰落成因的结晶。作为旧贵族的后裔,福克纳并未(也许是不愿意)在两部小说中直接谈论内战的政治经济肇因和道德实质③。尽管如此,福克纳仍比他的南方文学前辈深刻,他不像后者那样对内战持狂热肯定的态度,而是将内战视为南方的一次灾难。他在《喧哗与骚动》的再版前言中写道:“南方是被内战杀死的。”④在他看来,旧贵族出于掩饰自身的道德内疚感,而以不容反驳的雄辩方式证明本阶级的高贵、骄傲和荣誉,并出于荣誉感而发

---

① 在《坟墓里的旗帜》《献给爱米丽的一朵玫瑰花》和“斯诺普斯三部曲”等小说中,白亚德不仅成为在社区很有影响力的银行家,还在很长时间内担任杰弗生镇的镇长,成为叙述者所感叹和怀恋的“沙多里斯那代人”的代表。

② FAULKNER W. The unvanquished[M]. New York: Vintage Books, 1966: 291.

③ 关于美国内战的起因和实质,马克思曾从社会制度和阶级主导权等层面作出深刻的剖析。他认为:“内战是南方发动的”“当前南部与北部之间的斗争不是别的,而是两种社会制度即奴隶制度与自由劳动制度之间的斗争。这个斗争之所以爆发,是因为这两种制度再也不能在北美大陆上一起和平相处。它只能以其中一个制度的胜利而结束。”马克思还指出,内战虽然从表面上看是由奴隶制引起的,但它从根本上关系到种植园主相对于穷白人的政治领导权。他写道:“因此,[如果]把奴隶制度严格地限制在其旧有地区之内,由于经济规律,势必使奴隶制度逐渐消亡,使蓄奴州通过参议院所行使的政治领导权归于消灭,最后,势必使奴隶主寡头集团在他们本州内部处于‘白种贫民’的威胁之下。”(马克思.美国内战[M]//马克思恩格斯全集: 15卷.中共中央马恩列斯著作编译局,译.北京: 人民出版社,1963: 365;马克思.北美内战[M]//马克思恩格斯全集: 15卷.中共中央马恩列斯著作编译局,译.北京: 人民出版社,1963: 355.)

④ 福克纳.福克纳随笔[M].梅里韦瑟,编.李文俊,译.上海: 上海译文出版社,2008: 313.

动了愚蠢的战争，最终导致南方人道主义理想社会的愿景破灭①。不过，福克纳对内战的反思又是有局限的，他了解旧南方奴隶制的罪恶，但似乎不愿将奴隶制与内战联系起来。他在 1956 年对日本青年谈论内战爆发的原因时，也含糊地称之为“两种经济与文化的相互对立”，试图暗示它是农业与工业的生产方式之争或传统与现代的价值理念之争。虽然他没有像此前的南方作家那样，将北方和北方军队描述为反面形象，但他仍暗示后者的战争动机不那么高尚②。与此相似，在沙多里斯系列小说中，尽管福克纳通过青年后裔的命运遭遇反思内战经历和内战记忆对南方造成的沉重精神负担，但他很少涉及奴隶制对青年后裔造成的心灵影响。布鲁克斯在评论《坟墓里的旗帜》时断言：“造成小白亚德悲剧的精神原因并不是对奴隶制的负罪感。”③米勒也认为，福克纳小说“关注南方的战败和这次战败对南方的影响”④。米勒未曾说出的潜台词是，福克纳关注的只是战败而非战争。

作为结果，福克纳的历史反思聚焦旧贵族对内战传说和英雄主义观念的偏执心态，暴露这种心态的狭隘和虚幻，期待旧贵族青年应该放下内战的包袱，以更加道德、更加勇敢的心态面对和平年代的未来。他曾这样阐释“南方文艺复兴”运动的发生原因：“我们要告诉外地人我们的真实面貌，告诉他们，除了自知无望获胜的四年战争外，我们还有引以自豪的东西。”⑤应该说，就福克纳而言，将他话里的“外地人”换成“南方青年”，这一愿望也是同样存在的。它代表着福克纳反思后的心声：除了内战

① 小说《坟墓的闯入者》中的旧贵族少年曾表达过“每一个十四岁的南方少年”心底都存在的“回到葛底斯堡战役以前”的无意识。（Faulkner W. Intruder in the Dust[M]. London：Vintage Books，1996：191.）

② 福克纳在《致日本青年》中谈道：“一百年前，我的国家，美利坚合众国，并非只有一种经济与文化，而是有两种，他们是如此相互对立，以至于在九十五年前，它们之间发生了战争，想看一看谁应该存在下去。我的一方，亦即南方，输掉了战争。……征服者侵入我们的土地和家园，我们失败后他们仍然留下不走；我们不仅因战争的失利而遭受摧残，征服者在我们失败与投降之后还驻留了十年，把战争所剩下的那一点点资源掠夺殆尽。这场战争的胜利者在重建与经济恢复中并不为使我们在人类社会与国家之间能够占有一席之地而作出任何努力。”（福克纳.福克纳随笔[M].梅里韦瑟，编.李文俊，译.上海：上海译文出版社，2008：83.）

③ BROOKS C. William Faulkner：The Yoknapatawpha country[M]. Baton Rouge：Louisiana State University Press，1963：103.

④ MILLER D T. Faulkner and the Civil Wart：myth and reality[J]. American Quarterly，1963，15(2)：200－209.

⑤ GWYNN F L，BLOTNER J. Faulkner in the university：class conferences at the University of Virginia，1957－1958[M]. Charlottesville：University Press of Virginia，1959：136.

以外，南方还有其他值得珍惜和发扬的东西。旧贵族能强盛于旧南方的原因，不在于血气之勇，而在于他们所秉持的人道主义价值观。李文俊先生曾归纳道："在他[福克纳]看来，白人贵族——如果真的存在过这样一个社会阶层的话，应该是豁达大度、能够同情弱者的。"①

这种批判的指向决定了福克纳历史反思的有限性，使他未能从根本上剖析内战、旧南方社会制度崩溃和新南方社会变革的历史演化必然性，以及推动这种演化的深层社会历史矛盾。这也让他对旧南方社会制度的批判局限于对部分种植园主个人道德败坏的谴责，使之未能深入地探究奴隶制本身与旧贵族衰落的联系。福克纳不能更进一步从特定阶级在社会生产和分配关系中根本地位着眼，对南方社会现代变革和阶级格局调整成因展开思考。所以，他将这种思考转向对社会变革中崛起的资产阶级的剖析，并从后者崛起的原因和带来的破坏来观察南方社会的现状和未来的命运。

---

① 李文俊.序[M]//福克纳.没有被征服的.王义国，译.北京：北京燕山出版社，2015：4.

第三章

新南方社会变迁的现实焦虑

南方社会现代变革还包含另一个重要变化，即自由资本主义的渗透和新兴资产阶级的崛起。在福克纳看来，这种变化的要害在于，新兴资产阶级主要由出身于穷白人的“红脖梗”组成，他们不仅改变了南方的经济政治版图，还加速了价值观念的兴替[①]。新的价值观念与南方传统道德相悖，容易使唯利是图之人得势，导致道德精英生存状态恶化，造成南方社会整体道德堕落和秩序崩溃。他对弗吉尼亚大学学生的一番话透露出这种潜意识。他说：“变革如果不是由那些有智慧的人来掌控的话，它所毁坏的东西比它带来的东西就会更多。”[②]

正如福克纳传记作者弗雷里克·霍夫曼(Fredric Hoffman)指出，在福克纳看来，“南方社会的内部堕落是当地的‘红脖梗’商人这一阶级造成的，这些人没有文化修养和宗教虔诚，也没有优雅生活磨练的道德品质。他们像蝗虫一般遍布南方，在社会体制中钻营，排挤掉品德优秀的人们”[③]。因此，在集中表现这种看法的“斯诺普斯三部曲”小说(《小村》《小镇》《大宅》，以下简称“三部曲”)中，福克纳把部分穷白人崛起为新兴资产阶级的现象描绘成道德堕落的写照。在这三部小说中，福克纳塑造出弗莱姆·斯诺普斯这一经典文学形象，将其作为从穷白人崛起的新兴资产阶级的人格化代表，书写其一生的不堪之事，刻画其损人利己的嘴脸，揭露其低劣的道德品质，由此投射出作家对该人物所代表的群体的负面价值判断，并表达他对这一

---

① “红脖梗”(redneck)是旧贵族对穷白人的蔑称，因为在农业时代，穷白人必须在太阳下长时间劳作，他们的脖子往往被晒得通红。该称呼与“白人下三烂”(white trash)、“土包子”(dust eater)、“泥腿子”(hillybilly)等指称穷白人的称呼一样，包含阶级歧视含义。在新南方时期，这一称呼尤其用来指称通过阶级爬升“侵入”旧贵族领地的穷白人。在南方工商业发展潮流中，一批南方普通人尤是穷白人迁入城镇寻找发展机会，其中的小部分人聚敛了大量财富，成为当地的资产阶级新贵。“新南方信条”的重要鼓吹者格拉迪称赞他们为“白手起家的新人”，还专门在报纸发表题为“self-made men, whose grit had made them”的文章，大肆吹捧了一系列“白手起家”的新兴资产阶级故事。文章特意用小写标题宣扬他们从小人物到大富豪的特质。许多南方文学评论家认为弗莱姆·斯诺普斯代表了福克纳对“红脖梗崛起”的典型看法。(参见 RAILEY K. Natural aristocracy: history, ideology, and the production of William Faulkner[M]. Tuscaloosa: University of Alabama Press, 1999: 59; BASSET J E. Vision and revision: essays on Faulkner[M]. West Ornwallzz: Locust Hill Press, 1989: 216.)

② GWYNN F L, BLOTNER J. Faulkner in the university: class conferences at the University of Virginia, 1957-1958[M]. Charlottesville: University Press of Virginia, 1959: 277.

③ Hoffman F. Faulkner's Country Matters: Folklore and Fable in Yoknapatawpha[M]. Baton Rouge: Louisiana State University Press, 1989: 72.

群体的不满、厌恶以及恐惧等情感[①]。在更深层次上，通过叙述弗莱姆从崛起到毁灭的过程，福克纳得以揭示南方新兴资产阶级两大危险品质，即资产阶级的贪婪本质和穷白人对南方道德传统的漠视，同时思考这一群体得以在新南方时期崛起的经济和政治原因、他们崛起对南方社区价值观念的伤害，以及他们崛起对于南方社会传统秩序的冲击。本章即以"三部曲"为对象，梳理福克纳对弗莱姆崛起和覆灭过程所作的史诗性叙述，解读它们描写的堕落和沉沦景象，体会小说在字里行间流露出的对新南方社会堕落的焦虑，以及作家对社会变革趋势无法得到扭转的无奈和彷徨。

第一节　《小村》：对"经济人"崛起的恐惧[②]

自 19 世纪 70 年代南方展开"赎回运动"后的数十年间，南方工商业经济得到不断发展。在此期间，一些普通人尤其是穷白人逐步离开农业领域，进入城镇寻找新的谋生方式，其中的小部分人抓住机会积累大量财富，开始控制地方经济命脉并跻身上层社会。到了 20 世纪初福克纳成长的岁月，这些"红脖梗"的崛起成为当地最重要历史性变化。[③] 鼓吹"新南方信条"的南方精英将这小部分人称为"在政治经济上占据领

① 福克纳在小说稿《亚伯拉罕父亲》中开始塑造弗莱姆・斯诺普斯形象的时候，明确他是"最厚颜无耻毫不可信的骗子的同道之人"，是"这一时代、地区和行为方式的象征"。一些评论家称其为"人类美德的最低水平""金融资本的代表，旧经济、旧秩序和旧传统肆无忌惮的破坏者"。得益于作家入骨三分的刻画，斯诺普斯已成为美国文学的经典反面人物，被当作不择手段的骗子、商人、政客的代名词。（参见 FAULKNER W. Father Abraham[M]. New York: Random House, 1983: 19; BROOKS C. On the prejudices, predictions, and firm beliefs of William Faulkner[M]. Baton Rouge and London: Louisiana State University Press, 1987: 26；肖明翰. 威廉・福克纳：骚动的灵魂[M].成都：四川人民出版社，1999：337.）

② "经济人"是英国古典经济学家亚当・斯密首先提出的关于资本主义的重要理论假设，其基本特性是利己主义和理性行为。马克思主义则从资本主义经济总体来理解"经济人"，称其为"资本主义生产关系当事人"，认为"资本家是人格化的资本"。（参见科西克.具体的辩证法[M].傅小平，译.北京：社会科学文献出版社，1989：63；马克思.资本论[M]//马克思，恩格斯.马克思恩格斯全集：23 卷.中共中央马恩列斯著作编译局，译.北京：人民出版社，1972：260.）

③ 参见 GRIMWOOD M. Heart in conflict: Faulkner's struggle with vocation[M]. Athens: University of Georgia Press, 1987: 163.

导地位且正在奋力争取社会认可的新型的人”。[①] 然而，在“三部曲”中，福克纳剥去这些新人身上“勤劳”“奋斗”“节制”等道德光环，指出他们得以夺取南方社会经济主导权的深层原因，即以获取金钱为根本宗旨的“经济理性”。他描绘出“像现金出纳机般准确”和“如计算机那样冷静”的新兴资产阶级形象，将这种“经济理性”人格化为小说主要人物弗莱姆·斯诺普斯(Flem Snopes)。评论家维克里夫人认为弗莱姆“在本质上是经济人”[②]。通过叙述弗莱姆向上爬的过程，福克纳得以阐述“红脖梗”崛起的社会历史原因，追踪资本主义“经济理性”在南方社会扎根的轨迹，以及资本主义对南方农业社会经济基础造成的破坏。

文学作为对共同体命运的象征性沉思，其宗旨之一就是透过个体的悲欢离合及人生际遇来观察人在时代洪流中的生存状态，窥探在无形中影响和操纵个体和群体命运的社会历史因素。作为南方作家的最杰出代表，福克纳体现出比同时代的一般上层精英更为深刻的洞察力。他没有将“红脖梗”崛起的原因简单归咎为“贪婪”“不择手段”等个人因素，而是从内战后南方社会历史演进的背景中，寻找“红脖梗”崛起的宏观经济政治因素。他在“三部曲”小说《小村》中暗示，弗莱姆由亲近土地的穷白人变为向钱看的新兴资产阶级，不是真空中发生的转变，而是南方生产方式变化和自由资本主义渗透造成的结果。尽管小说对此未作刻意叙述，但小说细节仍指明了造成弗莱姆经济地位和阶级认同变化的社会历史因素。

一般而言，人们对特定思想意识的态度，与他所处的物质生活状态是分不开的。“个人是什么样的，这取决于他们进行生产的物质条件。”[③]弗莱姆等穷白人之所以决意脱离底层的农民生活并拥抱资本主义标榜的“经济理性”，与他在农业社会底层的艰难生活经历有密切联系。在《小村》的开篇，弗莱姆离开土地到法国人湾的瓦纳小店上班。促使他做此决定的根本原因是农民处境的艰难——“种地不赚钱”，因此他

---

① DOYLE D H. New men, new cities, new South: Atlanta, Nashville, Charleston, Mobile, 1860 - 1910[M]. Raleigh: The University of North Carolina Press, 1990: 87.

② VICKERY O W. Novels of William Faulkner[M]. Baton Rogue: Louisianan State University Press, 1959: 169.

③ 马克思，恩格斯.德意志意识形态[M]//马克思，恩格斯.马克思恩格斯全集：3卷.中共中央马恩列斯著作编译局，译.北京：人民出版社，1956：24.

想要“尽可能早地离开这一行”①。对于造成南方农业衰落的原因,小说描述法国人湾现状时给出了隐晦的解释:

> 那个外国人,那个法国人,连同他的家、奴隶和辉煌的事业,都一齐消逝了。他的梦想已成为过去。大片的良田,现已被分割成一块块没法用的田地,抵押给杰弗生镇的银行的董事们,他们吵吵嚷嚷,然后把这些地卖给威尔·瓦纳。②

这是内战后南方经济状况的缩影。南方战败后的二三十年间,许多北方金融资本趁南方种植园经济体系崩溃之机大肆进行土地投机买卖,一些种植园主和大批自耕农纷纷失去原先拥有的土地。“战后重建”结束后,一批号称“赎回者”(Redeemer)的南方统治集团成员与北方资本势力达成妥协并成为后者在南方的利益代理人,逐渐获得土地的控制权并攫取大批财富③。在这种资本运动过程中,土地成为跟其他物品没有差别的一般商品,因为其交换价值而在资本逐利过程中不断迁移、流通和变形,被迫割断它与农民在长期共存中形成的稳固紧密联系。大批依靠土地生存的底层农民被剥夺了拥有土地的权利,无法掌握自己的命运,在资本和市场的漩涡中载沉

---

① FAULKNER W. Snopes (The Hamlet, The Town and The Mansion)[M]. New York: Modern Library, 2012: 9.

② FAULKNER W. Snopes (The Hamlet, The Town and The Mansion)[M]. New York: Modern Library, 2012: 8.

③ “赎回者”是1877年前后代表南方与北方进行妥协的新一代社会经济政治上层精英。“赎回者”等新南方统治者虽然号称“赎回”了南方在战前的繁荣,但实际上“回避了[与北方的]冲突,接受了一种从属与合作的地位,从而与北方的商业势力媾和”。美国南方史研究专家冯·伍德沃德指出,新南方是“殖民地经济”,新南方的统治者“为了利润将自己依附于来自北方的洋基毡包客身上”。关于新南方土地所有权的流变情况,参见哈罗德·伍德曼的论文《新南方的政治经济学:回顾与展望》。(参见 WOODWARD V C. The origin of the new south, 1877 - 1913[M]. Baton Rogue: Louisiana State University Press, 1951: 29; WOODMAN H D. The political economy of the new south: retrospects and prospects[J]. The Journal of Southern History, 2001, 17(4): 789 - 810.)

“三部曲”中的瓦纳具有“赎回者”土地投机的典型特征。虽然身为法国人湾最大的土地持有者,但瓦纳并不关心当地的农业生产,而是与银行合谋通过金融手段掠夺当地的资源,他大部分时间都花在“暗中筹划取消下一块抵押土地的赎回权”。(参见 RAILEY K. Natural aristocracy: history, ideology, and the production of William Faulkner[M]. Tuscaloosa: University of Alabama Press, 1999: 36; FAULKNER W. Snopes (The Hamlet, The Town and The Mansion)[M]. New York: Modern Library, 2012: 10.)

载浮。弗莱姆的家庭就在其中。他和家族成员并未从农业劳动中获得稳定的生活，经常因市场起伏和土地控制者(landlord)的好恶而四处流动，“先后租住过十余栋质量极差的破陋房子，从一个农场搬到另一个农场，有时晚上突然要离开自己唯一熟悉的土地、人群和习俗”①。颠沛流离的经历让他们缺乏与土地生死相依的根本联系，正如“三部曲”的雏形稿《亚伯拉罕父亲》所描述的：“他们和土地没有什么感情。”②因此，他们更倾向从物质利益的角度来看待生活的环境。当社会生产方式变革为他们展示不同生活的可能性时，他们自然毫不犹豫地抓住机会。马修斯评论弗莱姆的崛起时认为：“正是意识到自己在土地上只能走向死胡同时，一些心志坚定的穷白人农民——以弗莱姆为典型，也包括《小村》里的拉博夫——开始崛起并改变南方纵深地区的社会地形。”③由此，不难看出，福克纳此处对弗莱姆可能还有一丝理解和同情，认为他偏离农业社会的轨道、沦为“被野心、欲望和贪婪等卑贱的魔鬼驱使的人”，在相当程度上可以说是被迫为之，他们身上的“经济理性”是北方资本入侵导致的必然结果。

在小说中，福克纳没有将审视目光停留于“人与土地分离”的南方农业状况，而是深入严苛的“分成租佃”经济体制(sharecropping)，探查造成下层群体生存困境的政治经济背景，在穷白人与“赎回者”的阶级矛盾中追问弗莱姆拥抱“经济理性”的思想原因。在新南方社会，没有土地的穷白人往往被迫接受“分成租佃制”，租种“赎回者”控制下的土地谋生。他们终年耕作却不能维持基本的家庭生活，只能不断向土地控制者赊账，并以收获的农作物来抵债，因而往往处于土地控制者的绝对经济控制之下，几乎没有经济自由，甚至还对土地控制者产生人身依附关系④。社会学者查尔斯·约

① FAULKNER W. Snopes (The Hamlet, The Town and The Mansion)[M]. New York: Modern Library, 2012: 222.

② FAULKNER W. Father Abraham[M]. New York: Random House, 1983: 19.

③ MATTHEWS J T. William Faulkner: seeing through the south[M]. Malden: Wiley-Blackwell, 2009: 143.

④ 历史学者劳伦斯·兰瑟姆和理查德·舒尔茨在“内战后南方棉花种植地区的债务劳役”文中指出：在新南方时期，由于信用渠道的缺乏，提供借贷者往往就是土地控制者本人。他们以债务劳役(Debt Peonage)对劳动者进行控制，迫使他们成为近乎永久的劳动力。(RANSOM L L, SUTCH R. Debt peonage in the cotton south after the civil war[J]. The Journal of Economic History, 1972, 32(3): 641 - 669 [M].)

翰逊(Charles Johnson)等人在一篇调查报告中称这种制度为"改了名称的奴隶制"①。斯诺普斯家在弗莱姆发迹前就处于这种悲惨境遇。在短篇小说《烧马厩》(*Barn Burning*)中,弗莱姆的父亲艾勃·斯诺普斯曾在耕种季节开始时感叹"从今天起,人家就要做我八个月的主子了"②。这是穷白人在"分成租佃制"下的真实写照。他们从生产资料、基本生活资料,到农产品的销售和收入分配等各个环节都处于土地控制者的控制之下,面临着被剥削和被异化的命运。残酷压榨造成穷白人的生存异化,也造成了穷白人与土地控制者之间的尖锐矛盾。在《烧马厩》中,艾勃感觉到自己"像白铁皮上剪下的一片薄薄的人形",朦胧地意识到自己的异化境况,因此对剥削者产生极度愤懑,在拜见土地控制者德斯班少校时故意毁坏后者家名贵的地毯。③ 然而,在统治阶级和国家暴力机器的打压下,艾勃的暴力反抗受到挫败。他纵火焚烧了德斯班的马厩,自己和家庭却遭到驱逐,被迫颠沛流离。福克纳将"烧马厩"的故事作为弗莱姆发迹的重要背景,从某种程度上表达了他对新南方经济演变趋势的忧虑。从历史上看,斯诺普斯式反抗并非罕见。④ 在 19 世纪 90 年代,南方穷白人意识到社会政治经济体制不公,纷纷采取各种形式进行抗议,形成了声势浩大的"平民主义"运动(Populist Movement)。然而,由于统治阶级的故意分化和抗议者本身的诉求分歧,这些运动最终走向失败,统治者虽然受到一定撼动,但农民的境况总体上并未得到根本改善⑤。新的统治阶级"对农民的悲惨经济境况只是嘴上表达同情,他们依旧将个人

---

① JOHNSON C S, EMBER, E & ALEXANDER W. The collapse of cotton tenancy: summary of field studies and statistical surveys, 1933 - 35[R]. New York: Books for Libraries Press, 1972: 22.

② FAULKNER, W. Selected short stories of William Faulkner[M]. New York: The Modern Library, 1993: 18. 《烧马厩》是描写斯诺普斯家族故事的著名短篇小说,发表于 1938 年,修改后收入在《小村》的第一章,但收入章节的部分篇幅有大幅压缩。

③ 在短篇小说《烧马厩》中,因为害怕艾勃弄脏地毯,德斯班家的黑人管家拒绝让艾勃进门,令艾勃感到被压迫的羞辱。艾勃故意毁坏地毯时说了一番话:"雪白的,很漂亮是不是? 那是汗水浇成的,黑鬼的汗水浇成的,也许他还嫌白得不够,不大中意呢。也许他还想浇上点白人的汗水。"这表明他感觉到劳动异化即"自己创造的物质产品成为压迫自己的事物",并对此表现出强烈不满。(参见 FAULKNER W. Selected short stories of William Faulkner[M]. New York: The Modern Library, 1993: 11;马克思.1844 年经济学哲学手稿[M].中共中央马恩列斯著作编译局,译.北京:人民出版社,1985: 101.)

④ 当然,艾勃采取了比较极端形式,其激烈程度比一般抗议要高。

⑤ 参见 GASTON P M. The new south creed: a study in mythmaking[M]. Baton Rogue: Louisiana State University Press, 1976: 116.

的权利凌驾于社区之上”①。父亲在“烧马厩”事件中的经历给了弗莱姆深刻的教训，迫使他从南方资本主义进程中寻找改变命运的路径，正如马修斯所认为：“任务落在弗莱姆身上，他与种植园贵族没有任何名义上的联系，将实现市场条件下的复仇。”②此处所言“市场条件”，从实质上说就是“市场哲学发生作用”的情况，其核心是“以物质利益衡量一切”③。可以说，弗莱姆脱离农业并拥抱“经济理性”，也是穷白人反抗“分成租佃制”失败后的一种反动。借助“烧马厩”的故事，福克纳一方面谴责穷白人“狭隘”“暴躁”等违反传统价值观的行为，但另一方面也批评了新南方土地控制者们的道德堕落，认为他们缺乏旧贵族所坚持的怜悯和同情、无视下层阶级艰难处境，这种冷漠态度是“红脖梗”崛起事实上的重要推动因素。

面对穷白人的不满和抗争，拥有土地的“赎回者”也实行一定的妥协。由于他们不可能满足全体穷白人的要求(那样意味着生产关系的彻底改变)，因此只能向某些穷白人让渡物质利益，使其成为利益相关者而转变斗争立场。《小村》里的瓦纳父子就遵行这样的分化策略。发现艾勃有纵火的前科时，乔迪·瓦纳曾以此前科来要挟艾勃，图谋剥夺其未来的农作物分成。但得知艾勃进行过多次纵火抗争后，瓦纳选择了妥协，并以在小店工作为条件收买弗莱姆作为监视艾勃的“消防员”。在这项交易中，弗莱姆从人身依附的佃农转变为雇佣劳动者，获得了脱离租佃农业体制并进入工商业经济体系的机会。尽管弗莱姆相对瓦纳的经济地位没有实质改变，但他的思想却产生重大变化：为了抓住这个机会，他不得不完成人格和道德的出卖，以其父艾勃的阶级愤懑及暴力反抗精神为筹码换取自身的物质利益。由此，他必须切断他原有的阶级认同关系，接受与南方传统价值观完全不同的商业规则，即所谓人格和情感都具有交换价值，都可以转换成物质利益。弗莱姆接受瓦纳的交易条件，意味着他完成从穷白人向新兴资产阶级转变过程中最重要的思想观念变化。就此看来，弗莱姆接

① RAILEY K. Natural aristocracy: history, ideology, and the production of William Faulkner[M]. Tuscaloosa: University of Alabama Press, 1999: 63.

② MATTHEWS J T. Faulkner and proletarian literature[M]//KARTIGANER D M, ABADIES, A J. Faulkner in Cultural Context. Jackson: University Press of Mississippi, 1997: 174.

③ 刘祚昌.杰斐逊的农业理想国[J].美国研究，1989(03)：120-140.

受“经济理性”,也是“赎回者”分化穷白人抗争的结果。小说对弗莱姆崛起的这一关键事件的叙述,折射了福克纳对瓦纳等“赎回者”严厉的批评:“赎回者”的贪婪和怯懦为“红脖梗”进入资本主义经济体系提供机会,他们试图将“红脖梗”整合进本阶级利益体系时又对后者进行资本主义“经济理性”的启蒙,从而为后者释放贪婪的物质欲望打开了通道。所以,“赎回者”们对这些“红脖梗”崛起并破坏南方社会经济秩序负有重要的责任。

文学作为对共同体命运的沉思,不是对现实的惰性反映,而是通过对外部现实的重新建构,在一定程度上表征生产关系的痕迹和征兆①。因此,福克纳叙述弗莱姆在社会等级体系中不断爬升的过程,不是为了单纯地揭露“红脖梗”个体的冷酷贪婪本性,而是透过该群体的扩张折射南方现代变革的深层社会现实。詹姆逊指出,在一定时间段内,现代转型不是表现为新旧制度的截然变换,而是两种明显不同制度的共存和演化,原先处于次要位置的制度逐渐上升至主导位置,而原先占主导地位的制度下降为被主导的一方②。弗莱姆等“红脖梗”的上升轨迹,就是不断利用、排挤和碾压其他共存阶级群体、争夺经济主导权的变迁过程。透过小说对此的简要叙述,可以勾勒他们身上“经济理性”发挥作用的方式,发现新兴资产阶级对南方社会其他阶级群体造成冲击和挤压的实质,揭示他们取得南方经济主导权的奥秘以及资本主义在南方不断扩张和蔓延的路径。

通常而言,个人要处于特定阶级的生存条件下,才能成为该阶级的成员③。刚脱离租佃农业的穷白人往往身无长物,通常只能像《八月之光》中的克里斯默斯和邦奇那样,被迫流入城镇成为出卖劳动力的产业工人,依旧处于被剥削和被异化的命运。然而,福克纳指出“红脖梗”们的另一种路径选择,即通过出卖自身的“经济理性”,成为现有工商经济势力的代理人,帮助后者实现更快的资本增殖,从而让自己

① 参见 JAMESON F. The political unconscious: narrative as socially symbolic act[M]. Ithaca: Cornell University Press, 1981: 81.

② 参见 JAMESON F. The political unconscious: narrative as socially symbolic act[M]. Ithaca: Cornell University Press, 1981: 78.

③ 参见马克思,恩格斯.德意志意识形态[M]//马克思,恩格斯.马克思恩格斯全集:3卷.中共中央马恩列斯著作编译局,译.北京:人民出版社,1956:84.

跻身资产阶级，完成自己的原始资本积累。小说中弗莱姆正是以自己的冷酷经营手段为凭借，将自己的利益与瓦纳的资本进行联结，让双方形成事实上的合作关系，从而将自己的利益寄生于瓦纳的资本运动上。弗莱姆尽心尽力地管理瓦纳的小店，“在金钱上从未出过差错”，并且忍受村民的厌恶之情帮助瓦纳进行资本主义改造，正是旨在证明自己具有“合作”的资格。对于他们的关系，小说有一个富有暗示性的隐喻：“瓦纳和斯诺普斯的样子，很像白种商人和他在非洲的那个鹦鹉学舌的‘头人’。”[①]在殖民地经济中，土著“头人”常常成为外国资产阶级的利益代理人，他们帮助后者掠夺当地人民，自己也在这一过程中实现自己的经济积累，双方可谓一荣俱荣。弗莱姆也确实如此。凭借对小店的资本主义改造，弗莱姆获得了在资本主义利益链中的初步上升。瓦纳“发现谁在为他工作”，并提升他（弗莱姆）成为自己的产业主管，还将女儿尤拉嫁给他[②]。通过弗莱姆的地位变化，福克纳揭示“红脖梗”崛起的实质：新南方是物质利益优先的时代，部分穷白人凭借“经济理性”创造了更多的利润，因而得到了现有统治者的认可。“赎回者”在追求利润的欲望驱使下，承认出身于穷白人群体的资产阶级的身份，与后者达成利益同盟关系，双方共享社会经济主导权。这些穷白人感受到时代变化并极力加以利用，从而不断扩张自己的经济影响力。

福克纳还揭示了“经济人”崛起的另一大支柱，即对下层社会群体的压榨和剥削。完成原始积累后，弗莱姆摆脱了瓦纳式“原始农业资本主义”的本地市场模式。他倒卖当地牲畜给北方公司，从西部带回马匹向村民低价拍卖，从大城市购买新的锻造设备制造农具出售。这样，通过商业活动他将村子、城市和北方联结成一个资本主义大市场，拓展出新的需求，获得更多利润并实现更快的资本增殖。在福克纳看来，这种资本主义市场商品交换不能给当地居民带来有实际价值的事物，它只是劫掠当地的贫苦居民为资产阶级输血，是向少数人转移财富的零和游戏，往往会给当地居民造成

① FAULKNER W. Snopes (The Hamlet, The Town and The Mansion)[M]. New York: Modern Library, 2012: 60.

② 尽管瓦纳是因为女儿尤拉未婚先孕、需要掩人耳目而设计这门亲事，但在阶级观念仍然浓厚的南方社会，瓦纳选择弗莱姆作为女婿，无疑是对后者阶级和经济身份的认可。

痛苦。在小说中，弗莱姆凭借对北方市场渠道的垄断，故意压低牲畜收购价格；他所拍卖的马实际上是野马，交易后野马四处逃散，村民倾家荡产却两手空空；他购买的新设备冲击了当地产业，让为村民服务了二十几年的老铁匠举家颠沛流离。在弗莱姆的资本增殖的背后，是自耕农、小手工业者等阶层的经济状况不断恶化，许多人被迫变成佃农或者流入小城镇的工人和小职员。小说对弗莱姆压榨村民的叙述，表达出福克纳对于“红脖梗”崛起的基本判断：“红脖梗”们让下层社会群体深受其害。作为新兴资产阶级，他们必然与下层社会群体存在某种利益对立，必然对后者进行压榨和剥削。这些人出身于穷白人群体，他们作为民粹运动余波的受益者，本应维护仍处于社会下层的同伴的利益，然而，一旦成为资产阶级后，他们就盘剥旧日同伴，让后者坠入几乎与无产者无异的境况。

在福克纳笔下，弗莱姆代表的“红脖梗”崛起有一个关键步骤，即从旧贵族后裔手中夺取经济主导权①。小说对此的叙述，除了揭露弗莱姆等人的无耻奸诈本质外，也暗示旧贵族后裔败下阵来的重要原因，即他们的利益观与追求私利的新时代格格不入。旧贵族后裔开展金融业务不仅旨在获取经济收益，更在于维系固定的社会等级关系，保持传统生活方式和价值观念，“将南方传统与企业精神结合”②。典型者是白亚德·沙多里斯。他担任银行行长时，总会与贷款申请者详谈，考察贷款的用途，考虑它是否符合银行的理念，以最终决定是否进行放款，一旦发现贷款业务可能用于有损小镇传统民风的消费，他就会坚拒之：“不会借钱给任何打算买汽车的人。”③相反，弗莱姆无论从开始放高利贷还是到后来经营银行，都一直将获取利润当成唯一目的，他并不在意放贷对象的身份和贷款用途，对于能带来利润的业务一概来者不拒：

---

① 种植园体系崩溃后，种植园主等旧贵族的后裔并未立刻退出历史舞台，他们通过建设铁路和开设银行等方式，继续掌控当地经济命脉，穷白人出身的新兴资产阶级作为“闯入者”自然受到他们的排斥。作为对策，小说中的弗莱姆通过经济利益对旧贵族进行分化和收买，在银行财务危机期间注资帮助新镇长曼弗雷德·德斯班（短篇小说《烧马厩》中地主德斯班少校的儿子）升任行长，默许后者与自己妻子通奸，羽翼丰满后又逼走德斯班自任行长，由此控制银行金融命脉，并不断蚕食旧贵族的经济版图。

② 霍夫曼.威廉·福克纳传[M].姚乃强，译.沈阳：春风文艺出版社，1994：6.

③ FAULKNER W. Snopes (The Hamlet, The Town and The Mansion)[M]. New York: Modern Library, 2012: 444.

“只要借款人同意支付全额汇票，他就可以借给他钱。”①从这两大群体身上可以看出，在资本主义时代，“经济理性”使资产阶级占有更大的市场，他们以强大的资本增殖能力为后盾，通过金钱武器迫使旧贵族步步退让。这反映出作家对资产阶级向上爬诀窍的判断。福克纳曾指出，“斯诺普斯是最适应时代发展之人”②。尽管福克纳并未对此细加说明，但南方文学研究学者迈克尔·文莱特（Michael Wainwright）似乎道出了作家不愿言明的认识。文莱特认为，“三部曲”反映出一个规律，即穷白人在社会变革中战胜旧贵族，是因为他们的主导权筑基于“流动的金钱”，而非“神圣静止的人际关系”③。

通过勾勒弗莱姆等“红脖梗”崛起的轨迹，福克纳揭示资本主义“经济理性”的实质：它是资本的灵魂，是在商品交换条件下的资本增殖本能。这些“红脖梗”关注的是资本增殖的基础即商品的交换价值及其代表符号——货币。他们在南方得势挤压了旧贵族、自耕农、小手工业者等传统阶级阶层的社会位置，他们所信奉的“经济理性”对传统的南方农业生产方式造成严重破坏，让人与人、人与土地的稳定联系发生断裂，摧毁了南方悠久的农业社会的经济基础。

在小说中，福克纳通过法国人湾的没落景象指出，“红脖梗”信奉的“经济理性”造成了人际关系的物化。弗莱姆把他与旁人的关系抽象成最为基本的商品交换符号——金钱。他在瓦纳小店当伙计期间，“显然从不直接或长时间去看一张脸，以便记住那张脸对应的名字”④。这一态度暗含的基本理念是：人的身份、性格、修养毫无差别，他们只是拥有或多或少的金钱数额的个体，在金钱面前一律平等。人与人的关系可以根据这个基本符号加以全面把握。这正如当代美国哲学家玛莎·努斯鲍姆（Martha Nussbaum）所指出：“在功利主义者的观念中，无论是人与人之间的质的区

---

① FAULKNER W. Snopes (The Hamlet, The Town and The Mansion)[M]. New York: Modern Library, 2012: 60.

② GWYNN F L, BLOTNER J. Faulkner in the university: class conferences at the University of Virginia, 1957-1958[M]. Charlottesville: University Press of Virginia, 1959: 253.

③ WAINWRIGHT M. Darwin and Faulkner's novels: evolution and southern fiction[M]. New York: Palgrave Macmillan, 2008: 37.

④ FAULKNER W. Snopes (The Hamlet, The Town and The Mansion)[M]. New York: Modern Library, 2012: 56.

别，还是人与人之间的根本界限……都是可有可无的。"[①]基于这一思想，弗莱姆毫不犹豫地革除传统人际关系中蕴含的情感和身份特质，改变了瓦纳父子长期实行的策略，拒绝让当地村民从小店中赊账。农民在耕种季节赊账，到了收获时期偿还所欠债务，这本是南方农业社会形成的惯例。瓦纳父子让村民在小店赊账，固然有在经济上控制村民的意图，但依然保留了农业社会人际关系的重要特质，即基于长期稳固的共同生存而建立的人际信任和情感联系。弗莱姆不顾乡亲们的厌恶和瓦纳的反对，执意要求现金交易，反映出他心目中对人际关系的基本认知。弗莱姆在小店的作为反映了南方正在经历的工商资本主义改造，通过这种改造，有产阶级对无产阶级的统治实现了从"依靠人身关系"向"通过第三者即通过货币"的方式转变。这种转变反映出资本主义对南方传统人际关系的破坏：它将人与人的关系简化成物与物的关系，并以此来掩盖和支配人与人的关系，正如马克思和恩格斯在《共产党宣言》中所言："它无情地斩断了把人们束缚于天然尊长的形形色色的封建羁绊，它使人和人之间除了赤裸裸的利害关系，除了冷酷无情的'现金交易'，就再也没有任何别的联系了。"[②]

小说还指出"经济理性"的另一大破坏性，即对农村土地生产力的扼杀。在弗莱姆等新兴资产阶级眼中，土地没有不同于其他物品的独特地位，都只是交换价值的载体，其余的价值不在他们的考虑范围之内。"老法国人地盘"在弗莱姆手中的遭遇是这种思想的生动体现。"法国人地盘"本是一个大庄园的组成部分，是旧南方农业时代的象征。在那个时代，土地是与人休戚相关的生产和生活资料，因此受到人们的尊重，亲近和呵护，人们把在自己的土地上生活和繁衍视为一种梦想。[③] 庄园的原主人"老法国人"在荒野中开辟出良田并建造大宅，将其作为"梦想与荣耀"的载体，以便自己及子孙与土地保持稳固联系。与"老法国人"拓荒相反，弗莱姆不是对被内战毁弃的土地进行重新垦拓，而是利用附着于其上的藏宝传说设计骗局，一次性榨取其交换

---

① 努斯鲍姆.诗性正义：文学想象与公共生活[M].丁晓东，译.北京：北京大学出版社，2010：30.

② 马克思，恩格斯.共产党宣言[M].中共中央马恩列斯著作编译局，译.北京：人民出版社，1997：30.

③ 在《坟墓的闯入者》中，小镇律师斯蒂文斯曾总结道："[开拓时期的南方各阶级]每个人都努力工作，以便为子孙留下一片土地。"(Faulkner W. Intruder in the Dust[M]. London：Vintage Books，1996：71.)

价值。“老法国人地盘”交易作为弗莱姆崛起的阶段标志表明，南方的资本不再依赖于土地存在而发展，资本家实施对土地的破坏性榨取。这种榨取让土地失去生机。被弗莱姆骗局洗劫后的村民无力继续重建此地的农业生产，而被劫掠的土地也愈加残破和荒芜，失去了滋养人的功能。在小说《圣殿》中，“老法国人地盘”沦为私酒贩子巢穴，变得阴森、恐怖，甚至成为骇人听闻的强奸犯罪的发生地。这一切表明，工商资本主义的粗暴榨取对农业社会造成毁灭性的打击。

不难看出，弗莱姆作为“红脖梗”的典型代表，折射了福克纳对南方资本主义进程的基本判断。部分穷白人崛起为新兴资产阶级，他们肆无忌惮地摧毁南方传统农业体系和旧经济秩序，销蚀和瓦解了传统南方社会的经济基础，对传统南方社会形成巨大的威胁和隐患。正如杰赫伦所指出：“他（福克纳）接受了旧辉格党的指控，认为南方既有秩序的威胁来自南方最下层白人阶级的猎食活动。”①这种指控固然包含着旧贵族对穷白人在道德上的厌恶，但在相当程度上也反映他们对部分穷白人在新南方社会不断攻城略地的恐惧。这种恐惧作为一种集体无意识，广泛地存在于旧贵族的思想深处。弗莱姆作为这种无意识在艺术上的人格化宣泄对象，反映出旧贵族背景对作家思想意识的无形影响。比福克纳晚一代的南方作家沃克·珀西（Walker Percy）曾谈及其叔父对穷白人崛起的厌恶之情时，很自然地将其与福克纳的艺术表达联系起来。他写道：“他说‘庶民翻天’时，想的大概是福克纳笔下的斯诺普斯这同一类人，这些来自下层阶级、迫不及待的一帮人夺去了绅士们的财产。”②

在揭露弗莱姆等新兴资产阶级的恶劣行径的同时，福克纳也表明，底层群体对资产阶级作为“经济人”的利己本质缺乏清醒的认识，难免受到这些人提供的虚假价值的诱惑，往往在欲望驱使下做出难以理喻的疯狂举动，以至于落入他们的圈套，失去自己辛苦劳动获得的成果。一个典型案例就是村民“买马”的事件。唐纳德·格雷纳

① JEHLEN M. Class and character in Faulkner's south[M]. New York：Columbia University Press，1976：141.

② PERCY W A. Lanterns on the levee：recollections of a planter's son[M]. Baton Rogue：Louisiana State University Press，1973：xvi.

尔(Donald Greinier)谈及斯诺普斯主义在村子中横行的原因时指出："正是村民们投机心理和贪欲让他们丧失理性，才让弗莱姆的阴谋轻易得逞。"[①]乡村小贩拉特利夫的失败遭遇尤其反映出这一点。作为传统农业主义者，拉特利夫一直积极对抗弗莱姆的恶劣行径，被视为"民间智慧的代表"，但他自己也在发财心理的煽动下买下废弃的庄园，丢掉了在杰弗生镇的半爿铺子，而这半爿铺子为弗莱姆提供了征服小镇、走向巅峰的跳板。考利指出，福克纳对于他所珍爱的传统南方受到破坏有一种"身不由己的恐惧"，这种破坏除了源于商人和地主的贪婪外，也来自农民的无知[②]。透过小说关于弗莱姆向上爬路径的叙述，可以看出作家对新兴资产阶级屡屡得手原因的判断：弗莱姆等"红脖梗"固然是祸害村子的罪魁祸首，但底层群体面对资本压榨时依然软弱涣散，加上他们自私自利、贪小便宜、损人利己等固有缺陷，更加纵容了资本主义势力在南方的蔓延，他们本身负有重要责任。

此外，福克纳也不讳言，南方既有的上层阶级的很多成员也受到资本主义影响，无法避免"经济理性"，他们的缺陷和弱点为弗莱姆"合理地利用"他们提供了机会。因为瓦纳一心维护自己的财富地位和他对村子的统治，所以将追逐利润的能力和手段凌驾在道德和血缘的考虑之上，导致自己对弗莱姆的"经济理性"产生误判，致使日后弗莱姆脱离他的控制，还造成女儿尤拉自杀的严重后果。旧贵族后裔人物德斯班同样受到资本主义"经济理性"的腐化。德斯班出身于种植园贵族，内战后却以利益优先的态度处理人际事务。他向北方木材公司倒卖邻居种植园主的林地，与老镇长沙多里斯合资开设银行，但发现沙多里斯妨碍其销售汽车获利时，又煽动年轻居民通过选举迫使沙多里斯下台。正是在"经济理性"影响下，德斯班为了物欲与金钱而接纳弗莱姆，忽略了其低劣人格和冷酷算计，以至于跟后者达成"魔鬼交易"，成为其渗透上层社会的突破口，不仅自己沦为后者向上爬的牺牲品，还让旧贵族整体受到莫名威胁。小说将德斯班叙述为弗莱姆征服小镇过程关键角色，反映出福克纳的一种担

---

① GREINIER D J. Universal Snopesism, the significance of spotted horse[J]. The English Journal, 1968, 57(8): 1133-1137.

② 考利.福克纳：约克那帕塌法故事[C].李文俊，译//李文俊.福克纳评论集.北京：中国社会科学出版社，1980：43.

忧，即部分旧贵族后裔也受到自由资本主义意识形态的耳濡目染，不能在南方社会转型中坚持重义轻利的优秀传统价值观，在事实上变成加速本群体衰落的的帮凶。拉里指出："在福克纳看来，弗莱姆能够崛起，得益于具有个人主义和物质主义意识形态的上层阶级开始掌权。"[①]这一评论可谓道出了福克纳不愿言明的判断。从"三部曲"对弗莱姆资本积累过程的叙述不难看出，新南方的沦陷，除了"红脖梗"的贪婪冷酷等原因外，南方现有统治集团部分成员确实负有重要责任。

福克纳在思考中意识到，弗莱姆的发迹并非纯粹的个体现象，而是南方经济主导权和阶级利益格局调整的缩影，也是南方社会所经历的深刻变革的反映。新兴资产阶级完全不受旧贵族思想的影响，带给南方的是一个令旧贵族陌生而难以把握的未来。作为旧贵族后裔的成员，福克纳不能不感到忧心如焚。更令他悲痛的是，无论社会底层群体和原有的上层阶级都有着固有的道德缺陷，都不免受到资本主义"经济理性"的影响，预示着南方社会将无可避免地落入弗莱姆等"红脖梗"之手。这正是他所恐惧的、所不愿看见的变化。福克纳反复表达过他对斯诺普斯家族的厌恶，声称"他们就像霉菌爬满奶酪一样到处蔓延，摧毁当地传统和一切美好的事物"[②]"我痛恨他们、嘲笑他们、害怕他们已经三十年了"[③]。"三部曲"中潜藏的悲痛和恐惧也许正是他心生厌恶的深层原因。

第二节 《小镇》：对功利主义价值观蔓延的忧虑

在南方社会现代变革中，随着资本主义生产方式的渗透，南方社会的意识形态上层建筑也发生的相应变化，与"经济人"密切联系的功利主义价值观不断扩大影响，它

① RAILEY K. Natural aristocracy：history，ideology，and the production of William Faulkner[M]. Tuscaloosa：University of Alabama Press，1999：148.

② MERIWETHER J，MILLGATE M. Lion in the garden：interviews with William Faulkner，1926 - 1962[M]. Lincoln：University of Nebraska Press，1968：39.

③ GWYNN F L，BLOTNER J. Faulkner in the university：class conferences at the University of Virginia，1957 - 1958[M]. Charlottesville：University Press of Virginia，1959：201.

所宣扬的“自由竞争，追求私利”的观念也日益渗透南方①。许多新南方鼓吹者对于新兴资产阶级的“奋斗品质”“事业心”以及功利态度称赞不已，甚至将其宣扬为新南方繁荣的基石②。对此，福克纳在“三部曲”尤其是在第二部小说《小镇》中描述了相反的景象：在没有道德约束情况下，新兴资产阶级信奉的功利主义价值观会让社会成员之间相互争夺，造成秩序的混乱。功利主义渗透南方拆除了传统价值观建构的防护网，释放了穷白人的自私和贪婪，他们崛起为新兴资产阶级后又进一步放大功利主义的负面影响，最终给南方带来灾难。他以弗莱姆的行为给其本人、斯诺普斯家族和杰弗生镇社区带来负面影响表明，这些新兴资产阶级主导下的社会即使在物质上取得某些成就，它在精神上仍是贫乏、荒芜的，它在道德上是堕落的。他们鼓吹的功利主义价值观将把南方引向灰暗阴郁的未来，弊大于利。透过对这些社会弊端的描写和剖析，福克纳流露出对功利主义价值观在南方社会不断蔓延的忧虑。

在功利主义者看来，努力追求幸福或快乐成为“最大的善”。然而，福克纳认为，在新兴资产阶级开始占据主导权的新南方社会，这种“幸福”往往与私有财产联系在一起。新兴资产阶级将物质财富和经济地位当作确定身份认同的标准，将自身生存依附于外在的物质形式上。基于金钱多寡和职业种类的“体面”在南方大行其道，人成为不断膨胀的物质欲望的奴隶。他在《小镇》中揭露了这种价值取向的根本危害，即外在的物质占有取代内在的精神感受成为彰显人的生存状态的直观象征，个人被剥夺了存在方式的多样性。长此以往，南方人将遗忘传统所崇尚的人文品质、精神境界和礼仪修养，南方将失去曾经拥有的田园牧歌的梦想，远离“南方生活方式的优秀部分”③。

---

① 通常认为，“经济人”假设建立在一个前提上，即理性的个人天生是为自己的利害打算的（王亚南.改订译本序[M]//斯密.国民财富的性质和原因的研究.郭大力，王亚南，译.北京：商务印书馆，1980：1－10：5）。与“经济人”假设渊源深厚的功利主义伦理则认为，具有理性之人都以追求自己最大利益为目的，个人是自身利益的最佳判断者，个人利益的增加将导致社会总体利益的最大化（边沁.道德与立法原理导论[M].时殷弘，译.北京：商务印书馆，2002：58－59）。

② GASTON P M. The new south creed：a study in mythmaking[M]. Baton Rogue：Louisiana State University Press，1976：114.

③ FLORA J M，MACKETHAN L. The companion to Southern literature[M]. Baton Rogue：Louisiana State University Press，2002：22.

在“三部曲”中，功利主义价值观的危害突出表现在商品拜物教思想。作为新兴资产阶级的代表，弗莱姆典型地反映出这个群体的物质“幸福”感。弗莱姆没有对幸福的追求，只有对金钱的疯狂欲望，他的唯一目标就是“获取金融权力，没有什么东西可以使他偏离这一目标……感官诱惑对他没有影响”①。这不仅是其个人品质使然，也在一定程度上反映当时的社会思潮。随着资本主义席卷南方，南方人(尤其是物质匮乏的下层阶级)对物质的占有欲望开始苏醒，对私有财产的强烈渴望占有了人的灵魂，金钱作为商品的一般等价物成为崇拜的对象。然而，福克纳指出这种思想的潜在危险：过分的物质欲望往往会排挤人的精神追求。弗莱姆被物质欲望遮蔽了感觉机能，对赚钱之外的任何事物都不感兴趣，对生活缺乏欣赏的热情，他不愿与村民交流，也没什么嗜好，每天重复着单调而冰冷的生活，只剩下贫瘠、单薄的生存状态，只是“在这种异化中获得人的生存的外观”②。在小说《大宅》临近结尾处，小镇居民给弗莱姆下了定论：“他没有朋友的、民间的或者军事的支持者，只有金融支持……他只属于钱。”③透过弗莱姆的生存状态，小说揭示，商品拜物教让人受到物的奴役，封闭生命的感觉机能，让丰富斑斓的生活变得苍白而缺乏生命力。更为严重的是，商品拜物教还会左右社区的价值标准。尽管弗莱姆劣迹斑斑，仍然因为其掌握的金钱而当选为教会执事，在小镇的文化场域中取得一席之地。它表明，金钱作为私有财产一般表现，也成为人们在新形成的南方商品社会中的交往中介，他们群体交往中的“文化资本”不再是血统、个人修养或道德精神，而是货币的数量。正如海尔格·迪特默(Helga Dittmar)所言：“在商品社会，物质财产说明个人的群体归属，也是在社会物质环境中寻找其他人的手段。”④弗莱姆这个被金钱所奴役的单向度的人，居然成为社区文化领域的代表性人物，这似乎提出一个黯淡的疑问：未来还有多少这样的人呢？福克纳

① BROOKS C. On the prejudices, predictions, and firm beliefs of William Faulkner[M]. Baton Rouge and London: Louisiana State University Press, 1987: 26.

② 马克思.神圣家族[M]//马克思，恩格斯.马克思恩格斯全集：2卷.中共中央马恩列斯著作编译局，译.北京：人民出版社，1957：44.

③ FAULKNER W. Snopes (The Hamlet, The Town and The Mansion)[M]. New York: Modern Library, 2012: 1006.

④ DIMITTAR H. Consumer culture, identity and well-being[M]. London: Psychology Press, 2007: 103.

借此提醒读者，商品拜物教正在对南方传统的人道主义价值观进行逆向淘汰。在回答弗吉尼亚大学学生的提问时，他忍不住感叹道，弗莱姆等人在南方得势“使人不得不考虑通过发家致富来获得别人的尊重”①。

继而，福克纳揭示了商品拜物教在新南方的另一种表现形式，即物质消费欲望的膨胀。既然物质财富多寡被当作判断社会地位和群体归属的标准，商品又是显示经济地位的直接外观表征，资本主义社会的人们自然以商品消费来展示自身的经济实力和文化品位。在很多情况下，人们不再是为了使用价值，而是为附着于其上的社会地位或文化品位符号来购买和消费商品，其拜物的对象由商品的交换价值变为符号价值，这样产生日益膨胀且无法彻底满足的消费欲望。小说中的弗莱姆就“受到希望‘体面’的愿望的诱惑”②，不断地以各种物质产品来彰显其经济地位和阶级身份，以求获得他人的承认。加入小店不久，他穿上白衬衫、戴上“村子里除瓦纳外唯一的领结”，表明其步入资产阶级行列。进入小镇不久，他付出大笔金钱购置家具，因为“副行长的家需要副行长的家具”。登上行长宝座后，弗莱姆又买下德斯班家的大宅。对他而言，这座气势宏伟的大宅的主要用途并非用于居住，而是用来昭示他与世家大族平等的荣耀和地位，凸显他作为银行掌控者的雄厚经济实力，打消居民对其“穷白人”出身的疑虑。在福克纳的观察中，消费欲望膨胀的现象不仅存在于新兴资产阶级中间，还有向全社区蔓延之势。弗莱姆家购置的家具甚至让世家子弟斯蒂文斯都“感到吃惊”。小镇居民们看到花式新颖的家具时羡慕不已，“梦想着得到这些邮购目录图片才有的东西”③。新兴资产阶级对此还推波助澜。面对如此商机，弗莱姆推出分期还款的新举措，诱使居民也举债购买家具、马匹、汽车等奢侈性消费品。书写这些情形时，福克纳也指出，物质消费使人们“思想物化”，变得急功近利、唯利是图，喜欢享受却厌弃诚实劳动，它带来的只是“愿望满足”的虚假感觉，而非真正的价值肯定。在

① GWYNN F L, BLOTNER J. Faulkner in the university: class conferences at the University of Virginia, 1957－1958[M]. Charlottesville: University Press of Virginia, 1959: 33.

② GWYNN F L, BLOTNER J. Faulkner in the university: class conferences at the University of Virginia, 1957－1958[M]. Charlottesville: University Press of Virginia, 1959: 34.

③ FAULKNER W. Snopes (The Hamlet, The Town and The Mansion)[M]. New York: Modern Library, 2012: 203.

小说中，弗莱姆用于表征自己身份的领结依然被旧贵族称为“意义暧昧的污渍般的玩意”[①]，村民们重金购买不能用于耕作的马匹，结果非但没有感受到“上层阶级生活的优雅”，反而因马匹四散奔逃而弄得自己遍体鳞伤。

福克纳还注意到商品拜物教导致的感官欲望商品化，即通过金钱或者其他物质的交易，达成感官欲望的即时和直接的满足，感官欲望本身成了交易的标的。在弗莱姆及其家族成员的故事里，这种交易被夸张地表现为性欲的商品化。当弗莱姆发现妻子尤拉成为小镇男性居民的欲望对象时，便待价而沽，最终将床笫之权“出售”给镇长德斯班，通过默许两人通奸而不断得获取金钱和政治利益。弗莱姆的侄子将此比喻为“将一匹已经喂养或骑了十年或十二年的马卖给男人一样”[②]。其他斯诺普斯族人也纷纷效尤，甚至有形成产业之势。弗莱姆的堂弟 I.O 利用村民们的窥淫欲望，让他们付费观看白痴堂弟艾克与母牛的“人兽恋”，侄子蒙哥马利则在小镇贩卖色情照片。通过对欲望商品化的描述，小说暗示，在商品拜物教的影响下，资本已渗入人类的私密领域，新兴资产阶级打破道德对于欲望的束缚，使人的精神世界成为渗透着污秽的商品交易对象。肖明翰教授认为：“现代维纳斯只能成为金融资本的妻子，这是最具讽刺意味或许最能反映现代社会最深刻的真实。”[③]

在剖析商品拜物教影响下的新兴资产阶级的各种异状后，福克纳追问他们这种生存方式的根本理由何在，进而质疑功利主义者的根本是非判断能力。按照功利主义原理，个人是自身利益的最佳判断者，能够做出符合个人和共同体利益的行为[④]。但是，根据福克纳的观察，南方新兴资产阶级在利己主义和经济理性驱使下，往往将物质利益视为最重要的追求目标，对于阻碍他们利益追求的道德准则和公序良俗都抛之脑后，其人性也被物质利益追求严重异化。小说对这类人的道德缺陷的叙述，折

---

① FAULKNER W. Snopes (The Hamlet, The Town and The Mansion)[M]. New York: Modern Library, 2012: 57.

② FAULKNER W. Snopes (The Hamlet, The Town and The Mansion)[M]. New York: Modern Library, 2012: 704.

③ 肖明翰.威廉・福克纳：骚动的灵魂[M].成都：四川人民出版社，1999：341.

④ 边沁.道德与立法原理导论[M].时殷弘，译.北京：商务印书馆，2002：58.

射出作者对这类人可能统治南方的深切担忧。

福克纳以新兴资产阶级上升的轨迹显示,功利主义者往往剥离独立人格,将自我异化为欲望机器。这种异化在弗莱姆向上爬的过程中表现得尤为明显。出于利益考虑,他成了村子里第一个受雇于人的白人,接着他与未婚先孕的尤拉结婚,婚后又对尤拉与镇长德斯班的外遇视若无睹,对于社区舆论评价无动于衷。南方传统意识形态中,理想的人应该形成独立的人格,珍惜个人尊严和荣誉①。弗莱姆主动放弃荣誉,视婚姻的忠诚为儿戏,对于居民们的沸腾物议充耳不闻,其心灵的异化程度可见一般。在《小镇》关于圣诞舞会情节的描述中,这种异化达到了顶峰。由于德斯班与尤拉肆无忌惮地共舞,社区居民产生强烈的反感,小镇律师斯蒂文斯甚至要上前痛打奸夫,但弗莱姆却在一旁冷眼旁观。弗莱姆能够如此冷漠麻木的原因在于,其价值滤镜中只剩下能够进入实用主义计算的东西,因此他对人的道德品质和独立人格、对人内心深处的爱和恐惧都视而不见,并不考虑这些精神品质赋予人类生活何种意义。透过他的行为,作家揭示出功利主义可能带来的巨大社会风险:在功利的抽象观念下,道德与个人幸福没有必然的联系,也没有相对固定的标准,而是成为个人主观判断中"追求个人幸福或满足"的一个工具选项。这样,幸福取决于个人的欲望的满足,不管这种欲望是否与社会公认的道德原则相悖。道德品质失去判断个人主体社会属性的独特标识,变得和物质产品没有差别的东西,它和物质甚至可以根据需要的不同而相互转换,正如马克思所言:"人的个性本身、人的道德本身既成了买卖的物品,又成了货币存在于其中的物质。"②因此,弗莱姆在功利主义观念下的行为,折射作家对南方社会的严肃警醒。评论家维克里夫人和布鲁克斯对此做了深刻的总结。维克里评论道:"他们在活动中将一切重要本能和情感全部消灭干净。这样,通过弗莱姆的专心经营,他的经济人本质和局限性以及经营伦理道德都清楚地表现出来……弗莱姆确实有伦理,但是他的伦理关心的是账簿,而不是人。"③布鲁克斯总结说:"弗莱姆可以算作纯

---

① CASH W J. The mind of the south[M]. New York: Vintage Books, 1991: 32.

② 马克思.1844年经济学哲学手稿[M].中共中央马恩列斯著作编译局,译.北京:人民出版社,1985: 158.

③ VICKERY O W. Novels of William Faulkner[M]. Baton Rogue: Louisianan State University Press, 1959: 170.

粹的商业精神的代表——这种精神对所有的人类联系和尊严都是完全腐蚀性的。”①

小说还揭示，在新兴资产阶级的心目中，他人是没有情感和思想的客体，是自己实现利益追求的工具。新兴资产阶级将利己作为行为动机起点，将个体利益当作普遍利益的基础，因而从个人的特殊利益出发来衡量世界，以个人的狭隘视域作为判断是非和好恶的标准，他人的得失、悲喜和好恶不在他的考虑范围之内。在《小镇》中，弗莱姆不断利用家庭和社区成员，从“血浓于水”的兄弟到小镇的各色居民都成为弗莱姆的利用对象，“任何他能控制的人和事都会因此而痛苦、悲伤和遭罪”②。最令人愤慨的是，弗莱姆对女儿琳达也无情地加以利用，将她当成体现自身“体面”的物品和要挟妻子的“人质”，在琳达长大后以逼死其母为代价获取财产继承授权书。小区居民感叹道，女儿对弗莱姆而言只是一个道具：“他需要琳达作为女儿，正如他需要一根多余的领带或一顶多余的呢帽一样。”③福克纳也曾愤慨地评论弗莱姆的利己动机：“如果他不得不欺骗一个小孩，一个小女孩，让她成为自己的工具，他就会那样做，一点也不觉得内疚。”④如果联系功利主义哲学集大成者杰里米·边沁(Jeremy Bentham)的论断“快乐本身便是善，甚至是唯一的善”“不存在绝对好或绝对坏的动机”⑤，可以发现弗莱姆是功利主义价值观最忠实的践行者。

暴露功利主义者自身的人性异化之余，福克纳也从社区和人际关系的层面，更深刻地揭示新兴资产阶级秉持功利主义价值观的危险性，向人们提示它对南方价值观共识的冲击。功利主义者认为，功利的宗旨是追求“最多数人的最大幸福”，个人利益的增加将导致社会总体利益的扩大⑥。在资本主义社会，这种目标通常经由个人自由

① BROOKS C. William Faulkner：The Yoknapatawpha country[M].Baton Rouge：Louisiana State University Press，1963：182.

② FAULKNER W. Snopes (The Hamlet，The Town and The Mansion)[M]. New York：Modern Library，2012：495.

③ FAULKNER W. Snopes (The Hamlet，The Town and The Mansion)[M]. New York：Modern Library，2012：879.

④ GWYNN F L，BLOTNER J. Faulkner in the university：class conferences at the University of Virginia，1957－1958[M]. Charlottesville：University Press of Virginia，1959：130.

⑤ 边沁.道德与立法原理导论[M].时殷弘，译.北京：商务印书馆，2002：151.

⑥ 边沁.道德与立法原理导论[M].时殷弘，译.北京：商务印书馆，2002：58.

竞争的方式实现[①]。然而，正如马克思所指出，资本主义社会关系总是存在人际利益对抗，资源有限性也刺激人们损人利己："功利关系具有十分明确的意义，即我是通过我使别人受到损失的办法来为我自己取得利益。"[②]斯诺普斯家族捣乱小镇的状况是这种状况的例证。福克纳借此向读者提示：如果新兴资产阶级主导南方，功利主义价值观将强烈冲击南方社区的互助传统，侵蚀南方社会的人道主义价值共识，瓦解基于人道关怀的道德权威，使南方社会处于混乱的无政府状态。

在小说中，功利主义催生的自由竞争破坏了南方的互助传统。在长期的农业生产中，南方人过着相对固定和同质的生活，社区成员有着深厚的情感认同和互助意愿，培育出怜悯、同情等人道主义精神。这些优秀传统在斯诺普斯家族冲击下变得七零八落。为了利润最大化，弗莱姆笃信"适者生存"的法则，将人际竞争等同于优胜劣汰的零和游戏。他在往上爬过程中造成无数竞争的牺牲品，其中大多是普通社区居民。对于这些人，弗莱姆并无内疚之感，认为他们的失败是无能的表现，旁人无需对此负责。他向村民宣称："一个人要是没有足够的聪明保护自己，那他就得自己小心点。"[③]换言之，他的经济"竞争"遵从弱肉强食的丛林法则。在其堂弟 I・O・斯诺普斯那里，弗莱姆的行为被上升到"理论高度"，总结为"旧的去，新的来，竞争是商业的生命"[④]。这句话让人不禁联想起鼓吹社会达尔文主义的 19 世纪美国学者威廉・萨姆纳，后者宣称"自由、竞争和适者生存推动了社会进步"[⑤]。然而，在小说中，弗莱姆的"竞争"并未带来社会进步，而是给他人造成许多伤害。弗莱姆本人也未从中获得

---

① 亚当・斯密的《国民财富的性质和原因的研究》也建立在这种功利思想基础上。《国民财富》的译者王亚南先生曾将其归纳为："个人天生是为自己的利害打算的，只要不妨害他的自由竞争，只要不妨害个人的自由竞争，个人由此获得的利益愈大，社会就会愈富有。"(王亚南.改订译本序[M]//斯密.国民财富的性质和原因的研究.郭大力，王亚南，译.北京：商务印书馆，1980：5.)

② 马克思，恩格斯.德意志意识形态[M]//马克思，恩格斯.马克思恩格斯全集：3 卷.中共中央马恩列斯著作编译局，译.北京：人民出版社，1956：479.

③ FAULKNER W. Snopes (The Hamlet, The Town and The Mansion)[M]. New York: Modern Library, 2012: 293.

④ FAULKNER W. Snopes (The Hamlet, The Town and The Mansion)[M]. New York: Modern Library, 2012: 64.

⑤ 参见 HOFFSTADT R. Social Darwinism in American thought[M]. Boston: The Beacon Press, 1955: 42.

真正的幸福。小镇居民大多不屑与之为伍乃至对其深恶痛绝。他的养女琳达甚至必欲除之而后快。

自由竞争还侵蚀了南方人道主义价值观共识，破坏精英的道德权威。南方传统上是一个同质社会，社区成员有着相似的价值取向和道德信仰，上层精英凭自身的道德修养获得社区成员的认同，由此拥有道德权威，通过舆论来约束社区成员行为并维持社区价值标准[①]。但在功利主义价值观背书下，新兴资产阶级对社区成员的舆论和评价采取漠视态度。他们追求利润的最大化，为此绞尽脑汁算计他人，不惜突破诚信和公正等道德底线。弗莱姆出售野马导致村民们财毁人伤，他出售伪劣产品伤害小镇居民健康，就任电厂监督时监守自盗。弗莱姆还通过金钱和利益输送，与占据政治权力的社区成员结成同盟，为自己的不道德行径寻找保护伞。法国人湾最有势力的瓦纳，以及杰弗生镇镇长德斯潘，都对弗莱姆的所作所为装聋作哑，致使他在向上爬的过程中畅行无阻。在他们的冲击下，人道主义价值观共识日益受到削弱，精英的道德权威岌岌可危。约束的失效在社区中产生消极信号，诱使许多社区成员从追求道德认可转向追求物质利益，让他们将尔虞我诈的争夺当成人的天性。《大宅》中叙述者对这种变化有一句精辟的概括："杰弗生镇（人）天生有权以哄骗、欺诈、威胁或武力，以尽可能低的价格购买、饲养、挖掘或发现任何事物，然后以尽可能高的价格卖出去，只要它在购买者的需要、无知或懦弱能够承受的范围内。任何敢于质疑这一权利的人都是敌人。"[②]透过这幅图景，小说表明，随着社区传统价值观共识受到侵蚀，传统道德权威不断没落，功利主义日渐渗透社区的价值取向，社区成为无政府主义状态下的丛林世界。这深刻反映出福克纳对新兴资产阶级破坏传统社区关系的批评和谴责。理查德·金认为，福克纳"创作精彩绝伦的小说，以便为沙多里斯式伦理观和社区精神辩护，并抵抗斯诺普斯主义贪婪的无政府主义"[③]。

---

① FLORA J M, MACKETHAN L. The companion to Southern literature[M]. Baton Rogue: Louisiana State University Press, 2002: 292.

② FAULKNER W. Snopes (The Hamlet, The Town and The Mansion)[M]. New York: Modern Library, 2012: 855.

③ KING R. A Southern renaissance: the cultural awakening of the American South, 1930 - 1955[M]. New York: Oxford University Press, 1980: 12.

《小镇》等小说折射了福克纳对南方社会价值观兴替的理性思考及情感态度。从弗莱姆等新兴资产阶级的行为逻辑中，作家揭示了新南方社会统治方式的变化，即从依靠人际关系和各类共同体的统治，转变成采取物的形式、通过货币中介方式进行统治。在这种变革中，以“人”和“人际关系”为特征的传统价值观，逐步让位于以“物”和“价值交换”为核心的资产阶级功利主义价值观。它在相当程度上正如马克思和恩格斯在《共产党宣言》中所言：“把宗教虔诚、骑士热忱、小市民伤感这些情感的神圣发作，淹没在利己主义打算的冰水之中。它把人的尊严变成了交换价值，用一种没有良心的贸易自由代替了无数特许的和自力挣得的自由。”①

对于福克纳而言，这种新旧价值观的兴替是灭绝人性的变化。《小镇》对弗莱姆劣迹的书写和渲染，反映出作家对后者所代表的从穷白人崛起的新兴资产阶级的不信任。它暗示，这个信奉功利主义价值观的群体对个人、家庭和社区都造成严重破坏，不可能领导南方创造光明的未来。如果他们所信奉的价值观大行其道，无异于窒息人性的世界末日在南方社会降临。资本主义将这样的群体推上南方社会的政治经济主导地位，加速瓦解传统人道主义价值观的根基，却不能提供富有人道关怀的替代选择，如果这种情况延续下去，难以预料南方究竟将会被推向何方。这正是小说所表达出的深深忧虑。在福克纳看来，这种危害除了资本主义必然催生的贪婪本性外，在某种程度上也源于这些人远离道德教化的穷白人生活背景，即所谓穷白人“在道德方面的无知”②，或者说他们“对于财富和权力缺乏旧贵族那种谨慎”③。在这一点上，拉里阐述得更明确。他指出：“‘斯诺普斯三部曲’的一个深入阐发的主题是，‘白人下三滥’缺乏进行有效领导的智慧，也没有这样的愿景和品格。”④

---

① 马克思，恩格斯.共产党宣言[M].中共中央马恩列斯著作编译局，译.北京：人民出版社，1997：30.

② VICKERY O W. Novels of William Faulkner[M]. Baton Rogue: Louisianan State University Press, 1959: 170.

③ BROOKS C. William Faulkner: The Yoknapatawpha country[M]. Baton Rouge: Louisiana State University Press, 1963: 277.

④ RAILEY K. Natural aristocracy: history, ideology, and the production of William Faulkner[M]. Tuscaloosa: University of Alabama Press, 1999: 65.

第三节 《大宅》：对阶级矛盾激化的彷徨

文学作品作为集体话语的个体表达，既承载集体焦虑，也承载力比多的投资，它投射集体关于解决深层社会矛盾的政治欲望①。南方现代变革的深化让福克纳感到忧虑，也促使他思考问题解决之道。随着现代变革的持续进行，从穷白人中崛起的新兴资产阶级不断进行经济扩张，他们抛弃南方传统的家长主义社会秩序，开始按照自己的利益追求和价值理念，在“自由”“平等”等口号下塑造对自己有利的政治经济利益格局。这种状况也反映在“三部曲”中。当弗莱姆在小镇节节胜利、几乎将传统价值观破坏殆尽时，许多旧贵族后裔日益感受到他对本阶级主导地位的威胁。他们对弗莱姆极为痛恨却束手无策，哀叹自己“惟有抱着双手感到难过”②。或许是对这种状况感到失望，福克纳转而将解决问题的思考方向指向新兴资产阶级与仍处社会底层的穷白人之间的矛盾和隔阂。在他的观察中，新兴资产阶级主张的实质只是物质的自由平等而非人的自由平等，它在增进资产阶级财富积累的同时，却造成穷白人等底层群体日益贫困，使后者处于极端异化的生存状态之中。同时，新兴资产阶级摧毁了南方传统的人道互助观念，剥蚀社会群体关系的润滑剂，激化上层社会群体与底层社会群体之间的矛盾。从中，福克纳看到了严重暴力冲突的危险，也从下层社会群体的阶级愤懑中发现清除“斯诺普斯主义”的希望③。他与弗吉尼亚大学学生谈话时曾说：“在我心中，消灭斯诺普斯的愿望是如此强烈……它会选择自己的战士”“斯诺普斯会

---

① 参见 JAMESON F. The political unconscious: narrative as socially symbolic act[M]. Ithaca: Cornell University Press, 1981: 80.

② FAULKNER W. Snopes (The Hamlet, The Town and The Mansion)[M]. New York: Modern Library, 2012: 938.

③ 阶级“愤懑”(ressentiment)是詹姆逊根据他对乔治·吉辛小说的阐释经验，而在《政治无意识》书中提出的一种“意识形态素”。本书采用王逢振、陈永国译本的译法。（参见 JAMESON F. The political unconscious: narrative as socially symbolic act[M]. Ithaca: Cornell University Press, 1981: 88；詹姆逊.政治无意识[M].王逢振，陈永国，译.北京：中国社会科学出版社，1999: 78.）

毁灭他们自己。”[①]在“斯诺普斯三部曲”最后一部小说《大宅》中，他将这一重任交给弗莱姆的堂弟穷白人明克·斯诺普斯。面对资产阶级的压榨和羞辱，明克曾先后两次愤而杀人。全县旧贵族后裔痛恨至极却无可奈何的弗莱姆最终死于他的枪下。

福克纳研究学者拉里曾指出：“阶级愤懑……为福克纳的社会愿景提供了基础。”[②]在小说《大宅》中，福克纳对明克首次杀人事件展开深入重述，追溯明克的杀人动机，以明克为样本观察穷白人群体的生存状态，分析穷白人产生阶级愤懑的社会原因，并从中探寻旧贵族后裔可以借助的力量源泉[③]。他揭示：新兴资产阶级摧毁了穷白人对“大家庭”传统的信念，让他们处于不堪忍受的异化状态，迫使他们为了生存保障和人格尊严进行暴力反抗。

明克的阶级愤懑首先源于他对“贵族品质”期望的破灭。在旧南方社区传统中，不同等级的社会集团间存在利益互助结构。占据有利经济地位的上层社会群体向底层群体提供物质帮助，换取后者在政治和文化上的认同。“关心和救助弱势群体”作为旧贵族的“贵族品质”，成为其统治正当性的来源[④]。在这种体制下，南方两大群体达成妥协和平衡。穷白人接受旧贵族的帮助，同时也承受生活贫困的现实并接受后者制定的社会规则，而旧贵族“可以嘲笑和咒骂他们[穷白人]的无能和无知，认为他们活该挨饿，但必须照顾他们”[⑤]。明克就深受这种观念残余的影响。尽管他坚持“付钱走自己的路”，但仍认为生活于赤贫中的自己理应得到一些“宽慰”，因为这是“简单的正义和不可剥夺的权利”[⑥]。因此，他希望自己的母牛能在邻居农场主豪斯顿的牧

① GWYNN F L, BLOTNER J. Faulkner in the university: class conferences at the University of Virginia, 1957 - 1958[M]. Charlottesville: University Press of Virginia, 1959: 34, 282.

② RAILEY K. Natural aristocracy: history, ideology, and the production of William Faulkner[M]. Tuscaloosa: University of Alabama Press, 1999: 164.

③ “斯诺普斯三部曲”的第一部小说《小村》有一节叙述明克枪杀农场主豪斯顿的过程和前因后果，但只是以全知叙述者视角所作的简要叙述。在第三部小说《大宅》，福克纳以明克的视角重新对故事进行了叙述，将相关情节以及明克关于自己对弗莱姆的怨恨扩展为《大宅》的三分之一篇幅。

④ CASH W J. The mind of the south[M]. New York: Vintage Books, 1991: 166.

⑤ CASH W J. The mind of the south[M]. New York: Vintage Books, 1991: 74.

⑥ FAULKNER W. Snopes (The Hamlet, The Town and The Mansion)[M]. New York: Modern Library, 2012: 679.

场度过严酷的冬天。在明克看来，豪斯顿“足够富有”“拥有黑人男仆”，而且此前曾对自己颐指气使，所以应该像旧南方种植园主那样帮助自己渡过难关。对于曾在北方闯荡多年、深受资本主义影响的豪斯顿而言，物质收益比“怜悯”“同情”等价值更为重要，因此他顺势而为，借母牛事件对明克进行敲诈，迫使明克在春耕时节帮他挖牧场的围栏桩坑抵债。在挖桩坑的过程中，明克感受到资本对其人格的粗暴践踏。一方面，它让明克错过春耕，断绝生计，从而恶化明克的生存状态，另一方面，它以牺牲明克的利益为代价巩固豪斯顿的权力，最终固化双方的社会等级差距。在此，桩坑成为明克“亲手创造出来反对自身的、异己的对象”[①]，见证他在资本统治下的异化。更令明克愤怒的是，完成38天苦工后，他却被豪斯顿告知要多付一美元的保管费。在明克看来，富有的豪斯顿不在乎经济赔偿，只是通过延长他的异化感受而对他进行规训，迫使他认识有产/无产的差别，接受资产阶级主导下的利益分配规则。所以他认为，双方“不是钱的问题，而是桩坑的问题”[②]。明克痛苦地意识到“在私有财产高于人类尊严、特许地权高于一切的制度里，自己遭受的苦难毫无价值”，自己的命运“不能依靠‘他们’[明克预期中的新南方上层统治者]来改善”[③]。福克纳反复叙述明克的遭遇，旨在暗示，正是豪斯顿等人的行为埋下了暴力冲突的种子。穷白人的“阶级愤懑”不可完全归咎于他们“狭隘、暴虐或道德低劣”，它在很大程度上也是新南方统治者处理不当所致。正是因为新兴资产阶级抛弃传统的人道主义价值观，漠视底层社会群体的艰难生存状况，践踏他们的人格尊严，才最终扩大和加深了双方的矛盾。

根据明克在小说中的叙述，他的阶级愤懑还源于新兴资产阶级对“家长责任”的破坏。按旧南方家长主义传统，具有高尚道德品质的上层精英是“家长”，他们负责站在公正立场上对社区事务做出评判和裁决，其他的社区成员跟随其意见行事，这种情况的通常画面是：“自耕农和穷白人面向种植园主，等待指示……因为后者明显是他

---

① 马克思.1844年经济学哲学手稿[M].中共中央马恩列斯著作编译局，译.北京：人民出版社，1985：48.

② FAULKNER W. Snopes (The Hamlet, The Town and The Mansion)[M]. New York: Modern Library, 2012: 687.

③ MACCOMB D. Mink Snopes deals in post holes: countering the violence of capital in Faulkner's Snopes Trilogy [J]. Mississippi Quarterly, 2008, 61(3): 343-357.

们当然的队长。"[①]然而,在母牛事件中,"家长"传统荡然无存。豪斯顿可以出尔反尔,对明克予取予求,这让明克认识到,新南方的上层阶级可以为了私利肆意解释和利用规则,他们只是富人而非"家长"。更令明克绝望的是,作为当地权威的瓦纳也偏离"家长"应有的立场,完全以物质利益作为衡量是非曲直的标准,忽略了这一美元对明克作为人的伤害。因此,在资本主义制度下,法律不是正义的化身,而是阶级意志的体现。在这点上,瓦纳与豪斯顿并无本质的分歧。所以,明克心中产生了朴素的阶级意识:"有钱人都要抱成团。否则哪天那些穷人也许就会想要站起来把它从你们手中夺走。"[②]他隐约地意识到,在这种制度下,穷白人被笼罩在无形的阶级暴力之下,无法通过"优雅""荣誉"的途径来改变被压榨、被异化的命运。他们的生活前景将一片灰暗:"如果这就是法律,守法的人除了忍受就没有别的办法了。"[③]可以说,正是对新南方上层统治阶级的绝望,让明克确立暴力反抗的决心,驱使他以自己的人身自由为代价枪杀了豪斯顿,"迫使那些压迫他的人正视他的全面人格"[④]。

令明克感到绝望的还有一个原因,即南方传统"血亲法则"的失效。自殖民开拓时期开始,许多自诩"血统高贵"的旧贵族其实也出身穷苦白人,或者与穷苦白人有着姻亲或其他千丝万缕的联系,"共同的渊源或经历使亲属互助成为南方文化的普遍现象"[⑤]。因此,明克实施暴力反抗时,坚信弗莱姆会因"不可改变的血亲法则"帮助自己[⑥]。明克如此笃定,还有另一个原因,即在家族亲缘之下,隐含着共同的群体意识——阶级团结。弗莱姆最初和明克一样,也是穷白人。他跟随父亲艾勃在租佃农业中艰难谋生,常年缺衣少食、颠沛流离。弗莱姆得以脱离农业资本压榨,也源于父

① CASH W J. The mind of the south[M]. New York: Vintage Books, 1991: 67.

② FAULKNER W. Snopes (The Hamlet, The Town and The Mansion)[M]. New York: Modern Library, 2012: 702.

③ FAULKNER W. Snopes (The Hamlet, The Town and The Mansion)[M]. New York: Modern Library, 2012: 693.

④ MACCOMB D. Mink Snopes deals in post holes: countering the violence of capital in Faulkner's Snopes Trilogy [J]. Mississippi Quarterly, 2008, 61(3): 343-357.

⑤ CASH W J. The mind of the south[M]. New York: Vintage Books, 1991: 81.

⑥ FAULKNER W. Snopes (The Hamlet, The Town and The Mansion)[M]. New York: Modern Library, 2012: 674.

亲艾勃对资本压榨的激烈反抗以及它让地主瓦纳产生的恐惧。相同经济地位和类似人生经历，让斯诺普斯家族具有共同的阶级归属，正如马修斯所言："斯诺普斯……是一个未被明确说出的阶级。"[①]因此，枪杀豪斯顿时，明克认定弗莱姆会出于亲缘关系和群体经历帮助其反抗，期望他能设法救自己出来。但是，弗莱姆并没有出现，这让明克对"血亲法则"的信念遭到毁灭性打击。

马克思和恩格斯在《德意志意识形态》中指出，"个人作为普通的个人隶属于这种共同体，只是由于他们还处于本阶级的生存条件下才隶属于这种共同体"[②]。福克纳的深刻之处也正在于从弗莱姆所从属的社会集团来显露问题的本质。弗莱姆未在法庭出现，并非因为路途、蜜月或者其他阻碍他前来的客观因素，也不是杰弗生镇居民猜想的那样"想要省钱"，而是他在穷白人与新兴资产阶级之间选择了后者。明克在监狱中反思时认识到了这一点："像他[弗莱姆]这样为瓦纳办事的人，已经和豪斯顿和奎克之流是一伙的。"[③]这种行为无疑是对穷白人的背叛。但这种背叛不是弗莱姆的道德品质比其他新兴资产阶级成员更恶劣，而是在南方资本主义竞争中胜出的资本新贵们的普遍现象。在"自由竞争、追求私利"的自由资本主义大潮下，成功被视为个人优秀品质的结果，失败则是个人的懒惰或思想缺陷造成的。在资本主义社会竞争中胜出的新贵们往往以财富和"体面"彰显他们的地位，避免和他们的穷亲戚们紧密地联系在一起。例如，莱达发现，在福克纳的前期小说里，"中产阶级"似乎更乐于歧视乃至剥削仍处于社会底层的穷白人，因为后者是竞争中的"失败者，处于底层位置证明他们显然缺乏成功所必需的品质""跟他们对比更能反衬自己的优秀"[④]。福克纳对此也有一些明显的表述。在小说《圣殿》的原稿中，霍拉斯·本鲍曾以十分鄙夷的口气描述小镇新贵们"在面对无产者时，急切地想展现出中产阶级的同一性，他们

---

① MATTHEWS J T. William Faulkner：seeing through the south[M]. Malden：Wiley-Blackwell，2009：256.

② 马克思，恩格斯.德意志意识形态[M]//马克思恩格斯全集：3卷.中共中央马恩列斯著作编译局，译.北京：人民出版社，1956：84.

③ FAULKNER W. Snopes (The Hamlet，The Town and The Mansion)[M]. New York：Modern Library，2012：700.

④ LEYDA J. Shifting Sands：The myth of class mobility[J]//MORELAND C. A. Companion to William Faulkner. Malden：Blackwell Publishing，2007：165－179.

刚从无产者中间爬上来,又时常感到后者是威胁"①。弗莱姆正是这一群体中的极端典型。他对穷亲戚十分敏感,极力防止他们损害自己在上流社会的"体面",甚至不惜痛下狠手。明克因杀人入狱后,弗莱姆唆使他人诱骗明克越狱,企图令他老死狱中,以图永绝后患。对于遭受瓦纳和豪斯顿等人压迫的明克来说,资本的暴力给他带来的是终身难忘的惨痛记忆,弗莱姆对穷白人的背叛,以及弗莱姆作为资产阶级对穷白人的迫害,都是不可容忍的。

通过叙述处于社会最底层的明克的暴力反抗,福克纳揭示穷白人在新南方资本主义制度下挣扎求生的境况,同时批判以弗莱姆为代表的新兴资产阶级的自私与丑恶。《大宅》对明克遭遇的详细重述,既反映作家对穷白人生存处境的同情,也是赋予明克向弗莱姆实施"正义"的资格。它表明,弗莱姆的毁灭不是偶然事件,而是新兴资产阶级破坏南方大家庭传统、激化阶级矛盾导致的必然结果。

除了明克,小说《大宅》还书写了其他群体对弗莱姆的阶级愤懑。这些群体包括弗莱姆的养女琳达·斯诺普斯和小镇的旧贵族后裔。在明克向弗莱姆复仇的过程中,琳达充当了关键的推动角色。得知明克与弗莱姆的恩怨后,琳达积极促成明克的假释,使他在38年后得以返乡。在她的串联下,斯蒂文斯、拉特利夫等倾向旧南方社会的人"思考、观察、探索、研究,最后行动起来——或赞助或不阻拦——以帮助明克洗雪受弗莱姆怠慢的耻辱"②。

琳达的阶级愤懑在很大程度上源于旧贵族意识形态的影响。她愿意帮助明克,一方面是要为被迫自杀的母亲尤拉复仇,另一方面也是斯蒂文斯等小镇旧贵族后裔的教育所致。斯蒂文斯等人对弗莱姆等新兴资产阶级痛恨不已,但缺乏暴力对抗的勇气,束手无策之下只能寻找其他的解决途径。为此,斯蒂文斯向琳达透露她真实身世中的贵族血统,以古典文学"塑造她的思想"。在斯蒂文斯影响下,琳达对惟利是图的新兴资产阶级充满愤恨。她在北方读书的时候结交左派人士,并怀着与资本主义

---

① FAULKNER W. Sanctuary[M]. Original text edited by N. Polk. New York: Random House, 1981: 260.
② 霍夫曼.威廉·福克纳传[M].姚乃强,译.沈阳:春风文艺出版社,1994: 85.

战斗的理想参加西班牙内战。小说把琳达书写为旧贵族道德和共产主义思想共同形塑的“主体”，反映出作家对解决南方问题所需品质的想法，即贵族品质与共产主义理念的结合。然而，作为青年一代的旧贵族后裔，琳达的人生理想不是要做革命的无产者，而是做下层群体的训导者和启蒙者。返回杰弗生镇后，琳达与小镇居民“畅谈希望、梦想、人的自由以及他从痛苦、饥饿和社会不公中的最终解放”①，试图通过教育提升底层群体的思想认识，希望借此帮助他们认清斯诺普斯所代表的新兴资产阶级的本质、摆脱他们的欺骗和控制，最终遏制和对抗自由资本主义对小镇的威胁。然而，在功利主义思潮统治下的小镇并不接受他的主张。琳达的失败表明，如果不能改变资本主义的经济基础，重建传统价值观的愿望最终还是会破灭。就这个意义上而言，琳达选择帮助明克，是因为暴力才能遏制资本主义在南方的膨胀，明克的阶级愤懑成了福克纳“帮助”旧贵族后裔对抗新兴资产阶级的“正义的工具”②。

福克纳选择明克作为弗莱姆的终结者，体现出他对穷白人和新兴资产阶级之间社会矛盾的深刻认识，以及对这种矛盾在塑造南方未来之作用的思考。然而，明克对弗莱姆的暴力复仇毕竟暗示着一种阶级暴力斗争的可能性。无条件地放任明克等穷白人的暴力反抗，不仅可能导致社会动荡，也可能造成更严重的“庶民翻天”的情况，这又让福克纳感到“和谐稳定”的传统秩序受威胁的前景。因此，他使明克在监狱生涯中受到暴力国家机器的规训，让他接受现有社会秩序，脱去主体意识，成为纯粹的“正义工具”。在无休止的劳作中，明克重新认识了土地和人的关系：“不是人拥有土地，而是土地拥有人。”对于农民而言，土地社会是他们最为渴望拥有的生产资料。明克放弃他对土地的渴望，意味着他从主体（拥有土地的人）变成客体（被土地拥有的人），表明他接受了自己作为无产者的地位和被物化的命运，成为现存制度下的顺民。他皈依了宗教，相信社会有着天然的秩序，它应该由具备天生贵族品质之人来统治，像他这样的“失败者”并不属于该行列。由此，他放弃了自己对社会的怨恨和继续进

① FAULKNER W. Snopes (The Hamlet, The Town and The Mansion)[M]. New York: Modern Library, 2012: 854.

② RAILEY K. Natural aristocracy: history, ideology, and the production of William Faulkner[M]. Tuscaloosa: University of Alabama Press, 1999: 164.

行反抗的尝试,将正义的希望寄托给上层阶级人物,冀望后者塑造一个更公正、更仁慈、更美好的社会:“我从未要求正义,正义只属于最优秀的人。”①而他要的“只是公平”,他只要将报复目标锁定为某个具体的“邪恶之人”。他在监狱中平静地忍受各种苦难,就是为了能在出狱后杀掉弗莱姆,让后者偿还他对自己的伤害。可以说,正是在明克接受了旧贵族后裔的领导地位和自己在南方社会等级结构的底层位置之后,作家才让他从监狱里出来枪杀弗莱姆。可以看出,尽管福克纳同情下层阶级人物的遭遇,也想利用他们的反抗意识,但对他们的暴力反抗动摇南方社会等级结构的可能性则充满戒心,因而希望对他们的思想加以限制,让他们接受由旧贵族“家长”对他们进行保护和照顾的秩序。

小说末章的杰弗生镇状况反映作家对南方社会格局的愿景。明克复仇成功后,小镇又重归旧贵族眼中“自己人”掌控。在琳达的安排下,原先归德斯班家族所有、后来被弗莱姆占据的大宅,又回到德斯班家后人之手。这是一个极具象征意义的事件,它意味着小镇回复到斯诺普斯出现之前的原点。这一现象涌动着福克纳的某种愿望:让穷白人作为“正义的工具”去惩罚破坏传统社会的新兴资产阶级,消除弱肉强食的资本主义竞争,恢复由贵族精英人物管治的社会秩序,让南方重回失落的伊甸园中。在小说结尾,明克回到当年生活过的村子躲藏数日,最后在灿烂的星空下与曾经生养他的大地融为一体,感到自己“和那些漂亮的、辉煌的、骄傲的、勇敢的,一同站在那金光灿烂的幻影和梦想的顶端”②。这是一个带有死亡隐喻的结局,但或许是明克最好的归宿,因为他终于在精神世界里拥有了土地并实现与上层阶级的平等,不必在现实的南方社会面临依旧没有家园、没有土地、只能依靠出卖劳动力艰难度日的生活。“正义的执行者”琳达也永远地离开了南方,随同她离去的还有她作为前共产党员的思想以及参加西班牙内战的经历。两人孑然一身地回到小镇完成“正义使命”,然后孑然一身地死亡或孑然一身地离去,这显示福克纳害怕在南方留下与阶级斗争

---

① FAULKNER W. Snopes (The Hamlet, The Town and The Mansion)[M]. New York: Modern Library, 2012: 751.

② FAULKNER W. Snopes (The Hamlet, The Town and The Mansion)[M]. New York: Modern Library, 2012: 1060.

有关的隐患，因而不愿在南方为他们留出位置。马修斯认为，福克纳小说“不会出现明显的革命前景”[①]。小说的结局则进一步说明，尽管福克纳对下层社会群体抱有同情，但内心仍对南方可能发生暴力革命充满戒备。

透过“三部曲”对弗莱姆崛起和覆灭过程的描述，可以发现作家对新南方社会总体负面的评价，以及他对新南方社会变革前景的悲观判断。福克纳认为，在穷白人不断往上爬的现代变革中，南方失去了其久远以来拥有的美好事物，包括人与自然和谐相处的生存状态、注重纯真的心灵世界、富有人道关怀的社会秩序、追求精神满足的优雅生活方式和不辩自明的价值观念。奸诈冷酷、唯利是图的穷白人得以崛起为新兴资产阶级横行南方，而崇尚同情、勇气和荣誉的旧贵族后裔无计可施，被迫与一向被他们蔑视的另一群穷白人联手，以暴力手段来遏制新兴资产阶级的野心。它意味着优雅、荣誉、勇气等贵族理想向资本主义社会现实的妥协。这对向来觉得高人一等、自命为南方代言人的旧贵族后裔来说，无疑是难以下咽的一杯苦酒。评论家诺埃尔·波尔克(Noel Polk)曾评论道：“[斯诺普斯]三部曲的结局对我而言非常灰暗。如果暴力、如果谋杀是我们对付斯诺普斯主义的唯一有效途径，如果世界需要依靠明克·斯诺普斯这样的人来挽救，那我们真的将处于十分痛苦的境地。”[②]“三部曲”的结局还蕴含着相互矛盾的政治欲望：作家对下层社会群体的悲惨遭遇抱有一定的同情，但希望他们接受既有位置，没有意愿为他们展示社会等级结构调整的前景；他期待利用下层社会群体与新兴资产阶级的矛盾遏制斯诺普斯主义的蔓延，又对阶级斗争感到难以言明的恐惧。

这种恐惧迫使福克纳思考旧贵族后裔如何发挥道德文化优势，对穷白人等下层阶级进行教育和引导，形成以旧贵族后裔为主导的联盟，以遏制新兴资产阶级对南方的破坏，重建和恢复他心中美好的南方世界。马克思主义认为，经济基础决定上层建

① MATTHEWS J T. Faulkner and proletarian literature[M]//KARTIGANER D M, ABADIES A J. Faulkner in Cultural Context. Jackson: University Press of Mississippi, 1997: 175.

② POLK N. Idealism in The Mansion[M]//GRESSET M, POLK N. Faulkner and idealism: perspectives from Paris. Jackson: University Press of Mississippi, 1983: 152.

筑。由是观之，福克纳期待以旧贵族的意识形态引导处于无产者状态的下层社会群体，对抗日益掌握南方政治经济主导权的新兴资产阶级，这在很大程度上是无法实现的“乌托邦”。福克纳虽然意识到旧南方经济制度已经腐朽过时[①]，但仍试图以过去的上层建筑作为解决南方社会问题的办法，反映出他“知其不可为而为之”的无奈，其中包含着他对新南方社会变革前景的深切忧虑和他对旧贵族之命运难以名状的彷徨。

① 福克纳在《随笔》中曾写道：“那种经济制度……是建筑在过时的基础之上的。”（参见福克纳.福克纳随笔[M].梅里韦瑟，编.李文俊，译.上海：上海译文出版社，2008：97.）

第四章

重建旧贵族领导权的“乌托邦”想象[①]

在对南方共同体命运进行思考的过程中，福克纳除了对当下社会的剖析、反思和批判外，也试图通过文学呈现社会可能运行方式的替代性想象。在反复探寻世家子弟在现代变革中的内心痛苦和精神重负、反思旧贵族衰落的历史成因之后，他开始尝试摆脱自己与南方过去的长期纠缠，将目光投到南方的现实社会问题中来。与此同时，南方社会现代变革并未因部分群体的疑虑和抵制而停顿。经过 30 年代“大萧条”时期的“农业革命”，南方的“分成租佃制”农业体系迅速向现代“雇佣制”农业体系（wage agriculture）转变，南方作为传统农业社会的地区独特性日趋消亡。工业化和城市化进程持续进行，资本主义经济渗透日益加深，社会底层的“红脖梗”不断崛起并侵蚀当地的经济政治版图。目睹社会政治经济的种种变化，福克纳无奈地意识到，现代变革不可逆转，南方无法返回旧贵族曾经无限留恋的传统社会，直面新南方社会的现实状况、匡正社会变革所产生和引发的偏颇与错误，才能让旧南方传统价值观在新南方时期得到延续②。在这种认识影响下，福克纳逐渐成为马修斯所言的“对南方现代变革不情愿但最终接受的观察者”③。反映在小说创作上，福克纳逐渐以既有现实为起点，思考南方重大社会问题的解决之道，并想象理想南方社会体系的未来图景和重建路径。这种变化在《去吧，摩西》（1942）中初现端倪，到《坟墓的闯入者》（1948）和《掠夺者》（1962）则表现得至为明显。小说的主人公们逐渐蜕去早期小说中旧贵族青年人物身上那种彷徨、绝望的阴郁之气，显现出理智、乐观、向上的精神面貌，并重拾精英的责任意识

① 根据詹姆逊的论断，意识形态有乌托邦的一面，即对社会进步和美好世界的想象，其具有积极的政治意义。本标题所言“乌托邦”仅是就其在现实社会几乎不具有可能性而言的，并不涉及“先进/落后”的政治价值判断，故加引号以示区别。

② 福克纳曾在不同场合承认南方现代化是大势所趋。他在一篇公开信中谈道：“（30 年代）接受联邦政府救济的时候，我们就已经彻底地出卖了自主权。”此外，1957 年他在回答弗吉尼亚大学学生提问时说道：“新南方人太多，乡村变化太大，把我小时候喜欢的密西西比那一带的森林毁掉了。不过，反对进步发展是愚蠢之举，因为人人都是进步发展的一部分，而且除了这一次，不可能再有别的机遇——不应对它，不向它妥协，那就是犯傻。”（参见 GWYNN F L, BLOTNER J. Faulkner in the university: class conferences at the University of Virginia, 1957 - 1958[M]. Charlottesville: University Press of Virginia, 1959: 98；福克纳.福克纳随笔[M].梅里韦瑟，编.李文俊，译.上海：上海译文出版社，2008：110.）欧文・埃尔默指出：“和多数南方人不同的是，福克纳懂得，社会要继续生存下去，就必须有所变革。”（转引自李杨.美国“南方文艺复兴”：一个文学运动的阶级视角[M].北京：商务印书馆，2011：143.）

③ MATTHEWS J T. Faulkner and proletarian literature[M]//KARTIGANER D M, ABADIES A J. Faulkner in Cultural Context. Jackson: University Press of Mississippi, 199: 166 - 189.

和能力信心，“渐渐从几乎完全瘫痪的状态走向充当‘大救世主’的位置，或者说走向充当把美德戏剧化的角色”①。他们要解脱历史留下的精神枷锁和道德包袱，正视现代变革所引发、激化或放大的社会问题，为南方寻找重建和谐有序理想社会的道路。

在现代变革中，南方社会面临两大问题：种族主义的蔓延和社会整体道德水平的下降。在福克纳看来，这些问题是资本主义鼓吹“自由”“竞争”引发的恶果，它们亟需拥有传统道德品质的人物来带领南方进行纠偏。他将责任赋予自己心目中的理想群体——旧贵族后裔青年。作为对这些问题某种程度的回应，在小说《坟墓的闯入者》和《掠夺者》中，作者让两名旧贵族后裔少年经历坎坷和痛楚，以勇气和毅力拯救弱者和实现正义，从而获得道德和智慧的成长，为承担富有建设性和领导力的公民责任做好准备。在两名少年的成长叙事中隐含着一种路径想象：旧贵族后裔青年直面社会现代变革的潮流，直面激烈的政治经济竞争，在社会主导权日渐旁落的不利状况下，他们通过自身的行为表率和道德示范，发挥本阶级意识形态和传统价值观念的吸引力，赢得底层社会群体的认同，重建本阶级的文化领导权，从而对南方社会生活总体方向施加影响。在他们的引领下，黑人和穷白人两大底层群体能够缓解黑白群体矛盾，直面自由资本主义带来的道德冷漠和心灵麻木等不良后果，重拾传统人道主义价值观温暖仁厚的精神，最终重建和谐有序的理想社会。②

第一节　《坟墓的闯入者》：种族问题的阶级透视

种族主义是美国南方社会的痼疾，对黑人的歧视和压迫是福克纳心中的南方耻

① 霍夫曼.威廉·福克纳传[M].姚乃强，译.沈阳：春风文艺出版社，1994：19.

② 福克纳接受记者访谈时，曾发出呼吁：“我们必须带上我们的错误和失误造成的垃圾一道向前。我们必须克服它们，而不能回到一种田园诗般的状态中幻想自己从没有麻烦和罪恶。”（MERIWETHER J，MILLGATE M. Lion in the garden：interviews with William Faulkner，1926－1962[M]. Lincoln：University of Nebraska Press，1968：131.）

辱。黑人是南方社会的重要群体，他们在内战前作为奴隶与穷白人和富有的种植园主构成了旧南方社会结构的三个基本等级①。内战后，黑人获得人身自由，成为“织就南方这块布料的三股不同的线中的一股”②，但他们身处社会最底层的状况并未改变，而且在社会变革过程中还长期遭受经济政治限制、人身威胁甚至暴力伤害。许多人(包括相当数量的南方人)都将南方黑人受到的不公正对待看作纯粹的种族问题。福克纳对此却做了相当不同的思考。他曾不止一次地指出：种族主义针对的真正对象“不是作为个人或种族的黑人，而是黑人作为一个经济上的阶级、阶层或者因素”③。1948年出版的小说《坟墓的闯入者》是他这种思考的艺术体现。细读小说中关于黑人命运的故事可以发现，事件中的对立双方不是黑人和白人，而是以阶级为界线的两大白人阵营：一方是企图对黑人路喀斯·布香(Lucas Beauchamp)施加私刑或者围观私刑的乡下穷白人，以及从穷白人中间分化出来的工人、小店主和暴发户，另一方是解救黑人摆脱私刑威胁的杰弗森镇权力精英和旧贵族后裔，双方围绕“私刑”和“反私刑”的冲突构成了小说的叙事主线。他们的行为动机背后隐藏着南方社会三大群体在现代变革中的起伏命运，也反映出他们各自作出的不同反应。因此，这部小说思考种族问题的视角与其他作家作品(以及作家此前的经典小说如《八月之光》和《押沙龙，押沙龙!》)都存在很大的不同，其重点不是通过黑人的遭遇谴责种族暴力和批判种族主义意识形态，而是从白人内部不同阶级群体对黑人的态度和行为出发，剖析种族问题中的阶级偏见和意识形态倾向，追问黑白矛盾的社会历史根源，思考南方黑人的命运和南方社会的未来走向。

叙事折射“未被说出的历史”④。从小说对“私刑”事件的起因以及小说群体之间矛盾纠葛的叙述片段中，我们可以逼近故事发生时南方社会“未被说出的历史”，在20

---

① BROOKS C. William Faulkner：The Yoknapatawpha country[M]. Baton Rouge：Louisiana State University Press，1963：10.

② PERCY W A. Lanterns on the levee：recollections of a planter's son[M]. Baton Rogue：Louisiana State University Press，1973：19.

③ 福克纳.福克纳随笔[M].梅里韦瑟，编.李文俊，译.上海：上海译文出版社，2008：96-97.

④ JAMESON F. The political unconscious：narrative as socially symbolic act[M]. Ithaca：Cornell University Press，1981：20.

世纪初期南方社会现代变革的历史语境下，追踪福克纳眼中的种族矛盾根源和种族主义意识形态的社会历史肇因。

“要理解一种意识形态，我们必须分析那个社会中不同阶级之间的确切关系，而要做到这一点，又必须了解那些阶级在生产方式中所处的地位。”[①]南方种族主义者声称，黑人受到不平等待遇是因为他们天生道德和智力低下，不配享有和白人同等的权利。但在福克纳看来，这种论调忽视了白人不同阶级间的道德境界差别，因为黑人相对白人中的下层阶级往往有着相似甚至更好的品德和能力。在小说《坟墓的闯入者》黑人主角路喀斯·布香居住的第四巡逻区，黑人就比穷白人展现出更优秀的经济适应性。穷白人靠耕种贫瘠的小块山间土地仅能谋生，黑人却可以忍受更高的租税耕种地主的土地，付出更多的劳动获得好收成，他们穿得比穷白人更暖和，他们的房子也更为干净。叙述者契克初次见到路喀斯时的情景清楚地反映了他与周围穷白人的鲜明对比：在数九寒天里，穷苦的女白人只能戴着夏天的遮阳帽或者男人的旧毡帽，穿着不合身的男式工装，男白人只能在腰上用铁丝系着麻布片围裙御寒，而黑人路喀斯却身穿羊皮内衬的厚实大衣[②]。这种物质上的差别让叙述者也不禁感叹黑人“通过扎根大地确实取代了白人在土地上的位置从而击败了白人”[③]。既然不是人种因素，黑人为何招致穷白人的歧视和怨恨？对此，詹姆逊的论断可谓揭示了真相。他指出：“集体意识总是围绕着对群体生存之威胁的认识而组织起来。”[④]黑人的社会地位变动让穷白人感到害怕，因为黑人的社会地位提升意味着自己经济地位就会发生相对下降，沦为整个社会的最底层。因此，在第四巡逻区这个黑白杂居的小型社会中，路喀斯处于充满敌意的环境里，不但几乎没有白人愿意和他交朋友，连周围的黑人也认为他这样的人容易招惹是非并连累邻居和朋友。路喀斯出事时黑人男孩艾勒克的一句话道出了众多黑人不愿言明的心态。他说：“就是像路喀斯这样的人会给大家

---

① 伊格尔顿.马克思主义与文学批评[M].文宝，译.北京：人民文学出版社，1986：3.

② FAULKNER W. Intruder in the dust[M]. London：Vintage Books，1996：4－7.

③ FAULKNER W. Intruder in the dust[M]. London：Vintage Books，1996：131.

④ JAMESON F. The political unconscious：narrative as socially symbolic act[M]. Ithaca：Cornell University Press，1981：290.

惹麻烦。”[①]实际上，路喀斯面临的情形是黑人在南方的境况的一个缩影。在现代变革的过程中，整个南方社会充斥着这种敌意。内战结束后，黑人获得人身自由成为租种地主土地的佃农，在战后重建时期一度与穷白人形成经济上的竞争，引起后者的焦虑。当19世纪90年代南方“进步主义”政客如密西西比州州长瓦达曼和比尔博等人打出“保护穷人利益”的口号时，立刻赢得了许多下层白人的选票，他们上台当权后即颁布了一系列吉姆·克劳法(Jim Crow Laws)对黑人进行人身隔离和权利限制。福克纳在随笔《密西西比》中曾对此有过直观的解释：

> 姓斯诺普斯的那伙人……他们选举比尔波家的人并且不遗余力地为姓瓦达曼的人拉票，在这两人下台后又推举他们的儿子上台；他们的出发点是对黑人的刻骨仇恨、恐惧以及经济上的冲突对抗，那些黑人紧挨着着他们的地块种着不大的田地，因为黑人记得自己根本未曾获得自由，因此能够珍惜已经得到的那些，去斗争以保留住不多的那一些，并且教会自己如何凭借不多的东西去获得较多的东西。[②]

路喀斯作为小说世界中黑白矛盾的焦点人物，其形象和行为在不经意间揭示出日常生活之下深层的社会现实，他的遭遇之下隐含着南方下层社会的群体利益冲突。福克纳在此告诫其读者，对南方种族问题作单纯的道德谴责和文化批判无济于事，重要的是深入探究其经济政治根源。

意识形态建立在生产方式基础上，但它一旦形成稳固的观念或理论体系，就不会轻易地随各阶级的经济地位升降而发生改变。统治意识形态设定社会政治权力等级结构，并让这种结构自然化，从而为特定阶级拥有政治权力的合理性作出辩护。蔓延于新南方社会的种族主义制度人为地规定了白人相对于黑人的政治特权，而种族主

① FAULKNER W. Intruder in the dust[M]. London：Vintage Books，1996：85.

② 福克纳.福克纳随笔[M].梅里韦瑟，编.李文俊，译.上海：上海译文出版社，2008：13.

义意识形态则对其进行文化包装处理，试图使其在南方成为“自然的”“不证自明”的观念。长期的种族歧视生活经历，以及黑人很少直接反抗种族歧视的事实，让穷白人产生一种无意识的认知：黑人可能比他们更有效率地谋生，但在政治和文化上却要比他们低一等。这种微妙的心理平衡似乎让南方处于一种稳定的状态，任何挑战这种稳定状态的意图将在穷白人中间引发恐惧、反感和怨恨。在小说中，路喀斯引来种族暴力威胁的原因就在于他扰动了这种平衡。一方面，他作为社会最底层的黑白混血儿在白人眼中显然是个黑人，“原本应该”在各类白人面前谦恭低调，但他却模仿其白人祖父、种植园主麦卡斯林的行为举止，经常身穿西服，头戴种植园主们常戴的价值三四十美元的海狸皮毡帽，胸前挂着一根粗金表链，着意表现自己与种植园贵族传统的联系。他尽管言语上对穷白人礼貌客气，但内心对他们却没有什么尊敬之意，也不刻意隐讳心中的真实想法，正如叙述者契克所观察那样：“他就称你为‘老爷’或‘先生’，但你知道他心中并不把你当作老爷或先生，他还知道你明白这一点。”[①]路喀斯的“贵族渊源”和“绅士做派”让穷白人感到震惊，意识到自身社会地位相对下降的可能，本能地产生恐惧，进而感到愤怒。面对这个威胁他们仅有的文化优越感和集体安全感的黑人，“整个地区的乡下白人都在琢磨如何让他首先像个黑鬼”。有人甚至寻机试图以暴力手段逼其就范。在村庄商店附近发生的一次冲突中，几个年轻的穷白人警告路喀斯注意自身作为种植园奴隶后裔的身份，在受到路喀斯反驳时几乎对他大打出手。另一方面，路喀斯又试图介入穷白人的争端，想凭自己的能力解决一桩木材偷盗案。在南方传统中，对社会关系进行调节和仲裁，通常是社会赋予上层白人的政治特权。路喀斯自居为上层人物的行为无法被涉案的穷白人所接受，导致后者铤而走险杀人并嫁祸给路喀斯。“路喀斯杀白人”的传言强化了前述恐惧，构成愤怒爆发的导火索。消息传出后，当地许多穷白人闻风而动，蜂拥至路喀斯被扣留的地点附近，等待着死者家人对其上私刑。对他们而言，私刑是验证本阶级群体享有的政治特权的机会，围观私刑是为了表达群体归属，“保证第四巡逻区不至于失去那白人的高贵的身份”[②]。可以

① FAULKNER W. Intruder in the dust[M]. London: Vintage Books, 1996: 18.
② FAULKNER W. Intruder in the dust[M]. London: Vintage Books, 1996: 137.

看出，透过路喀斯的遭遇，福克纳指出了南方种族矛盾激化的根源：南方现代变革引发不同社会结构板块移动和相对地位变化，由此产生激烈的碰撞和矛盾。黑人经济地位上升并有改变当地政治权力版图的可能，这招致穷白人自发的恐惧和激烈反应。种族暴力是这种集体心理的一种宣泄。福克纳公开发表的言论也表明相同的判断。在弗吉尼亚大学任驻校作家期间，曾有学生问及南方为何存在针对黑人的私刑，他明确地回答说主要原因是穷白人在经济竞争中处于劣势："暴民们……主要来自失败的穷白人。他感到嫉妒，痛恨黑人。他对黑人的唯一优势不再是经济上的了。正因为他皮肤是白的而黑人不是白的，所以他不择手段地让黑人保持皮肤的黑色，这样他才会感觉愉快。"①

马克思指出，人们在创造自己的历史时，"是在直接碰到的、既定的、从过去继承下来的条件下创造。一切已死的先辈们的传统，像梦魇一样纠缠着活人的头脑"②。南方种族主义意识形态同样如此，尽管它肆虐于新南方社会，但其形成的历史根源在于内战之前旧南方长期实行的奴隶制。小说《坟墓的闯入者》反映出这一点。路喀斯被控枪杀白人后，来自全县的乡下白人和刚从乡下迁来小镇的中产阶级"穷白人"都涌向监狱准备围观私刑，他们成为即将发生的种族暴力事件的主要参与者。不过，这些人并不是天生的暴徒。他们对于同处于社会下层的黑人并无个人私怨，长期的日常相处甚至让他们对黑人产生一定的好感。叙述者甚至猜测，一旦路喀斯被烧死后，这些人就会捐钱让路喀斯下葬。驱使他们做出下意识的群体行动的，不是直接的、现实的利益冲突，而是路喀斯作为一个他者的符号，以及数个世纪来反复被灌输并植入他们无意识中的有关"黑人野兽"的群体印象。对于这种无意识的来源，小说将矛头指向旧南方时代，借助较为开明的斯蒂文斯之口指出"最能制造不幸的莫过于盲目坚持祖先邪恶行为的人"③。这是一句隐晦而模糊的谴责之语，但联系福克纳发表的言

① GWYNN F L，BLOTNER J. Faulkner in the university：class conferences at the University of Virginia，1957－1958[M]. Charlottesville：University Press of Virginia，1959：223.

② 马克思.路易·波拿巴的雾月十八日[M]//马克思，恩格斯.马克思恩格斯全集：8卷.中共中央马恩列斯著作编译局，译.北京：人民出版社，1961：121.

③ FAULKNER W. Intruder in the dust[M]. London：Vintage Books，1996：49.

论可以确定，他所指的种族主义意识形态始作俑者是种植园主阶级。在一次访谈中，他曾解释说：“为了让黑人一直处于强制苦力的地位，种植园主会对白人中的穷苦阶级说黑人准备强奸他的女儿。”①在历史上，旧南方种植园主阶级为巩固奴隶制统治编造了“黑人是需要驯服的野兽”的种族叙事，把试图逃跑或反抗的黑人当作猎物追逐、关押甚至屠杀，同时纵容穷白人对黑人的暴力行为，以便恐吓黑人迫使他们躲在奴隶主的人身庇护之下。因此在旧南方等级社会制度下，黑人群体成为穷白人眼中令人恐惧、需要压制的抽象的“他者”。当社会底层的穷白人遭受屈辱和不公平时，往往难以对上层白人做出实质对抗，只能将愤恨发泄在没有抵抗能力的黑人身上。经过内战和黑奴解放之后，种族主义暴力虽被法律禁止，但“黑人是与本阶级对立的他者”这一观念已融入穷白人的集体无意识，潜移默化地影响群体成员的思想和行为②。正是这种无意识塑造了让路喀斯“私刑”事件得以发生的社会思想氛围，构成小说中人物所言“全县白人根基中令人震惊而可耻的东西”③。由此，透过路喀斯的遭遇，福克纳用委婉迂回的言语向人们揭示，南方种族暴力的根源是旧贵族给穷白人灌输带有种族主义意识形态因子的阶级无意识，这种无意识在新南方社会经济竞争中催生的恐惧得到反复强化，最终激化种族矛盾并驱使穷白人通过种族暴力中确认本阶级的社会等级身份。

詹姆逊指出，意识形态既是带着阶级偏见的虚假意识，又表达了特定阶级对基于一定价值和态度共识的集体统一的愿望。“意识形态承诺的不是如何作道德选择，而是在斗争中采取何种立场。”④在小说的“私刑”事件中，当路喀斯身陷牢狱无法自救之际，旧贵族后裔少年契克决定冒险探坟查凶，并在其他旧贵族后裔的帮助下最终拯救

---

① MERIWETHER J, MILLGATE M. Lion in the garden: interviews with William Faulkner, 1926 - 1962[M]. Lincoln: University of Nebraska Press, 1968: 263.

② 根据美国学者莫莱斯的研究，马克思曾从阶级角度对战后重建时期的南方种族主义成因作出论断。莫莱斯在“马克思和恩格斯论美国”一文中写道：“南方的‘老地主们’鼓吹‘白人至上’的观念，因而能够激活‘穷白人’对于黑人的敌意。马克思曾将这种敌意类比于英国的英格兰籍工人和爱尔兰籍工人之间的矛盾”(MORAIS H M. Marx and Engels on America[J]. Science & Society, 1948, 12[1]: 3 - 21: 13)。不过，莫莱斯文中没有给出该论述的具体出处，本书作者在自己所阅读的马恩著作章节中尚未发现相关论述。

③ FAULKNER W. Intruder in the dust[M]. London: Vintage Books, 1996: 138.

④ JAMESON F. The political unconscious: narrative as socially symbolic act[M]. Ithaca: Cornell University Press, 1981: 289 - 290.

路喀斯。他们站在对抗种族暴力威胁的前沿，反映出旧贵族后裔在前述种族矛盾中的立场选择。曾经作为种族主义始作俑者的阶级，如今变成了阻止种族暴力的先锋，这种强烈反差折射了作家什么样的思考，值得深究。福克纳在此既是表达某种愿望，同时也是指出南方社会语境下发生这种变化的政治经济可能性。内战后，南方奴隶制崩溃，种植园主失去了强制黑人人身自由的动力。同时，由于战后重建的不彻底性和南方"赎回运动"的影响，南方黑人对上层白人的经济依附关系并未发生实质改变。小说中的路喀斯作为黑人佃农继续耕种白人地主爱德蒙兹的土地，接受后者关于农业生产的指导，在后者的商店购买所有的必要生产资料，其农作物的销售和分配也基本由后者决定。双方实际上达成一定的妥协：黑人拥有象征性的经济自主权，而白人地主继续保持对黑人的经济影响力。与此相反，部分穷白人在新南方工业化进程中乘机崛起，开始侵蚀旧贵族在当地的经济主导权，令旧贵族感受到威胁。因此，旧贵族后裔与穷白人在如何看待黑人群体的问题上产生分歧，双方在"野兽黑人"话语上曾经拥有的默契逐渐消失。在旧贵族后裔眼中，路喀斯这样的黑人不再是竞争和威胁，而是假以观照和维系本阶级社会地位的"他者"。因此，他们转而希望以自己的"贵族"意识形态中文明、进步的一面来取代种族主义野蛮、残暴的一面，从而加强黑人对本阶级的认同。

意识形态作为一种观念体系，其目的是为政治权力的合法性辩护。尽管旧南方种植园主们编造了种族主义话语，但其主流的意识形态却是将黑人当成本阶级庇护的对象。在种植园主们的眼中，黑人一旦愿意接受奴隶的地位，就成为忠诚温顺的"好黑人"。为了对顺从的黑人进行安抚，他们将黑人描述成智力和道德上都尚未长大的孩童，宣称黑人无法照顾自己，不能独立地在南方社会生存，需要道德高尚的种植园主对黑人进行保护。这番话语在欺骗和安抚黑人的同时，也为种植园主所代表的旧贵族占据南方社会统治地位提供辩护。美国历史学家尤金·吉诺维斯(Eugene Genovese)指出："在种植园政权崩溃以前，家长主义是南方关于黑白关系的意识形态的主要类型。"①这种家长主义叙事作为阶级意识形态不仅统治了旧南方时期上层白

① GENOVESE E. The world the slaveholder made[M]. New York: Vintage Books, 1971: 101.

人的思想，还对旧贵族后裔在新南方时期如何看待自身与黑人关系产生深刻影响。虽然种植园经济体系解体，但黑白和谐的“大家庭”成为他们追忆旧日“黄金年代”的精神象征，也为他们继续维护自身上层社会地位的提供了理据，因而被许多南方“家庭罗曼司”建构成神话大加渲染[①]。在家长神话的濡染下，旧贵族后裔往往将黑人看作亲属成员，心理上更亲近黑人而非穷白人。福克纳小说《去吧，摩西》曾这样描述过他们之间的亲近感：“与这些不同种族的人相比，那些肤色相同、身上流淌的血液也相同的第三种人倒更像外人。”[②]在《坟墓的闯入者》中，路喀斯也是这种黑白“亲属”关系交织的典型体现：他是种植园主麦卡斯林的混血儿后裔，与白人地主埃德蒙兹有一定程度的表亲关系，其妻子莫莉是哈伯瑟姆家黑奴的后裔，曾作为哈伯瑟姆小姐的童婢与其一同长大，还是埃德蒙兹的乳母。契克决定去拯救路喀斯，实际上是代本家族的埃德蒙兹承担照顾黑人的“家长”责任。后期加入契克队伍的老姑娘哈伯瑟姆小姐同样如此。

一般来说，统治阶级意识形态寻求使自身权力立场合法化的各种策略，赋予自己的思想以普遍的形式，把它们描绘称唯一合乎理性的、有普遍意义的思想。旧贵族的“家长主义”也是这样。对他们而言，“荣誉、勇气、同情、牺牲”是定义了“真正的人”的普遍真理，道德优胜性是决定领导合法性的标准[③]。黑人作为一直受到旧贵族“庇护”的群体，是这种道德优胜性的典型投射对象。生长于上层家庭的契克自然深受这种贵族意识的影响。然而，他与路喀斯之间的纠葛对他的贵族意识造成巨大的打击。在一次冬季猎兔时，契克不慎落水为路喀斯所救，并且受了路喀斯的一饭之恩。在南方白人的主流文化中，上层阶级是不能接受下层人士恩惠的，否则有失贵族身份。对契克而言，路喀斯的“绅士”行为剥夺了他作为贵族领导者的资格，“伤害了他的男子气概”，让他数年来深陷“痛苦的黑暗洞穴”[④]。契克多次希望用金钱或赠送礼物的方

---

① 典型者如佩奇的《弗吉尼亚往事》(*In Ole Virginia*)和哈里斯的《拉姆斯叔叔》(*Uncle Remus, His Songs and His Sayings*)。

② FAULKNER W. Go down, Moses[M]. New York: Vintage Books, 1991: 277.

③ OAKES J. The ruling class: a history of American slaveholders[M]. New York: W W. Norton & Company, 1981: xi－xii.

④ FAULKNER W. Intruder in the dust[M]. London: Vintage Books, 1996: 21.

式找回心理平衡但无果而终。契克的精神痛苦来源于其上层社会身份遭遇的危机，它无法通过暴力压制或者物质收买而解除，只能通过他人的认同或肯定来平复和解决。当他等待某个时机来“体现自己价值”时，他实际上是期望在路喀斯面前表现出道德品质上的优胜性，找回曾经的心理自信，重新树立起“高贵阶级”的身份标志。在社会剧烈变革、利益格局重大调整、“红脖梗”暴发户日益占据南方社会政治经济主导权的情况下，黑人是旧贵族在社会地位上的重要对照物，他们的文化认同对于凸显后者社会身份越发重要。因此，当路喀斯在狱中要求契克深夜去探坟查清真相时，契克意识到这是他一直等待的机会，尽管他对自己是否能完成这样艰巨的任务犹豫迟疑，但在贵族意识驱使下还是作出了肯定的回应。冒险帮助路喀斯探明真相，正是他证明“高贵阶级的高贵品行”的机会。他的选择为体现旧贵族道德优胜性并证明其领导合法性找到了有效途径。

在小说中，契克探坟查凶的行为最终得到小镇其他旧贵族后裔成员的支持。分析小说对这部分故事情节的叙事，不难看出，契克的选择还关乎旧贵族在南方社会的文化领导权。统治阶级的意识形态作为一种观念体系，其根本目的是对社会生活总体方向施加影响，而它施加影响的基础在于该集团在生产领域所确立的威信①。在南方现代变革中，旧贵族在经济上的主导权受到削弱，他们的意识形态影响力也相应下降。随着北方资本主义经济的强势入侵，来自北方的自由主义思想和文化也逐渐扩大在南方的影响，黑人们在文化上有向新兴资产阶级看齐的趋势，旧贵族秉持的传统价值观正在失去对他们的吸引力。旧贵族的文化领导权正面临着危机。在这种情况下，如何重建文化领导权是关系到旧贵族整体存续的重大考验。意大利共产党理论家葛兰西认为，文化的领导权建立途经之一在于照顾盟友的利益，从而获得对方“自发”的首肯和认同②。由此观之，直面并承认祖辈在种族主义问题中犯下的历史罪恶，帮助黑人摆脱种族暴力就是旧贵族吸引黑人认同的有效补救手段。小说中契

---

① 参见 GRAMSCI A. Selections from the prison notebooks[M]. HOARE Q, SMITH G N, tr. New York: International Publisher, 1971: 12.

② 参见 GRAMSCI A. Selections from the prison notebooks[M]. HOARE Q, SMITH G N, tr. New York: International Publisher, 1971: 59.

克的舅舅、律师斯蒂文斯意识到了这一点。他鼓励契克坚定地做自己认为正确的事，不要因为发现祖辈的不光彩历史就停下来，并这样解释拯救路喀斯摆脱种族暴力的急迫性：

> 路喀斯·布香……他还有另一个方面即努力逃逸，目的完全不是成为白人种族最优秀的分子，而是要进入稍次一档——那平庸拙劣的骗人的音乐，那俗气的华而不实的无根无基的估价过高的金钱，那建筑在虚无之基础上有如深渊上用厚纸板建造的房子的耀人眼目的名声伟业还有那过去是我们次要的民族工业而今成了我们国家业余消遣的闹闹嚷嚷的乱七八糟的政治活动……我们——他和我们——应该联盟：把其余的他应得的经济政治和文化特权还给他以换取他的等待忍受和生存的能力，那样的话我们就能获胜；联合起来我们将控制美国。①

这里的“稍次一档”，正是旧贵族心中“文化平庸乏味”的北方人和受他们影响的南方新兴资产阶级。斯蒂文斯的话反映出旧贵族精英对于黑人可能接受新兴资产阶级文化影响的警惕和焦虑。在小说中，这番宏论占据了近三页的篇幅，显然并非无的放矢。如果将它与小镇旧贵族后裔集体探坟的举动联系起来，可以发现其中隐含的提示：帮助黑人摆脱其不公正的待遇，是维持黑人对传统价值观认同的重要途径，它攸关旧贵族后裔在南方社会的领导地位，旧贵族后裔应该直面祖辈的历史罪恶，帮助黑人对抗种族暴力并提高社会地位。②

---

① FAULKNER W. Intruder in the dust[M]. London: Vintage Books, 1996: 156.

② 关于斯蒂文斯的话是否表达作家本人思想的问题，学界有不同的观点。著名评论家埃德蒙·威尔逊(Edmund Wilson)认为，斯蒂文斯“明显地传达了作家关于这一主题的思想，其特点几乎和‘社论’没什么两样”。对此，福克纳本人予以否认，声称“这只是小说人物自己的想法”。布鲁克斯认为“斯蒂文斯在福克纳小说中并不占有特别的位置”，但同时又指出“他[斯蒂文斯]说的话常常代表着许多南方人的想法，也代表福克纳本人不时有过的想法”。笔者认为，这段话在一定程度上反映了作家的思想或者意识。首先，福克纳在写给考利的信中曾指出，斯蒂文斯的言论代表着“南方开明人士中最出色那一类人的意见”，福克纳自己在20世纪50年代也自诩为种族问题上的“开明人士”，可见两人在观点上应该有较大程度的相通之处。其次，虽然福克纳对斯蒂文斯的判断力和行动力有些许嘲讽，认为他不如契克那样洞察人心、富有勇气，但并未否定斯蒂文斯的理想主义态度。此外，斯蒂文斯和福克纳在理想主义这一点也有相同点。福克纳的夫人艾丝苔拉曾对《福克纳传》的作者布洛特纳说，“加文·斯蒂文斯身上展现出的堂吉诃德式气质使她想起了(转下页)

“一切意识形态都具有乌托邦性质，它们通过叙事文本反应我们关于历史和现实的集体思考和集体幻想。审美或叙事形式的生产是自身独立的意识形态行为，其功能就是为不可解决的社会矛盾发明想象的或形式的‘解决办法’。”①“私刑”事件的结局反映出作家的意识形态和他对南方种族问题解决途径的想象。通过契克以及后来加入的哈伯瑟姆小姐和斯蒂文斯等旧贵族精英的努力，案件得以真相大白，路喀斯被证明无辜，杀害穷白人高里的真凶实际上是其亲兄弟。赶到墓地的受害人父亲纳布·高里接受了这一悲惨的事实并返回家中，私刑暴力的引信得以解除。在治安官和法官等公权机构代表的干预下，对路喀斯的“私刑”威胁最终消失。然而，黑人的群体命运并不乐观。首先，产生种族暴力的根源即穷白人和黑人之间的经济竞争并没有发生根本的改变；其次，在新南方的民主制度下，警察、治安官等公权力机关的人员大都由大众选任，他们往往是为“职业”而非“原则”而工作，而且还因为选举的缘故受到人数众多的穷白人的制约。鉴于这种情况，面对南方社会现代变革无法逆转的趋势，在南方生产方式和社会制度无法轻易改变的现实，小说将解决问题的希望投向南方人在意识形态上的同一性即社区意识。

按文学评论家布鲁克斯的解释，南方人的社区是“有着共同的好恶和情感、生活方式和道德信仰的团结的人群”，社区意识的显著特征是同一性，“社区成员拥有相同的真理、伦理判断、生活准则和基本文化模式”②。这种同一性筑基于特定历史时期内

（接上页）[她的]丈夫”（参见 WILSON E. William Faulkner's reply to the Civil-Rights program[M]//WARREN R P. Faulkner：a collection of critical essays. Englewood Cliffs：Prentice-Hall Inc.，1966：222；GWYNN F L，BLOTNER J. Faulkner in the university：class conferences at the University of Virginia，1957 – 1958[M]. Charlottesville：University Press of Virginia，1959：140；BROOKS C. William Faulkner：The Yoknapatawpha country[M]. Baton Rouge：Louisiana State University Press，1963：279；COWLEY M. The Faulkner-Cowley files[M] London：Penguin Books，1966：111；MERIWETHER J，MILLGATE M. Lion in the garden：interviews with William Faulkner，1926 – 1962[M]. Lincoln：University of Nebraska Press，1968：225，262；BLOTNER J. Continuity and change in Faulkner's life and art[M]// GRESSET M，POLK N. Faulkner and idealism：perspectives from Paris.Jackson：University Press of Mississippi，1983：20）。

① JAMESON F. The political unconscious：narrative as socially symbolic act[M]. Ithaca：Cornell University Press，1981：34，79.

② BROOKS C. On the prejudices，predictions，and firm beliefs of William Faulkner[M]. Baton Rouge and London：Louisiana State University Press，1987：30，34.

的主流意识形态。旧贵族在南方历史上占据经济政治统治地位，这让他们的意识形态在南方占据主流地位，他们制造的种族主义话语和他们崇尚的贵族道德观都对各阶级产生深远影响，形塑了南方浓厚的社区意识。在围观私刑的穷白人身上，契克看见了高度同一的社区意识，认识到社区意识煽动种族暴力和抑制种族暴力的双重悖论。这些穷白人共同构成了一张“大脸”，他们被种族主义煽动成为狂热的集体暴力参与者，但剥离种族偏见后又变回诚实、善良的南方人。当得知死者被亲兄弟所杀而路喀斯无辜蒙冤时，围观私刑的穷白人立刻四散离去。这似乎是一种胆怯的逃避，但也说明穷白人为自己试图对无辜者施暴而受到良心谴责，同时为没有勇气向一位“他者”道歉而羞愧，从反面证明他们内心对“勇气、荣誉、同情、牺牲”等传统道德观念的认同。它作为一个信号表明，穷白人同样有做出善行的潜力，能够通过教育获得道德提升，成为社区的成员。

社区意识不仅存在于南方白人内部，也存在于南方黑人和白人之间。死者的父亲纳布·高里和“老黑鬼”路喀斯有许多相似之处。首先，他们有着相通的人性。契克在他们身上先后两次深刻体会到人的基本情感。一次是路喀斯失去年迈的妻子，而另一次则是老高里失去盛年的儿子。两者虽然遭遇的情形各异，但都表现出失去亲人后破碎心灵的极度痛苦。相似的悲欢离合，以及对怜悯、同情等精神品质的相似理解，让他们在种族差异之余拥有基本的作为人的特质。其次，他们都崇尚南方的自耕农传统。他们都生活在偏僻的乡村，在农业劳作中磨炼自己和家人的意志，面对艰辛生活他们同样倔强而独立不羁，“不向谁恳求什么，也不跟他人作任何妥协”。第三，他们都认同旧南方的主流意识形态，并为此感到自豪。路喀斯虽然是黑人，但以作为种植园主的后裔为荣，在日常生活和行为举止上处处模仿老派绅士的风格。老高里的名字纳布来自邦联军队将领纳·布·佛瑞斯特(N. B. Forrest)，则显示出对内战英雄丰功伟绩的景仰和对他们所捍卫的南方荣誉和价值观念的追慕之情。这说明，优秀的价值观念和人格品质可以跨越阶级和种族的界限，成为不同群体成员共同珍视的精神信仰。从他们对南方传统生活方式和价值观念的认同上，小说暗示了跨越种族鸿沟、建立黑白和谐社会的可能性。美国学者唐纳德·卡廷葛纳(Donald

Kartigner)曾剖析其中的深刻意涵，认为两者的相似之处意味着“杀人疑犯和被害者亲属拥有共同的特质，承受类似的遗产，秉持相似的看待世界的立场”①。这暗示了一种可能性，即在社区意识的指引下，黑人和穷白人可以像兄弟般和谐地共处。相反，死者的遭遇则是“兄弟相残”的隐喻，表明在缺少社区共同价值观念干预下，经济的竞争会让某些道德低下之人为满足私欲的而不惜击破道德的底线。在现代资本主义大潮的席卷之下，物质欲望考验着每个人的内心，个人若缺乏适当的道德引导和约束，必然像野兽一样残忍地相互撕咬和吞噬，最终危及群体自身的基本生存。一旦“自由竞争、追求私利”的自由主义观念在南方蔓延，整个南方大家庭的“兄弟”将沦陷于丛林中残酷的争夺，而这对于处于弱势的黑人而言将是巨大的灾难。这反映出福克纳对资本主义社会信奉的“平等竞争、追求私利”等自由主义思想的深切疑虑。在福克纳看来，人的素质天生各有不同，弱者往往会被强者利用和压迫，公众也容易被政客蛊惑，处于弱势的黑人尤其如此。50 年代福克纳评论美国高等法院关于平等教育权的判决时的话语如出一辙。他认为，如果平等是仅仅靠法律和警察来强制实施的，一旦警察走后，某些精明的白人或者某些精明的黑人会将平等从黑人手中再次夺走②。

借助契克在“私刑”事件中的感悟，小说得出某种结论，即对于抑制种族暴力，重要的是引导穷白人和黑人提高道德水平。事件结束后，契克获得前所未有的成长体验，也感到前所未有的责任。夜幕下空旷的大街让他意识到，人群的散去是给富有道德的旧贵族提供道德教育和道德引领的空间：

> 让位给那些可以做得正确的人……因为他们永远有我、艾勒克·山德和哈伯瑟姆小姐，更别说还有加文舅舅和一个宣过誓的戴徽章的县治安官。突然他意识到这也是这事的一部分，要在任何地方对任何人保卫他们以使他可以亲自毫不宽容地痛斥他们。……高于一切的是一个不可更改的持久的坚不可摧的同

---

① KARTIGNER D M. Faulkner's comic narrative of vommunity[M]//GRESSET M. A gathering of evidence: essays on William Faulkner's Intruder in the Dust. New York: Fordham University Press, 2004: 134.

② GWYNN F L, BLOTNER J. Faulkner in the university: class conferences at the University of Virginia, 1957-1958[M]. Charlottesville: University Press of Virginia, 1959: 148.

一性：同一个民族同一颗心同一片土地。①

契克的话表达出一种观点：种族问题应该留给南方人解决，道德教育可以建立一个以南方传统价值观为基础的共同体，旧贵族后裔对道德的身体力行为自己获得了对穷白人和黑人进行道德教育的资格。在契克看来，这是缓解甚至消除现代变革中穷白人和黑人之间利益竞争的根本之道，相比于只给予黑人形式自由而不消除矛盾根源的做法，这一策略要彻底和有效得多：“如果路喀斯的平等要超过1861—1865年那个胜利的直接继承人那固若金汤的街垒路障的囚犯的话只有我们才能做得到。”②将契克的观点与福克纳的言论相比较，可以发现两者在很大程度上是相似的。福克纳与弗吉尼亚大学学生谈话时，明确表达了他的主张：“按黑白人口比例来算，北方可能存在比我们更多的不平等和不正义。不过跟他们说这些没什么用。让我们对北方人说：‘没错，这是我们的问题，但我们会自己解决。’……只有我们，世代与黑人同生同长的南方人，才能在具体的个人中产生对黑人的喜爱和信任。这是北方人做不到的，因为北方人对黑人只有恐惧。只有我们才能教会黑人个人品德和道德责任感。”③此外，福克纳多次强调道德提升对于提升黑人社会地位和改善南方种族关系的重要性，重申“黑人和白人都需要接受再教育”④。他认为，黑人“仅仅像任何白人那样思考和行为是不够的，必须像白人中最优秀的分子那样思考和行为”⑤。福克纳在与考利的通信中表示，“白人中最优秀的分了”的代表之一就是斯蒂文斯以及比他更出色的外甥契克⑥，由此不难看出，他心目中实施道德教育的理想群体就是崇尚“荣誉、

---

① FAULKNER W. Intruder in the dust[M]. London: Vintage Books, 1996: 209.

② FAULKNER W. Intruder in the dust[M]. London: Vintage Books, 1996: 216.

③ GWYNN F L, BLOTNER J. Faulkner in the university: class conferences at the University of Virginia, 1957 - 1958[M]. Charlottesville: University Press of Virginia, 1959: 210 - 211.

④ MERIWETHER J, MILLGATE M. Lion in the garden: interviews with William Faulkner, 1926 - 1962[M]. Lincoln: University of Nebraska Press, 1968: 263.

⑤ GWYNN F L, BLOTNER J. Faulkner in the university: class conferences at the University of Virginia, 1957 - 1958[M]. Charlottesville: University Press of Virginia, 1959: 211.

⑥ 参见 INGE T. Conversations with William Faulkner[M]. Jackson: University Press of Mississippi, 1999: 158.

怜悯、同情、牺牲”等传统价值观的旧贵族后裔。

《坟墓的闯入者》是福克纳在文学创作中后期关于南方共同体命运的一次重要沉思。他十分看重该小说可能的现实政治作用，在1956年访问日本时曾特意推荐读者先阅读这本小说以便对其思想有初步的认识，并表示：“这本书讨论的问题不仅对南方很重要，对美国，甚至对所有人都很重要。”[①]他敏锐地洞察了种族矛盾的经济根源，对崇尚竞争的自由资本主义能否赋予黑人真正平等充满疑虑，因此尽管他犀利地揭露和批判种植园贵族制造种族主义意识形态和放任种族暴行的历史罪孽，但仍对认同人道主义价值观的旧贵族后裔抱着殷切期望，并试图以注重身份秩序的家长主义来解决种族问题。然而，在福克纳的这番思考中，黑人作为一个群体始终处于无所作为的状态，似乎他们只能依赖上层白人才能获得真正的自由和解放，这无疑折射出他的保守政治意识。正如马修斯所质疑道：“令人怀疑福克纳是否具备对黑人主体性进行想象的能力。”[②]联系到小说写作的时代背景——民权运动逐步兴起的年代，不难看出，小说对旧贵族文化领导权的宣扬包含进一步的愿望，即抵御北方趁机介入南方种族问题的企图，并尽可能地在现代变革中保持南方社会的传统特性。这种愿望与美国社会的政治趋势和人心所向相悖，因而作为一种社会秩序的想象很难在当代美国南方社会实现（正如50至60年代美国历史所证实的那样）。60年代的美国女批评家伊丽莎白·哈德威克（Elizabeth Hardwick）对该小说曾有一段评论，虽然有些刻薄，但也形象地道出小说投射的政治欲望的虚幻性。她说：“《坟墓的闯入者》令人惊讶……在这部小说中，福克纳显得像甚为了解我们城里人的感伤的一位隐士，他偶然拿起了一份昨天的报纸，对今天的现状十分恼火，于是从山上跑下来要在公共广场发表演讲。”[③]如此看来，福克纳的这种愿望最终只能成为一个“乌托邦”。

---

① MERIWETHER J，MILLGATE M. Lion in the garden：interviews with William Faulkner，1926 – 1962[M]. Lincoln：University of Nebraska Press，1968：166.

② MATTHEWS J T. William Faulkner：seeing through the south[M]. Malden：Wiley-Blackwell，2009：229.

③ HARDWICK E. Faulkner and the South today[M]//WARREN R P. Faulkner：a collection of critical essays. Englewood Cliffs：Prentice-Hall Inc.，1966：227.

第二节 《掠夺者》:家长权威的重建想象

在旧南方主流意识形态中,南方是一个和谐有序的大家庭,每个人都根据自身的道德品质和能力智慧在社会等级中占据对应的位置,人们由此得以保持自我的心灵平静以及建立和谐的人际关系。在这种意识形态影响下,南方人形成了重视精神修养和人道关怀,崇尚优雅、荣誉、勇气、怜悯、同情等品质的价值观体系。然而,随着现代变革的深入,南方日益转变为鼓励竞争的资本主义社会,南方传统价值观的影响力不断受到侵蚀,旧贵族曾经拥有的道德权威日渐削弱。在福克纳看来,这种变化是难以容忍的堕落,它使人际关系变成了弱肉强食的生存竞争,让秉持传统价值准则的人物面临困顿处境,而不择手段之徒却往往生活得游刃有余。为此,他先后创作了《圣殿》、《押沙龙,押沙龙!》、“斯诺普斯三部曲”等许多道德寓意色彩浓厚的作品,谴责惟利是图和缺乏道德观念的人物,通过这些人物的悲惨结局鞭笞他们的生存之道,揭示资产阶级意识形态给南方社会带来的破坏。在他的最后一部长篇小说《掠夺者》中,福克纳试图为这一个问题找到解决方案。他让贵族少年卢修斯·普莱斯特(Lucius Priest)驾驶现代工业文明的产物——汽车走出“约克纳帕塔法”世界,经历新社会的堕落与混乱景象,体验自由带来的挑战,并帮助社会底层的弱者摆脱困难,同时以“古老的道德原则”为底线经受住邪恶的考验,获得自身的心灵和道德成熟。在这个关于成长的寓言中,福克纳为南方共同体的命运发出乌托邦式呐喊,投射出旧贵族的政治欲望,希望旧贵族后裔弘扬勇敢、慷慨、智慧和侠义精神等传统价值观纠正新南方的堕落趋势,重建本阶级的道德和智慧领导权,引领南方重建和谐有序的理想社会。

在福克纳看来,新南方社会道德堕落在很大程度上源于阶级格局的调整,特别是下层白人的地位逐渐上升。这种变化带来的意识形态侵蚀着南方传统秩序的根基。在旧南方,以种植园主为代表的上层阶级拥有“家长”的道德和权威,对黑人和穷白人等下层阶级群体提供帮助和保护，同时对他们进行道德和智识教育，由此保证南方社会体系的长期稳定。然而，在南方社会现代变革的过程中，由于经济地位的下降以及他们对新技术和新知识的排斥或轻慢，旧贵族的权威逐渐受到削弱和稀释。原先依附于他们的某些黑人或穷白人却因接受变革反而扩大了经济和政治自由，一度稳固的社会结构开始发生松动。对于“心智和道德都不够成熟”的下层社会群体，在缺乏上层精英的指引的情况下，能否恰当行使自己的自由和权利，福克纳透过主人公卢修斯的观察表达出深切疑虑。穷白人车夫霍根贝克与卢修斯的祖父“老板”之间的“战争”就是这种疑虑的一个直接反映。当“老板”将全镇第一辆汽车闭锁并闲置在仓库内时，霍根贝克以自己对汽车驾驶和保养的知识为武器，经过与“老板”一番较量，最后成为汽车的实际控制人，在汽车的保管和使用上获得了相对的自主权。然而，失去权威监管的霍根贝克开始惹是生非。尽管他具备忠诚、忍耐等下层阶级人物的某些美德，但在管理汽车期间却经常与其他下人发生矛盾乃至暴力冲突，幸好在普莱斯特家人的及时干预下没有造成严重后果。当卢修斯的祖父外出吊丧之际，无法阻遏情欲冲动的霍根贝克决定偷偷驾车去孟菲斯与其情人妓女科丽幽会，由此引发了汽车被盗、盗马换车、参加赛马、跟警察发生冲突等一系列事件。为了逃避“老板”的责罚，他利用卢修斯对汽车驾驶的兴趣，诱骗卢修斯参加这趟旅程，将年仅 11 岁的卢修斯卷入了道德和是非的漩涡。他的境遇说明，当“家长”的看护缺席时，这些“道德不够成熟的人”可能会滥用自己新获得的自由，不仅造成他们自身利益受损，还让跟他们生活密切相关的人物处于道德和法律风险之中。

小说对卢修斯一行孟菲斯之旅的叙述反映出权威丧失后的南方社会混乱状态。跟随霍根贝克驾车行进于远离社区的荒野，卢修斯在泥泞的旅途和黯淡的景色中感受到无序的自由带来的混乱。随着旧贵族权威的式微，他们对处于底层社会群体的影响力不断削弱，建立于旧南方主流价值观基础之上的行为准则逐渐失去其一言九鼎的效用，难以再承担核心的导引和规范作用，社会版块从稳固板结的结构发生碎裂、移动和相互碰撞，从而为混乱和野蛮打开缺口。卢修斯等人借宿的波伦堡营地的今昔对比凸显出这个事实。在这片曾经藏污纳垢的土地上，邦联军队的退伍老兵兼牧师凭借《圣经》和拳头一度使整个地段变成秩序井然的休闲和狩猎场所。但当他们这一代人物老去之后，后人失去父辈们所具有的权威和力量，无力再维持地方的宁静，加上民选官员的畏难和胆怯，整个地段似乎又要渐渐变成“牧师和老太太心中恐怖和义愤的代名词”①。当地似乎要退化成弱肉强食的幽暗世界，正在失去其曾经的温暖亲切之感，不能给人基本安全保证。甚至连营地女主人也难保证自己的财产安全免受威胁。就在卢修斯等人到来前的几天内，她已经“丢失了两只母鸡或许得开始把所有牲畜圈进栏内，甚至包括猎狗”②。这是一种不堪想象的图景，但更危险的是穷白人滥用“自由”肆意制定损人利己的规则。在途经地狱溪沼泽的路上，汽车遇到了“把淤泥当庄稼”、靠拉汽车过泥坑大获其利的穷白人。这个穷白人不仅有故意堆高淤泥牟利的嫌疑，还毫不顾忌公平正义的基本准则，随意制定有利于己方的规则。趁着一行人进退两难之际，他以“今年忙多了”为借口将拖车的费用大幅翻番，然而，当霍根贝克付钱的时候，他又声称不按车辆而按乘车人数来收费。根据他的理解，他人的困境不是践行同情和怜悯等高贵品质的良机，而是满足自我私欲的捷径，为了一己之私可以抛弃古老的道德传统，肆无忌惮地将自己的境遇改善建立于他人的苦痛之上，凭借自己的有利地位随意宣布和解释游戏规则，对他人予取予求。面对这个穷白人的敲诈，霍根贝克拥有的现代专业知识和小聪明毫无用处，只能接受其条件并让自己的小团队付出相当的代价。这一事件提示南方社会未来可能出现的黯淡前景，即随着旧贵族的权威受到稀释，他们所推崇的价值观的影响力也相应下降，许多心思狡诈的穷白人趁机将自己不符合传统道德观的做法上升为新规则，为自己的贪婪行径披上一件貌似公平合理的外衣，并试图将其合法化、自然化，从而长期地稳固下来。透过卢修斯等人的遭遇，小说在此提醒人们，传统权威的消解带来的是无序世界，心灵上的道德崩坏无法用现代变革带来的丰富物质和专业技能来解决。混乱而野蛮的现实就像布满淤泥的沼泽，无法为建立现代背景下的和谐南方社会提供坚实的基础，反而是实现这一目标的巨大障碍。唯有消除这种混乱和野蛮，才能顺利达到彼岸。

---

① FAULKNER W. The reivers: a reminiscence[M]. New York: Vintage International, 1992: 74.

② FAULKNER W. The reivers: a reminiscence[M]. New York: Vintage International, 1992: 76.

在结束这段坎坷旅程之际，卢修斯感慨万千地说："也许洗去地狱溪的淤泥，我们才配享用文明城市的舒适环境。"①

小说还指出权威丧失导致的另一个恶果，即有机社会的解体和人际关系的断裂。随着自由竞争、追逐私利的自由资本主义的深入，个人成为"自由"的分子在社会中载沉载浮。在卢修斯对孟菲斯、帕夏姆等城市和乡村的近距离观察中，这种自由恶化了底层阶级的生存环境。以黑人博博、白人妓女科丽为代表的下层人物从乡下来到城市，希望追求更美好的生活，却要忍受沉重的压榨，或者落入恶棍的欺诈圈套而欲诉无门，往往只能在"这个他乡异域以自我毁灭的方式艰难谋生"②。在他们的沉沦轨迹中充满着冰冷的利益算计，没有"家长"向他们提供引导、建议或者监督，也很少有人提供保护和帮助。通过底层人物的遭遇，小说对在南方兴起的自由主义思潮作出反驳。自由主义者宣称，每个人都是平等的、自治的，应该为自己的行为和境遇负责，上层精英个人没有对他们进行教育、监管或保护的义务。科丽等下层人物的遭遇揭示出自由资本主义的重大弊端：它忽视了"自由"光环下的事实不平等，把个人的困境看作自身不够努力的结果，缺乏"同情""怜悯""牺牲"等人道关怀，同时将个人经济成功当成人生追求的主要目标，让温暖的人际关系变成冰冷的物的关系，牺牲人们对了伦理、良心和责任感的关注。多年以后，卢修斯回忆这段经历时，便以直白的语言道出问题的关键："宪法赋予了不可剥夺的自由意志和个人雄心的权利，正是这些权利将我们这个国家弄成现在这个样子。"③在小说中，"自由民主"的政治制度也同样令人失望。自由主义者认为，由普通民众通过正当程序选举出的民意机构能够看护其公民，不必再假手于所谓"上层精英的智慧"。但小说表明，失去了传统道德标准的筛选机制，大众往往只凭借个人好恶和利益动机选出自己偏好的公共人物，致使当选的人物良莠不齐，实质上难以促进社会的公平。小说对"赛马"场景的描述清晰地反映出叙述者对"自由民主"的疑虑和嘲讽：

---

① FAULKNER W. The reivers: a reminiscence[M]. New York: Vintage International, 1992: 92.
② FAULKNER W. The reivers: a reminiscence[M]. New York: Vintage International, 1992: 113.
③ FAULKNER W. The reivers: a reminiscence[M]. New York: Vintage International, 1992: 215.

我们也有民主：两名裁判一名是车站的夜班电报员，另一名是麦克迪亚米德先生，车站餐馆的老板，据称能将火腿切得极薄，用靠这刀工赚的钱供全家去芝加哥做了一次夏日旅行。我们的管事兼司仪是个驯狗员，也打些鹌鹑拿到市场上去卖，眼下正保释在外，因为他卷入了（也许是参与了，也许仅仅是当时在场）去年冬天发生在附近一家威士忌酒厂的一桩杀人案；我不是告诉过你这是最地道的自由意志、自主选举和个人雄心吗？①

不仅如此，这种选拔制度还让有些人借机满足自己卑劣的欲望，实际上制造出底层人物的新压迫者。在卢修斯等人参加赛马的过程中，帕夏姆镇的警察布奇不但对众人百般刁难，还借调查赛马失窃案之机滥用权力要挟妓女科丽与他发生性关系。由此，福克纳告诉南方人：新南方奉行的自由主义意识形态带来许多负面效果，如果放任其蔓延而不加以纠正，很可能给拥有大批弱势群体（比如黑人）的南方社会带来灾难。它不能为克服现代变革中产生的混乱和野蛮提供答案，也无法为构建充满人道关怀的现代南方社会提供指引。

作为出身旧贵族家庭的作家，福克纳对这种境况忧心如焚。他认为，权威失落带来的是混乱和难以忍受的堕落，重新树立传统价值观的领导地位并对自由主义带来的混乱进行纠偏，是作为“白人中最出色群体”的旧贵族后裔难以逃避的责任。在小说中，这种责任被赋予主人公卢修斯。

“意识形态扮演组织化社会力量的角色，这种社会力量在人类主体的生活经验的根本上积极构建出主体，并寻求为主体提供与特定社会任务及社会秩序重建相关的价值与信仰的形式。”②作为南方大家族思想意识形塑的主体，卢修斯耳濡目染了旧贵族的道德观念和话语，并对此深信不疑。父亲谆谆教诲他“仿效男性祖先的骑士形象”，祖父也向他灌输“绅士的道德准则”，并告诫他“绅士什么都能承受，绅士能直面

① FAULKNER W. The reivers: a reminiscence[M]. New York: Vintage International, 1992: 235.
② EAGLETON T. Ideologies: an introduction[M]. London: Verso, 1991: 222.

任何事情”[①]。在南方，“绅士”是关乎男性荣誉和社会地位的一个概念，隐含着一种基于血统和教养的贵族意识，正如美国历史学家伯特兰・怀亚特-布朗(Bertrand Wyatt-Brown)所指出，“绅士荣誉只属于上流社会……意味着高人一等的社会地位”[②]。这种贵族意识赋予他直面现实问题的勇气和动力，帮助他认识到道德权威的重要性，也让他意识自己身上的精英责任。

在小说中，贵族意识提升了卢修斯对道德权威的认知，为他抵御诱惑、对抗邪恶提供了精神力量。跟随霍根贝克驱车前往孟菲斯途中，他意识到“在我们两个受到诅咒无法自拔的人当中，我是头领，我是老板，我是主子”[③]。这种意识提醒卢修斯，他是天生的贵族，尽管只有 11 岁，但应比成年的霍根贝克更具备优秀的品质和能力，注定要承担更大的社会责任，这种责任与生俱来，无法被抛弃或消除。因此，他不能任由霍根贝克牵引自己去体验“非德行”带来的“浮士德般的激情”，而是要在喧嚣混杂的世界中保持道德原则和贵族气度，以行动表明“高贵者有高贵的品质”，最终引导事件回归秩序的正轨中。在这种意识的影响下，卢修斯展露出“绅士家长”应有的个人修养，控制心中的负面情绪，设法调解霍根贝克与偷偷跟随而来的黑人耐德之间的矛盾，三人齐心协力设法完成困难不断的旅程。在孟菲斯的妓院里，他恪守对母亲的承诺抵制住饮酒的诱惑，并以彬彬有礼的举止面对一般人眼中堕落卑贱的妓女，表现出南方绅士所具有的诚实、守信、稳重、礼貌等美德。卢修斯对高贵行为的自我期许获得众人的尊重。霍根贝克不敢再视他为可以任意对待的孩子，科丽认识到卢修斯不同于旁人的正直人格，从中看到生活中可能存在希望的亮色，因而视卢修斯为可咨询、可依靠和可信赖的人物。

另一方面，卢修斯也认识到积极维护道德权威的重要性。历史上，占据意识形态主导地位的社会集团往往享有“道德的权威”，并自诩为社会秩序的维护者。当这种

---

① FAULKNER W. The reivers: a reminiscence[M]. New York: Vintage International, 1992: 302.

② WYATT-BROWN B. Southern honor: ethics and behavior in the old south[M]. New York: Oxford University Press, 1982: 88.

③ FAULKNER W. The reivers: a reminiscence[M]. New York: Vintage International, 1992: 53.

意识形态的主导地位遭遇挑战时，统治集团往往会压制与之相冲突的意识形态，甚至采用“强制”的手段制裁敌对阶级，以免意识形态体系面临失效的风险。因此，面对穷白人对南方传统价值观的侵蚀，卢修斯毫不犹豫地选择了对抗。当科丽的侄子奥蒂斯喋喋不休地吹嘘如何敲诈科丽的钱财，并安排男人偷窥她接客大发其财时，他作出了强烈的反应，与奥蒂斯发生了激烈冲突，连手被对方割伤也浑然不觉。在卢修斯的认知中，如此卑劣无耻之事竟然被当作资本进行炫耀，这简直是对崇尚“勇气、尊严、怜悯、同情和牺牲”等社区价值观的旧贵族肆无忌惮的羞辱和嘲弄。他从奥蒂斯身上看见的是一个被资本主义利益观所完全吞噬的邪恶灵魂，其中没有基本的人性底线，这样的人为了私利可以牺牲良知、正义和亲情，把旁人的屈辱和苦难作为满足自身欲望的工具。从奥蒂斯怂恿性的话语（“可以一起干”）中，卢修斯发现了更大的危害性，即当这种思想蔓延成为群体的生存准则时，整个社会将坠入万劫不复的深渊。在他看来，奥蒂斯并非单独的个体，而是所有摧残人和压榨人的卑劣者的代表，这些人剥夺了科丽作为人的基本尊严，视她为物化的商品和欲望投射的对象，将她推入悲惨境地从而达成金钱或者肉体的私欲的满足。因此，在与奥蒂斯搏斗之中，卢修斯清楚地意识到，自己对抗的是正在破坏人道主义传统价值观根基的膨胀欲望的化身：

> 我完全明白自己要做什么：不仅是打伤他而是要打垮他……不是在对付一个十岁大的干瘪男童，而是在同时对付奥蒂斯和老鸨：侵害她隐私的小恶棍和败坏她贞洁的老巫婆……而且不是这两个人，而是所有迫使她堕落的人：不仅是这两个皮条客，还有麻木冷漠的小无赖，那些残忍无耻的窥淫男人，他们花几个铜仔就为了窥视她在毫无防备孤弱无助情况下的无法洗刷的堕落。”①

通过强制手段，卢修斯挫败了奥蒂斯的图谋，阻止邪恶的进一步蔓延，维护了人道主义价值观。他的“绅士”精神帮助科丽建立起对南方传统价值观的信心。在科丽

① FAULKNER W. The reivers：a reminiscence[M]. New York：Vintage International，1992：157.

的人生中，第一次有人因为"帮她而非争夺她"而打架。这种出于价值观原则、不夹杂利害关系的关怀让她感受到温暖。同时，卢修斯毫无畏惧的举动也也增添了科丽的勇气，让她明白面对社会的邪恶时自己"可以作出选择，可以说'不'"，由此她从人格和权利被剥夺的客体状态中苏醒，重新成为会思考、能自由决定自己生存状态的主体。学会道德反省的科丽认识到自己在意志上的软弱，为自己此前对堕落生活逐渐习以为常而感到羞愧，决心摆脱现在的堕落生活，追求一种简朴而有尊严的未来。在为卢修斯包扎伤口时，她对卢修斯说："今后再也不是我的错了。这是我向你做的保证。……你必须接受我的保证。"[①]科丽的话意味着她在心里承认卢修斯在道德上的优胜性，把他当成自己在道德上的监护人，希望在他的引导下获得道德提升。卢修斯对弱势人群的同情和保护，让他具有了作为"家长"的真正资格。在他的身上展现出一种希望：拥有"仁爱、怜悯、同情"美德的旧贵族后裔真心地关心下层阶级，帮助后者摆脱被异化的状态，让他们恢复被遮蔽的纯真之心并作出富有道德感的选择，同时获得他们的信任，确立他们对南方传统意识形态的认同。

在小说中，作家还让卢修斯经历成长过程的另一重考验，即承担家长义务。在南方，"家长主义"的另一重内涵是精英责任。科丽事件后，卢修斯对于"家长"义务有了更深的理解，开始在力所能及的的范围内给予"家庭成员"照顾和庇护，帮助黑人耐德及霍根贝克摆脱难题。为了让黑人博博摆脱恶棍的纠缠，耐德私自用"老板"的汽车抵债，并试图用博博盗来的马匹参加赛马赢回汽车。对于这个风险极高的冒险之举，卢修斯选择与耐德及霍根贝克共同应对。他的内心独白从侧面反映了其行为动机：

> 如果闪电[马]和我不是挡在布恩和耐德与祖父的怒火(即使不是他叫来的警察)之间的最后一块挡箭牌；如果用不着赢这场比赛甚至不用参加这场比赛，耐德和布恩也能回到杰弗生镇(那儿是耐德熟悉的唯一家园，也是唯一能让布恩生存下去的环境)，仿佛什么也没发生过，然后规规矩矩地做人好像他们从来没

① FAULKNER W. The reivers: a reminiscence[M]. New York: Vintage International, 1992: 160.

出走过一样，那么我们所有人就都是在做游戏，和男孩子玩的警察抓小偷的游戏没什么大区别。①

这一独白潜藏着深层的行为逻辑，即“家长”义务。在三人所属的“大家庭”结构中，卢修斯的血统、教育和经济地位赋予他优势地位。根据他所接受的“家长主义”意识形态，他是天生负有精英使命的人，充当着耐德等人之“家长”的角色，负有对他们保护和引导的义务。两人的现实困境和他们可能面临的惨淡后果则让这种义务有了现实的急迫性。尽管耐德和霍根贝克不乏勇敢和善良等美德，也拥有力气或某些精明的手段，但他们的阶级和种族地位以及与之相应的经济、教育和文化状况决定了他们在南方社会的根本弱势地位，加上他们盗马的事实，一旦落入警察等公权力机构的控制下，他们很可能受到不公正的对待，需要付出巨大的金钱代价乃至失去人身自由。同样，赛马的赌博性质也意味着不确定性，它无法排除一种可能，即事件败露后，耐德等人非但未能帮博博等弱者彻底解决问题，反而会因道德污点而被排斥在他们所属的传统秩序之外，只能沦落于混乱无序的世界中。因此，卢修斯参加赛马不是为了冒险或赌博，而是承担“家长”责任的行为。“家长”意识让他在逆境中展示出勇气、同情和牺牲。耐德和霍根贝克等人被捕入狱后，他的坚持让“老板”和林斯科姆等当地贵族得以及时介入，事件得到圆满的结局。尽管卢修斯因为“说谎”“盗马”“赌博”而付出名誉的代价，但帮助耐德解决了善心之举而引发的难题，让后者避免可能的悲惨命运，最终回归到温暖的传统秩序之中。卢修斯在艰难环境的行为折射出作家对旧贵族的期望，即照顾受其领导和庇护的人，为他们承担风险和责任，帮助他们在困境中作出明智的决策和选择。

葛兰西认为，特定社会集团要对社会生活总体方向施加影响，首先要获得人民大众的“首肯”②。赢得大众首肯的社会集团通常能够占据意识形态的霸权地位，通过控

---

① FAULKNER W. The reivers: a reminiscence[M]. New York: Vintage International, 1992: 230.

② GRAMSCI A. Selections from the prison notebooks[M]. HOARE Q, SMITH G N, tr. New York: International Publisher, 1971: 12.

制市民社会使大众接受一定的道德观念①。在小说中，卢修斯通过个人的努力，赢得了科丽、霍根贝克等穷白人的认同，让南方传统价值观在下层阶级中重新建立了主导地位。在他的影响下，科丽和霍根贝克也做出了富有道德感的举动。科丽违心地与坏警察布奇发生性关系，从监狱里救出耐德和霍根贝克，帮助他们如期完成比赛，自己却承受身心受创和生活希望破灭的精神压力。在另一方面，霍根贝克也认识到"道德行为"所蕴含的精神力量。目睹科丽的变化，他认识到她拥有的纯真心灵，对她产生了深刻的情感和敬意，并从其自我牺牲中反观到自己在道德上的缺点。霍根贝克还对卢修斯无私帮助科丽的行为产生认同，愿意追随和模仿其贵族品质的一面。他决定娶科丽为妻并与她共同开创新的生活，保护她免受他人的侵害或侮辱，通过自己的力量给予她生活的希望。他对卢修斯说："你为了保护她可以赤手空拳地面对刀子，我凭什么就不能娶她？难道我已过 11 岁的年纪，就不能像你那样优秀吗？"②霍根贝克与科丽共组家庭的选择代表了一种希望，即具有新知识、新技能并获得政治经济自由的下层群体最终回归到传统价值观的光辉之下，新知识与传统价值观融合共存构成新的稳定的社会结构，消除曾经对稳固的社会秩序造成扰动的不安定因素。为了保卫自己的妻子和家庭，霍根贝克还鼓起勇气与掌握权力的穷白人警察布奇直接对抗，在他被放出监狱的第一时刻将后者狠狠打倒在地。他的选择表明，通过旧贵族后裔的示范和表率，旧南方传统意识形态所倡导的贵族品质和道德准则可以传递给心存善念的下层白人，而改善了经济政治条件的下层白人也具有更好的条件来追求和践行这样的道德标准，他们通过教育获得道德提升后将扩大传统道德的影响力。旧贵族可以通过道德教育帮助帮助下层白人掌握正确的伦理价值观，双方构成纠正现代变革中混乱秩序的有力联盟。在小说结尾，科丽和霍根贝克将他们的新生婴儿取名为"卢修斯·普莱斯特·霍根贝克"③。这个极具符号意义的动作延续了约克纳帕塔法世系贵族的一大传统，即父辈通过对男性后裔的命名表达优秀品质继续传承

---

① 参见李震.葛兰西的文化霸权理论[J].学海，2004(3)：55－62.

② FAULKNER W. The reivers: a reminiscence[M]. New York: Vintage International, 1992: 299.

③ FAULKNER W. The reivers: a reminiscence[M]. New York: Vintage International, 1992: 305.

的愿望(如沙多里斯家族和康普森家族的父子同名、萨德本对儿子的命名等)。霍根贝克为儿子取名为"卢修斯",也是希望下一代能够通过"卢修斯"这一符号联通和接续卢修斯本人的高贵品质以及形塑了卢修斯主体的人道主义传统价值观。这一命名折射出一种可能性：旧贵族的传统道德准则在下层阶级群体中播下的种子将在下层阶级群体中自发地萌芽、生长和成熟,最终在现代社会体制下传播至全社会,从而帮助南方社会重建基于人道主义的道德秩序,避免南方自由而混乱的资本主义社会。

作为一则寓言,《掠夺者》是福克纳对自由资本主义在南方不断取得主导地位的现状的一种反动,反映了旧贵族"关于历史和现实的集体思考和集体幻想"①。它在旧南方社会政治经济秩序一去不复返的情况下,以"回忆录"的方式回望 1905 年的南方,让旧贵族后裔在现代化的高潮来临之际,勇敢地承受现代社会的洗礼,超越对变革的本能恐惧和抗拒,正视已经发生的社会变革现实,用精英的仁慈和智慧对现代变革进行纠偏。通过创造具有家长主义思想的人物卢修斯,福克纳为"自由"带来的无序和混乱指出纠偏措施,即培养一个具有高尚的道德修养和才能智慧的"绅士家长"群体,这个群体能够为了社会整体福祉而控制自己追逐利益的冲动,并对南方社会其他阶级进行教育和提升。他暗示,只要这个群体在南方社会存续下去,南方社会问题终究会获得解决。

从两部成长小说可以看出,福克纳心中对现代变革的纠偏,是道德和文化的纠偏。在无法逆转资本主义生产方式,无法撼动新兴资产阶级在南方政治经济主导地位的情况下,福克纳冀望旧贵族后裔发挥道德和文化优势,赢得下层群体的认同。在他的想象中,旧贵族后裔的角色类似于葛兰西所言的"有机知识分子"②,他们不是以系统的、有组织的行为来改变南方社会面貌,而是通过个人的"分子式"努力,潜移默化地展现传统道德和价值观的温暖,在市民社会层面发挥影响力,为本群体重新站立

① JAMESON F. The political unconscious：narrative as socially symbolic act[M]. Ithaca：Cornell University Press，1981：34.

② GRAMSCI A. Selections from the prison notebooks[M]. HOARE Q，SMITH G N，tr. New York：International Publisher，1971：10.

在南方社会的巅峰积蓄力量，带领南方恢复逐渐失落的令人怀恋的美好世界，重建充满温情的人道社会。这是一种徐徐图之的改良设计。

旧贵族秉持的家长主义社会愿景，无论其实质如何，都以人道主义价值观为道德衡量标准，因而具有其文明性、先进性的一面。福克纳试图以此纠正资本主义对人的异化以及自由主义造成的道德冷漠，从一般的人性关怀而言无疑是切中要害的，具有积极和进步的意义。然而，这种意识形态又带有明显的的等级制痕迹。福克纳一方面希望穷白人和黑人等南方下层阶级能够接受旧贵族提倡的价值观，另一方面又希望下层阶级继续停留在原有的经济地位上，这实际上是试图以分裂的经济基础与上层建筑关系来维持一个静止稳定的社会结构。要用它来应对一个经济格局剧烈调整、下层阶级不断向上流动、平等和民主思想日益占据主导地位的现代南方社会形态，这在现实社会历史条件下很难实现。对此，美国学者拉里的评论可谓一语中的："福克纳的政治无意识，归根结底来说，呈现的是一个不可能的世界。它隐藏了笼罩在约克纳帕塔法世界上的统治与压迫体系。福克纳从未与他对这一体系所要求的等级区分和对家长主义的忠诚划清界限，从这一角度而言，他的社会愿景是高度保守的。"[①]就此而言，《坟墓的闯入者》和《掠夺者》只是作家为现实无法解决的社会矛盾寻找的想象性解决方案，是他在文本世界里为自己心中珍爱的南方构建的最后一块"乌托邦"。

---

① RAILEY K. Natural aristocracy：history，ideology，and the production of William Faulkner[M]. Tuscaloosa：University of Alabama Press，1999：45.

结　　论

在其近四十年的作家生涯中，福克纳创作了十余部长篇小说及上百篇短篇小说，以其雄健的笔力在美国文学史和世界文学史上写下璀璨篇章。他以故乡小镇为原型，创造异彩纷呈的“约克纳帕塔法世系”，映射美国内战至第二次世界大战结束近百年间(特别是20世纪上半叶)美国南方社会的巨大变革。然而，脱去小说书写的具体时空背景，可以发现，福克纳观察和思考的是一个普遍的社会现象，即传统社会向现代社会的转型。社会版块急剧变动，不同思想观念猛烈碰撞，使福克纳得以超越特定群体直接利益的视域樊篱，突破为特定社会集团辩护歌颂的肤浅层面，以共同体命运的高度审视社会及其变革。“什么样的社会能让人更有尊严和更幸福地生存”“什么群体最能承担维持和领导此种社会的责任”，这两大问题成为福克纳观察和思考社会问题的出发点和归宿点。这赋予其作品鲜明的人道主义特征。然而，普世的人道主义立场并不妨碍他对特定阶级价值理念的认同。在“理想社会具体如何”的问题上，他不由自主地将旧贵族的传统价值观作为评判标准，期待以该阶级崇尚的“古老的美德”为根本途径来解决社会问题和重建理想秩序。可以说，福克纳关切共同体命运的根本立场与他对特定阶级价值观念的认同之间的张力，在很大程度上导致了他对南方社会及其社会群体的诸多自相矛盾的看法。在福克纳作品诸般“悖论”之下，潜藏着作者始终如一的动因，即以人道互助、和谐有序的社会为出发点和归宿点，对社会及其变革进行评判，对各社会群体报以不同态度。

福克纳相信，人道主义筑基于将人与动物区别开来的人性，这种人性通常表现在精神层面和道德层面。因此，从“约克纳帕塔法世系”的首部小说《坟墓里的旗帜》开始，他就注重从这两个层面对南方社会现代变革进行观察，关注个人面对社会变革的心理感受，审视阶级格局调整及其引发的意识形态变化，尤其是审视社会整体价值观念和道德面貌的变化。尽管福克纳对社会变革的深层历史原因有着深刻的认识，但他仍偏重以精神和道德的维度对南方社会的过去、当下和未来进行思考，以此对南方社会各群体在现代变革中的角色进行评价。

梳理“沙多里斯系列小说”和后期成长小说可以发现，在福克纳心中，种植园主等旧南方贵族优点和缺点并存，他们既仁慈又暴力，既优雅又粗野。这些人遵循道德原则，因而在意识深处对奴隶制怀有道德负罪感和内疚感。为掩饰这种负罪感和内疚感，他们试图美化自己的道德污点，以不容反驳的雄辩方式证明本阶级的高贵、骄傲和荣誉，并出于“荣誉感”发动愚蠢的内战，严重破坏南方的社会经济基础，为北方势力在南方推行“没有生命力的机械文明”提供了可能，让南方人失去了完善道德境界和洗涤历史罪孽的机会，从而葬送作家心中的理想南方。旧贵族承诺建立一个人道的社会，但因道德原罪而不能实现该理想，并且因缺乏道德反思而致使该理想几近破灭，他们对南方社会发生现代变革负有重要责任。对于他们，福克纳怀有敬重、批判、同情和惋惜的复杂感情。

观察作家对白亚德、契克、卢修斯等世家青年的书写，不难发现，福克纳对旧贵族后裔青年寄予厚望。福克纳理解和同情这些青年在社会变革中的精神困境，批评其中部分人逃避现实的举动，希望他们正视祖辈的功绩和罪孽，剖析传统文化的利弊，以人道主义价值观为人生指引，在现代社会的荒原中生存下去。他期许旧贵族后裔摆脱“精神瘫痪”的状态，以关心人、帮助人的人道主义行为赢得底层群体的认同，重建本阶级的文化领导权，带领南方解决种族主义蔓延和道德堕落等社会问题，重建和谐有序的理想社会。

“斯诺普斯三部曲”表明，自穷白人中崛起的新兴资产阶级是损人利己的寄生虫，他们的得势代表了南方社会的沉沦和堕落，这一群体没有领导南方的品格和愿景，他们是旧贵族后裔对现代变革进行纠偏和重建理想社会的阻碍。解读《坟墓里的旗帜》等七部小说对穷白人和黑人的零散书写，可以看出福克纳对下层社会群体的基本判断：这些群体缺乏足够的智慧和道德判断力，不可放任自流；旧贵族后裔应该对他们实行道德教育,让他们成为本阶级遏制新兴资产阶级势力和重建理想社会的盟友。福克纳对他们的生存处境怀有同情,但不希望他们主动改变自身在南方社会等级结构中的既有位置。

福克纳对南方各社会群体的评价在很大程度上决定了他的社会观。从这些判断出发,福克纳在社会愿景上倾向于家长主义社会秩序。在他看来,人们之间的道德水平高下有别,道德精英应该承担领导社会的责任,其余众人根据自身道德水平接受在社会等级结构中的相应位置,形成有机整体。这样的社会类似于分工合作、各司其职的大家庭,其成员彼此友爱互助,整个社会和谐、稳定而有序,能为所有人尤其是弱者提供幸福而有尊严的生活。对于自由主义社会秩序,福克纳则抱有警惕态度。在他心中,自由主义鼓吹的"自由竞争、追求私利"和"个人对自己负责"等口号将让南方淹没在"经济理性"和功利主义的冰水中,让南方社会变成弱肉强食的丛林世界。这样的社会即使在物质上可能取得些许进步,它在精神上仍是贫乏的,道德上是堕落的。虽然福克纳赞同自由主义的某些成分,但他的立场与信奉自由主义的新南方商人和政客相距甚远。

社会愿景反过来巩固了福克纳对社会形态的评价标准,影响他对新旧南方社会的看法。在福克纳看来,旧南方社会是一个善恶交织的混合体。一方面,他认识到旧南方存在的经济剥削、束缚人性、践踏尊严等制度缺陷,并给予无情揭露和犀利批判。另一方面,他又认同旧南方的"家长主义"意识形态,对该意识形态所许诺的充满温情的人道主义社会憧憬不已。结果,在如何看待旧南方社会的问题上,福克纳产生了矛盾和分裂的立场。当单独审视和剖析旧南方时,他能够意识到旧南方社会制度的缺陷,揭露和批判其野蛮和落后的一面。然而,当对旧南方和新南方作并列比较,或者新南方社会令他感到不满和失望时,福克纳转而忘记旧南方社会的现实黑暗面,强烈怀恋旧南方主流意识形态对人道主义社会美好愿景的承诺,尽管该愿景从未在旧南方得到充分实现。他为这一愿景在南方社会现代变革中日渐消亡而感到惋惜和惆怅。与此相反,福克纳对新南方社会不以为然。在他的心目中,新南方是一个缺乏安全感、归属感和认同感的社会,虽然它带来某些物质满足,但造成人的孤独、异化以及传统价值观的流变和消散。不过，福克纳从理智上又意识到，新南方已经是社会变革的现实，人要积极应对这一社会现实，找到社会现实与传统价值观的契合点。情感上的本能排斥和理智上的无奈接受，导致福克纳对新南方无可奈何又忧心忡忡的纠结心理，让他对南方的"新人"、新事物和新生活方式常常大加嘲讽。

总结以上梳理结果，本书认为，福克纳对南方社会现代变革持一种改良主义立场。福克纳意识到社会变革无法避免，但认为南方应该形成一种相对温和与文明的人道主义社会秩序，让弱者得到照顾，道德底线得到维持，精神需求得到满足，这必须由具有道德和智慧的人而非追求私人物质利益的人领导完成。在福克纳心中，关心人、尊重人的人道主义是永恒的普世的价值理念，但人道主义意识却并非人人生而有之、同等有之，而是在一定程度上源于家庭濡染、人文教育和长期精神生活的养成。这是上层精英才拥有的素养和品格。因此，旧贵族后裔才是引领变革的合适人选，应该在确认他们的文化领导权的基础上，由他们对下层阶级进行道德教育，逐渐缓和南方阶级和种族界限森严的境况，给予黑人和穷白人更加平等、宽容和友善的环境，使人际关系真正像家庭般亲密、互助。在无法逆转新南方资本主义生产方式，无法撼动新兴资产阶级政治经济主导地位的情况下，福克纳冀望旧贵族后裔通过个人的"分子式"努力，潜移默化地展现传统价值观的温暖，在市民社会层面发挥影响力，为本阶级重新站立在南方社会巅峰积蓄力量。概言之，福克纳希望在大致维持南方传统等级结构基础上，对南方社会现代变革造成的问题进行纠偏。这是徐徐图之的道德改良。

福克纳对南方社会现代变革的根本看法折射出他对南方共同体命运的思考，反映了他的作家意识形态立场。从群体生存的立场出发，他对于南方社会中下层群体遭受压迫和剥削的命运表示同情，对于束缚人性自由的旧南方制度和文化予以揭露和批评，对于造成人的生存异化的资本主义制度加以抨击，提倡人道主义价值观。这表明了他的意识形态立场中文明、先进的一面。同时，这种立场又有明显的狭隘性和保守性。首先，他将道德水平的高低与特定阶级固定地联系起来，没有意识到，或者说不愿承认这一点：特定群体的道德观念和道德追求总是与社会整体经济水平以及该群体在社会生产中的分配地位相关联，即恩格斯所言："人们首先必须吃、喝、住、穿，然后才能从事政治、科学、艺术、宗教”①。这一方面不可避免地导致了作家对南方下层阶级的偏见，造成他评价不同群体缺点或罪恶时所持的一定程度的双重标准。同时，他将旧贵族理解为南方的当然领导者乃至救世主，在社会愿景中对该阶级赋予全部的期望，而排斥其他阶级在社会提升中的能动作用，设想以同现代社会生产力发展水平不相适应、与时代潮流脱节的家长主义秩序来对南方社会现代变革进行纠偏。其次，旧贵族主张的某些核心价值观有其合理、先进的一面，但福克纳将它们看成普世的、永恒不变的真理，甚至推衍为唯一符合理性、具有普遍意义的思想，从而对与这些价值观取向有异的自由主义价值观产生排斥和敌视，忽视了价值观与其经济基础的密切关联，即价值观作为思想上层建筑的地位归根结底是由社会生产力发展水平决定的。这也在一定程度上解释了福克纳向后看的保守心态。他不相信社会生产力发展对社会进程的终极推动作用，不相信可以通过社会改造方式实现社会进步，而只是寄望于某些拥有“古老的美德”的个人的努力。美国南方社会的现实发展凸显了这种保守社会愿景的不切实际。不得不说，这是福克纳在认识上无法避免的局限性。

福克纳思想的局限性，在很大程度上源于他所处时代以及他作为旧贵族群体成员生活经历的影响。内战后，南方回归北方的自由资本主义体制，逐渐由农业社会向工业社会、城市社会转型，并日渐受到平等、自由、民主等理念的影响。然而，现代变革是一个多层面、多要素变化的复杂过程，其中的经济基础变革与上层建筑变革并非总是同步发生。当某一社会、区域、国家的经济基础发生改变时，其原有的意识形态并不一定自然而然地随之同步发生彻底的改变或消亡，旧的意识形态还在一定程度上存在和发挥影响，甚至在一定时期内仍发挥着主导性的影响。在福克纳的青少年时代，尽管旧南方的经济基础已经消失，但旧南方意识形态依然对南方社会发挥着极为重大的影响，这在很大程度上影响了福克纳的意识形态立场和价值取向，赋予他身为南方白人上层阶级的中心感和优越感。在福克纳开展文学创作的 20 世纪上半叶，这种意识形态的影响力仍不可小觑。作为生活于转型时期的作家，福克纳能够在一

---

① 恩格斯.卡尔·马克思的葬仪[M]//马克思恩格斯全集：19 卷.中共中央马恩列斯著作编译局，译.北京：人民出版社，1965：374.

定程度上突破旧的意识形态窠臼去观察社会，剖析旧秩序、旧传统的问题，但不可能真正接受新的价值观和世界观。更为重要的是，福克纳意识到，旧贵族的意识形态正遭受经济基础变化的影响和自由主义意识形态的冲击，其主导地位正受到侵蚀，其影响力开始式微。这预示着它终将同其赖以筑基的经济基础一样，在现代变革中走向衰亡，成为在现代南方社会中无足轻重的思想残余。失去经济统治地位和意识形态主导权后，旧贵族作为阶级整体在未来将不复存在。这是令福克纳难以想象、难以忍受的世界，却是正在发生的现实。这是福克纳文学世界中“未被说出的历史”。它让福克纳忧心如焚。因此，在思考南方共同体命运时，福克纳难以遏止地想象自己所崇尚的价值观念能够永远传承下去，期待自己所属的阶级能够经受住现代变革的考验，并在新的社会历史条件下再度奋起。这正是潜藏于福克纳小说创作点滴之中的集体的政治欲望。

通观福克纳的小说创作，不难发现他作为现代作家的伟大之处。相比他的南方文学前辈，福克纳痛苦地认识到旧南方社会制度的缺陷和罪恶，以批评的眼光对其剖析和反思，打破了此前南方文学粉饰过去的陈腐传统，引领了南方文艺复兴文学运动的发展，将南方文学推向空前繁荣的景象。同时，他对现代社会荒诞感、现代人的异化感以及知识分子的精神苦闷的探索，其中蕴含的对人的关怀和对人性的探索，使他的作品具有了普世价值。他在创作手法和艺术形式上卓有成就的探索和实验，也让他名列一流作家之列。然而，在承认福克纳作为现代伟大作家的地位的同时，也不必讳言其光环中的阴影。在其作品的现实主义关怀层面上，福克纳在很大程度上受限于其所处社会群体的意识形态的影响。其作品的人道主义主题通常分可为对作为主体的人（上层精英）的精神世界的探索，以及对作为客体的人（下层群体）的客观遭遇的同情，其中隐含着内在的价值判断上的区别对待；其作品人物形象塑造也常有模式化、类型化的倾向；在语言修辞上有时也未能免除自己所属群体情感向背的影响。他的小说尽管对社会问题的观察十分敏锐，但它们所作思考和提供的答案则不如观察问题时那么深刻。究其根源，他的小说创作深受其所属阶级的政治欲望的影响。

福克纳是世界文学史上十分重要的现代作家。在他身上，人道情怀和阶级偏见并存,进步性与保守性、深刻性与狭隘性交织。这种多元、复杂而矛盾的特性是作家思想面貌的真实反映,在相当程度上也是其所代表的"南方文艺复兴"作家群的思想缩影。他的作品中思想内容与艺术形式的反差、理性思索与情感倾向的矛盾,典型地反映了"南方文艺复兴"作家群在社会变革中的忧虑、纠结和挣扎心态,折射出"南方文艺复兴"文学运动的一般阶级倾向和意识形态立场。从更大的范围来说,福克纳小说为人们研究文学与阶级的关系问题提供了一个经典范例。它表明,作家不能不受其所属社会阶级的限制,不能不受生活的社会历史总体性所制约。阶级立场和阶级倾向总是以或明或暗、或直接或间接的方式渗透作家的思想意识,通过作家的文学创作而投射于文学文本,在叙事中注入集体的政治欲望,在文本中留下阶级倾向的形式征候。在有阶级利益差别和矛盾存在的社会,不管文学艺术的潮流怎样变化,不管文学作品的思想倾向性表现形式和显隐程度如何,文学作为一种意识形态话语,总是在不同程度上折射超个人的阶级信念、理想或情感。在部分文学作品中,阶级性是一种客观的存在。因此,阶级视角分析是全面、客观、准确评价作家思想和艺术成就的不可缺少的组成部分。尽管在文艺理论和文艺思潮层出不穷的当今时代,传统的阶级视角分析似乎显得陈旧、过时,处于被冷落和被遗忘的境地,但在"政治无意识"等各种不断发展的马克思主义文艺理论指导下,阶级视角研究仍能为文学批评提供有意义的发现。

参考文献

[1] ABOUL-ELA H.Other south：Faulkner，coloniality，and the Mariátegui tradition [M].Pittsburgh：University of Pittsburgh Press，2007.

[2] ALTHUSSER L. Lenin and philosophy and other essays[M]. BREWSTER B，tr. New York：Monthly Review Press，1971.

[3] ATKINSON T. Faulkner and the great depression：aesthetics，ideology，and cultural politics[M]. Athens：University of Georgia Press，2006.

[4] BAKHTIN M M. The dialogic imagination[M]. EMMERSON C，HOLQUIST M，tr. Austin：University of Texas Press，1981.

[5] BASSET J E. Vision and revision：essays on Faulkner[M]. West Ornwall：Locust Hill Press，1989.

[6] BECK J，FRANDSEN W，RANDALL A. Southern culture：an introduction：2nd ed[M].Durham：Carolina Academic Press，2009.

[7] BLOTNER J. William Faulkner：a biography[M]. London：Chatto & Windus，1974.

[8] BLOTNER J. Continuity and change in Faulkner's life and art[M]//GRESSET M，POLK N. Faulkner and idealism：perspectives from Paris. Jackson：University Press of Mississippi，1983：15－26.

[9] BRODSKY L D，HAMBLIN R W. The Letters[M]//BRODSKY L D，HAMBLIN R W. A comprehensive guide to the Brodsky collection：Faulkner. Jackson：University Press of Mississippi，1984：1－2.

[10] BROOKS C. On the prejudices，predictions，and firm beliefs of William Faulkner

[M]. Baton Rouge and London: Louisiana State University Press, 1987.

[11] BROOKS C. William Faulkner: The Yoknapatawpha country[M]. Baton Rouge: Louisiana State University Press, 1963.

[12] CARR D. A question of class: the redneck stereotype in southern fictions[M]. Bowling Green: Bowling Green State University Popular Press, 1996.

[13] CASH W J. The mind of the south[M]. New York: Vintage Books, 1991.

[14] COPPER W J, TERILL T E. The American South: a history[M]. New York: Alfred A. Knopf, 1990.

[15] CORRINGTON J W. Escaping into myth: the long dying of Bayard Sartoris[M]// KINLEY A F. Critical essays on William Faulkner: the Sartoris family. Boston: G. K. Hall & Co., 1985: 171 - 185.

[16] COWLEY M. The Faulkner-Cowley files[M]. London: Penguin Books, 1966.

[17] COWLEY M. William Faulkner's legend of the south[J]. The Sewanee Review, 1945, 53(3): 343 - 361.

[18] DE SANTIS C C. Pseudo-history versus social critique: Faulkner's reconstruction[J]. Southern Quarterly, 2005, 43(1): 9 - 27.

[19] DIMINO A. The dream of the present: time, creativity and the Satoris family [M]//KINLEY A F. critical essays on William Faulkner: the Sartoris family. Boston: G. K. Hall & Co., 1985: 332 - 359.

[20] DIMITTAR H. Consumer culture, identity and well-being[M]. London: Psychology Press, 2007.

[21] DOWLING W C. Jameson, Althusser, Marx: an introduction to the political unconscious[M]. Ithaca: Cornell University Press, 1984.

[22] DOYLE D H. New men, new cities, new South: Atlanta, Nashville, Charleston, Mobile, 1860 - 1910[M]. Raleigh: The University of North Carolina Press, 1990.

[23] EAGLETON T. Ideologies: an introduction[M]. London: Verso, 1991.

[24] FAULKNER W. Absalom, Absalom! [M]. New York: Vintage Books, 1990.

[25] FAULKNER W. As I lay dying[M]. New York: Vintage Books, 2009.

[26] FAULKNER W. Father Abraham[M]. New York：Random House，1983.

[27] FAULKNER W. Flags in the dust[M]. New York：Vintage Books，1974.

[28] FAULKNER W. Go down，Moses[M]. New York：Vintage Books，1991.

[29] FAULKNER W. Intruder in the dust[M]. London：Vintage Books，1996.

[30] FAULKNER W. Light in August[M]. London：Penguin Books，1987.

[31] FAULKNER W. Sanctuary[M]. Original text edited by N. Polk. New York：Random House，1981.

[32] FAULKNER W. Selected short stories of William Faulkner[M]. New York：The Modern Library，1993.

[33] FAULKNER W. Snopes (The Hamlet，The Town and The Mansion)[M]. New York：Modern Library，2012.

[34] FAULKNER W. The reivers：a reminiscence[M]. New York：Vintage International，1992.

[35] FAULKNER W. The sound and the fury[M]. New York：Random House，1992.

[36] FAULKNER W. The unvanquished[M]. New York：Vintage Books，1966.

[37] FLORA J M，MACKETHAN L. The companion to Southern literature[M]. Baton Rogue：Louisiana State University Press，2002.

[38] FUJIE K K. Ties of blood：gender，race and Faulkner[D]. Berkeley：Doctoral Dissertation of University of California，2010.

[39] GALLAGHER G，WNOLAN A T. The myth of the Lost Cause and Civil War history[M]. Bloomington：Indiana University Press，2001.

[40] GASTON P M. The new south creed：a study in mythmaking[M]. Baton Rogue：Louisiana State University Press，1976.

[41] GENOVESE E. Roll，Jordan，roll：the world the slaves made[M]. New York：Pantheon，1972.

[42] GENOVESE E. The world the slaveholder made[M]. New York：Vintage Books，1971.

[43] GODDEN R. Fictions of labor：William Faulkner and the south's long revolution

[M]. New York: Cambridge University Press, 1997.

[44] GODDEN R. William Faulkner: an economy of complex words[M]. Woodstock: Princeton University Press, 2007.

[45] GORN E. J. Poor, violent men in a pre-modern world: the old douth [M]. Hoboken: Blackwell Publisher Ltd., 2001.

[46] GRAMSCI A. Selections from the prison notebooks[M]. HOARE Q, SMITH G N, tr. New York: International Publisher, 1971.

[47] GRAY R. The Life of William Faulkner: a critical biography[M]. Cambridge, MA: Blackwell Publishing Company, 1996.

[48] GREINIER D J. Universal Snopesism, the significance of spotted horse[J]. The English Journal, 1968, 57(8): 1133 - 1137.

[49] GRIMWOOD M. Heart in conflict: Faulkner's struggle with vocation[M]. Athens: University of Georgia Press, 1987.

[50] GWYNN F L, BLOTNER J. Faulkner in the university: class conferences at the University of Virginia, 1957 - 1958 [M]. Charlottesville: University Press of Virginia, 1959.

[51] HARDWICK E. Faulkner and the South today[M]//WARREN R P. Faulkner: a collection of critical essays. Englewood Cliffs: Prentice-Hall Inc., 1966: 226 - 230.

[52] HARVARD W C. Jr. Southern politics: old and new style[M]//RUBIN L. The American South: portrait of a culture. Baton Rouge: Louisiana State University Press, 1980: 38 - 58.

[53] HOFFMAN F. Faulkner's country matters: folklore and fable in Yoknapatawpha [M]. Baton Rouge: Louisiana State University Press, 1989.

[54] HOFFSTADT R. Social Darwinism in American thought[M]. Boston: The Beacon Press, 1955.

[55] HOWE I. William Faulkner: a critical study: 3rd ed[M]. Chicago: The University of Chicago Press, 1975.

[56] INGE T. Conversations with William Faulkner[M]. Jackson: University Press of

Mississippi, 1999.

[57] JAMESON F. Marxism and historicism[J]. New Literary History, 1979, 11(1): 41-73.

[58] JAMESON F. The political unconscious: narrative as socially symbolic act[M]. Ithaca: Cornell University Press, 1981.

[59] JAMESON F. The singular modernity[M]. London & New York: Verso, 2002.

[60] JEHLEN M. Class and character in Faulkner's south[M]. New York: Columbia University Press, 1976.

[61] COOK J S. From Tobacco Road to Route 66: the Southern poor white in fiction [M]. Chapel Hill: University of North Carolina press, 1976.

[62] JOHNSON C S, EMBER E & ALEXANDER W. The collapse of cotton tenancy: summary of field studies and statistical surveys, 1933-35[R]. New York: Books for Libraries Press, 1972.

[63] JONES G S. Languages of class: studies in English working class history, 1832-1982[M]. Cambridge: Cambridge University Press, 1983.

[64] JOYNER C. Supten's honor: William Faulkner and the historians[M]//Tao J. Faulkner: achievement and endurance. Beijing: Peking University Press, 1998: 105-116.

[65] KARTIGNER D M. Faulkner's comic narrative of vommunity[M]//GRESSET M. A gathering of evidence: essays on William Faulkner's Intruder in the Dust. New York: Fordham University Press, 2004: 131-150.

[66] KERR E M. Yoknapatawpha: Faulkner's "little postage stamp of native soil"[M]. New York: Fordham University Press, 1969.

[67] KING R. A Southern renaissance: the cultural awakening of the American South, 1930-1955[M]. New York: Oxford University Press, 1980.

[68] KING R. Framework of a renaissance[M]//DOREEN R, ABADIES A. Faulkner and Southern Renaissance. Jackson: University Press of Mississippi, 1982: 3-21.

[69] KIRWAN A D. Revolt of the redneck: Mississippi politics, 1876-1925[M].

Lexington: University of Kentucky Press, 1951.

[70] KREYLING M. Figures of the hero in southern narrative[M]. Baton Rouge: Louisiana State University Press, 1987.

[71] LANGDON L. Commodifying freedom: horses in The Hamlet[J]. The Faulkner Journal, 2012, 24(2): 31-49.

[72] LEVINS L G. Faulkner's heroic design: The Yoknapatawpha novels[M]. Athens: University of Georgia Press, 1976.

[73] LEYDA J. Reading white trash: class, race and mobility in Faulkner and Le Sueurt [J]. Arizona Quarterly, 2000, 56(2): 37-64.

[74] LEYDA J. Shifting Sands: The myth of class mobility[J]//MORELAND C. A Companion to William Faulkner. Malden: Blackwell Publishing, 2007: 165-179.

[75] LUKACS G. History and class consciousness: studies in Marxist dialects[M]. LIVINGSTONE R, tr. Cambridge: The MIT Press, 1971.

[76] MACCOMB D. Mink Snopes deals in post holes: countering the violence of capital in Faulkner's Snopes Trilogy[J]. Mississippi Quarterly, 2008, 61(3): 343-357.

[77] MATTHEWS J T. Faulkner and proletarian literature[M]//KARTIGANER D M, ABADIES A J. Faulkner in Cultural Context. Jackson: University Press of Mississippi, 1997: 166-189.

[78] MATTHEWS J T. William Faulkner: seeing through the south[M]. Malden: Wiley-Blackwell, 2009.

[79] MEMMOTT J. Sartoris ludens: "the play element in The Unvanquished"[J]. Mississippi Quarterly, 1976, 29(2): 375-87.

[80] MERIWETHER J, MILLGATE M. Lion in the garden: interviews with William Faulkner, 1926-1962[M]. Lincoln: University of Nebraska Press, 1968.

[81] MICAELS W B. Absalom, Absalom!: the difference between white men and white men[J]. HAMBLIN R W, ABADIES A. Faulkner in the Twenty-First Century. Jackson: University Press of Mississippi, 2003: 137-153.

[82] MILES C. William Faulkner's critique of capitalism: reading 'Wash' and 'Centaur

in Brass' as stories about class struggle[J]. Mississippi Quarterly，2008，61(3)：325 - 341.

[83] MILLER D T. Faulkner and the Civil Wart：myth and realit"[J]. American Quarterly，1963，15(2)：200 - 209.

[84] MILGATE M. Faulkner's Place [M]. Athens：The University of Georgia Press，1964.

[85] MINTER D. Family，region and myth in Faulkner's fiction[M]//FOWLER D，ABADIES A J. Faulkner and the Southern Renaissance. Jackson：University Press of Mississippi，1982：182 - 203.

[86] MORAIS H M. Marx and Engels on America[J]. Science & Society，1948，12(1)：3 - 21.

[87] O'DONNELL G M. Faulkner's Mythology[J]. The Kenyon Review，1939，1(3)：285 - 299.

[88] OAKES J. The ruling class：a history of American slaveholders[M]. New York：W W. Norton & Company，1981.

[89] ODUM H W. On southern literature and southern culture[M]//RUBIN L D. Southern renascence：the literature of modern south. Baltimore：The John Hopkins University，1953：84 - 100.

[90] OSTERWEIS R G. The myth of the Lost Cause，1865 - 1900[M]. Hamden：Shoestring Press，1973.

[91] PALMER L. Bourgeois blues：class，whiteness，and southern Gothic in early Faulkner and Cadwell[J]. The Faulkner Journal，2006，22(1&2)：120 - 139.

[92] PERCY W A. Lanterns on the levee：recollections of a planter's son[M]. Baton Rogue：Louisiana State University Press，1973.

[93] PILKINGTON J. The heart of Yoknapatawpha[M]. Jackson：University Press of Mississippi，1981.

[94] PILKINGTON J. The memory of war[M]//RUBIN L D. The history of southern literature.Baton Rouge：Louisiana State University，1985：347 - 359.

[95] PITAVY F. L. Anything but earth: the disastrous and necessary Sartoris game[M]// KINNEY A F. Critical essays on William Faulkner: the Sartoris family. Boston: G. K. Hall & Co., 1985: 267 - 273.

[96] POLK N. Idealism in The Mansion[M]//GRESSET M, POLK N. Faulkner and idealism: perspectives from Paris. Jackson: University Press of Mississippi, 1983: 145 - 157.

[97] RAILEY K. Flags in the Dust and the material culture of class[M]//URGO J R, ABADIE A J. Faulkner and material culture. Jackson: University Press of Mississippi, 2007: 68 - 81.

[98] RAILEY K. Natural aristocracy: history, ideology, and the production of William Faulkner[M]. Tuscaloosa: University of Alabama Press, 1999.

[99] RANSOM J C. Reconstructed but unregenerate[M]//TWELVE SOUTHERNERS. I'll take my stand. Baton Rouge: Louisiana State University Press, 1977: 1 - 27.

[100] RANSOM L L, SUTCH R. Debt peonage in the cotton south after the civil war[J]. The Journal of Economic History, 1972, 32(3): 641 - 669.

[101] RODDEN J. The faithful gravedigger: the role of 'Innocent' Wash Jones and the invisible 'white trash' in Faulkner's Absalom, Absalom"! [J]. Southern Literary Journal, 2010, 13(1): 23 - 38.

[102] RUBIN L D. The American south: portrait of a culture[M]. Baton Rouge and London: Louisiana State University Press, 1980.

[103] SCHWARTZ L H. Creating Faulkner's fame: politics of literary criticism[M]. Knoxville: University of Tennessee Press, 1990.

[104] SINGAL D J. William Faulkner: the making of a modernist[M]. Chapel Hill: The University of North Carolina Press, 1997.

[105] SKINFILL M. Reconstructing class in Faulkner's late novels: The Hamlet and the discovery of capital[J]. Studies in American Fictions, 2000, 24(2): 151 - 70.

[106] SKINFILL M. The American interior: identity and commercial culture in Faulkner's late novels[J]. The Faulkner Journal, 2005, 21(1&2): 133 - 144.

[107] TATE A. Essays of four decades[M]. Chicago: The Swallow Press, 1968.

[108] TAYLOR W. Faulkner's search for a south[M]. Urbana: University of Illinois Press, 1983.

[109] TAYLOR W R. Cavalier and Yankee: the old south and American national character [M]. New York: Harvard University Press, 1979.

[110] VICKERY O W. Novels of William Faulkner[M]. Baton Rogue: Louisianan State University Press, 1959.

[111] VOLPE E L. A reader's guide to William Faulkner: the novels[M]. New York: Syracuse University Press, 2003.

[112] WAINWRIGHT M. Darwin and Faulkner's novels: evolution and southern fiction [M]. New York: Palgrave Macmillan, 2008.

[113] WARREN R P. The legacy of the Civil War: meditations on the centennial[M]. New York: Random House, 1961.

[114] WATSON J. William Faulkner's Civil War[J]. Southern Quarterly, 2013, 51(12): 41 - 57.

[115] WILLIAMSON J. Faulkner and southern history[M]. Oxford: Oxford University Press, 1996.

[116] WILSON E. William Faulkner's reply to the Civil-Rights program[M]//WARREN R P. Faulkner: a collection of critical essays. Englewood Cliffs: Prentice-Hall Inc., 1966: 219 - 225.

[117] WOODMAN H D. The political economy of the new south: retrospects and prospects[J]. The Journal of Southern History, 2001, 17(4): 789 - 810.

[118] WOODWARD V C. The origin of the new south, 1877 - 1913[M]. Baton Rogue: Louisiana State University Press, 1951.

[119] WYATT-BROWN B. Southern honor: ethics and behavior in the old south[M]. New York: Oxford University Press, 1982.

[120] YOUNG S. Not in memorial, but in defense[M]//TWELVE SOUTHERNERS. I'll take my stand. Baton Rouge: Louisiana State University Press, 1977: 335 - 350.

[121] 边沁.道德与立法原理导论[M].时殷弘,译.北京：商务印书馆,2002.
[122] 陈永国.文化的政治阐释学：后现代语境中的詹姆逊[M].北京：中国社会科学出版社,1999.
[123] 董衡巽等.美国文学简史：下[M].北京：人民文学出版社,1986.
[124] 恩格斯.卡尔·马克思的葬仪[M]//马克思,恩格斯.马克思恩格斯全集：19卷.中共中央马恩列斯著作编译局,译.北京：人民出版社,1965：374-379.
[125] 恩格斯.致玛·哈克奈斯[M]//马克思,恩格斯.马克思恩格斯全集：37卷.中共中央马恩列斯著作编译局,译.北京：人民出版社,1971：40-42.
[126] 芬克尔斯坦.人性化和异化之间的冲突[C].张禹九,译//李文俊.福克纳评论集.北京：中国社会科学出版社,1980：117-129.
[127] 福克纳.福克纳随笔[M].梅里韦瑟,编.李文俊,译.上海：上海译文出版社,2008.
[128] 福克纳.福克纳中短篇小说选[M].斯通贝克,选.陶洁,等,译.北京：中国文联出版公司,1985.
[129] 耿纪永.知音少,弦断有谁听——早期福克纳研究及其在中国[J].同济大学学报(社会科学版),2005,17(2)：77-82.
[130] 荷默.弗雷德里克·詹姆森[M].孙斌,等,译.上海：上海人民出版社,2004.
[131] 霍布森.《南方文艺复兴：一个文学运动的阶级视角》序[M]//李杨.南方文艺复兴：一个文学运动的阶级视角.北京：商务印书馆。2011：1-4.
[132] 霍夫曼.威廉·福克纳传[M].姚乃强,译.沈阳：春风文艺出版社,1994.
[133] 杰斐逊.杰斐逊集[M].彼得森,编.刘祚昌,邓东风,译.生活·读书·新知三联书店,1993.
[134] 卡尔.福克纳传[M].陈永国,等,译.北京：商务印书馆,2007.
[135] 考利.福克纳：约克那帕塌法故事[C].李文俊,译//李文俊.福克纳评论集.北京：中国社会科学出版社,1980：20-50.
[136] 科西克.具体的辩证法[M].傅小平,译.北京：社会科学文献出版社,1989.
[137] 孔耕蕻.法国贵族衰亡的挽歌与美国南方望族毁灭的恋歌——福克纳与巴尔扎克艺术世界鸟瞰[J].安徽大学学报(哲学社会科学版),1989(1)：63-68.
[138] 李文俊.福克纳评论集[C].北京：中国社会科学出版社,1980.

[139] 李文俊.《喧哗与骚动》译余断想[J].读书,1985(3)：99－107.

[140] 李文俊.威廉·福克纳[M]//吴富恒,王誉公.美国作家论.济南：山东教育出版社,1999：622－651.

[141] 李文俊.《没有被征服的》序[M]//福克纳.没有被征服的.王义国,译.北京：北京燕山出版社,2015：1－4.

[142] 李杨.美国南方文学后现代时期的嬗变[M].济南：山东大学出版社,2006.

[143] 李杨.美国南方文学嬗变之阶级阐释[J].解放军外国语学院学报,2006(4)：82－85.

[144] 李杨.论阶级性在美国南方文学中的体现[J].外语教学,2008(5)：69－72.

[145] 李杨.美国"南方文艺复兴"：一个文学运动的阶级视角[M].北京：商务印书馆,2011.

[146] 李杨,刘羽涵.论《小镇》里"穷白人"斯诺普斯形象的模式[J].西安外国语大学学报,2012(4)：110－112.

[147] 李杨,张寅佩.美国"南方文艺复兴"的历史观[J].英美文学研究论丛,2012(2)：234－245.

[148] 李震.葛兰西的文化霸权理论[J].学海,2004(3)：55－62.

[149] 廖綵胜.福克纳小说中的语言与文化标志[M].福州：福建教育出版社,1999.

[150] 林长洋.种族问题中的阶级无意识——论福克纳小说《坟墓的闯入者》[J].江西社会科学,2015(10)：117－122.

[151] 林长洋.对南方命运的彷徨——论福克纳小说《大宅》的政治无意识[J].井冈山大学学报,2016(2)：132－136.

[152] 林长洋,欧阳琴.贵族无意识：论福克纳小说的形式意识形态[J].景德镇学院学报,2018(2)：37－41.

[153] 林长洋.詹姆逊"政治无意识"理论的支点：深层历史·叙事·符码转换[J].江西社会科学,2018(12)：112－117.

[154] 刘家钦.试论内战前美国南部的决斗之风[J].阜阳师范学院学报(社科版),2000(1)：68－71.

[155] 刘建华.文本与他者：福克纳解读[M].北京：北京大学出版社,2002.

[156] 刘祚昌.杰斐逊的农业理想国[J].美国研究,1989(03),120－140.

[157] 马克思.路易·波拿巴的雾月十八日[M]//马克思,恩格斯.马克思恩格斯全集：8卷.中共中央马恩列斯著作编译局,译.北京：人民出版社,1961：117－227.

[158] 马克思.北美内战[M]//马克思,恩格斯.马克思恩格斯全集：15卷.中共中央马恩列斯著作编译局,译.北京：人民出版社,1963：346－356.

[159] 马克思.美国内战[M]//马克思,恩格斯.马克思恩格斯全集：15卷.中共中央马恩列斯著作编译局,译.北京：人民出版社,1963b：357－366.

[160] 马克思.资本论[M]//马克思,恩格斯.马克思恩格斯全集：23卷.中共中央马恩列斯著作编译局,译.北京：人民出版社,1972：102－335.

[161] 马克思.1844年经济学哲学手稿[M].中共中央马恩列斯著作编译局,译.北京：人民出版社,1985.

[162] 马克思.神圣家族[M]//马克思,恩格斯.马克思恩格斯全集：2卷.中共中央马恩列斯著作编译局,译.北京：人民出版社,1957：3－268.

[163] 马克思,恩格斯.德意志意识形态[M]//马克思,恩格斯.马克思恩格斯全集：3卷.中共中央马恩列斯著作编译局,译.北京：人民出版社,1956：11－640.

[164] 马克思,恩格斯.共产党宣言[M].中共中央马恩列斯著作编译局,译.北京：人民出版社,1997.

[165] 敏特.圣殿中的情网：威廉·福克纳传[M].赵杨,译.北京：生活·读书·新知三联书店,1991.

[166] 努斯鲍姆.诗性正义：文学想象与公共生活[M].丁晓东,译.北京：北京大学出版社,2010.

[167] 帕里尼.福克纳传[M].吴海云,译.北京：中信出版社,2007.

[168] 钱满素.美国自由主义的历史变迁[M].北京：生活·读书·新知三联书店,2006.

[169] 乔国强.试谈詹姆逊的结构主义文学思想[J].外语研究,2015(6)：89－92.

[170] 塞尔登,威尔森,布鲁克.当代文学理论导读[M].刘象愚,译.北京：北京大学出版社,2006.

[171] 泰特.威廉·福克纳：一八九七至一九六二[C].启温,译//李文俊.福克纳的神话.上海：上海译文出版社,2008：261－266.

[172] 陶洁.灯下西窗[M].北京：北京大学出版社,2004.

[173] 陶洁.新中国六十年福克纳研究之考察与分析[J].浙江大学学报(人文社会科学版),2012(1)：148-156.

[174] 田中久男.福克纳小说中的两个美国梦的追求者[J].李淼,译.首都师范大学学报(社会科学版),2005(4)：61-65.

[175] 王逢振.政治无意识和文化阐释[J].马克思主义美学研究,2000(00)：341-354.

[176] 王亚南.改订译本序[M]//斯密.国民财富的性质和原因的研究.郭大力,王亚南,译.北京：商务印书馆,1980：1-10.

[177] 沃伦.威廉·福克纳[C].俞石文,译//李文俊.福克纳评论集.北京：中国社会科学出版社,1980：51-70.

[178] 肖明翰.大家族的没落：福克纳与巴金比较研究[M].桂林：广西师范大学出版社,1994.

[179] 肖明翰.威廉·福克纳研究[M].北京：外语教学与研究出版社,1997.

[180] 肖明翰.威廉·福克纳：骚动的灵魂[M].成都：四川人民出版社,1999.

[181] 肖明翰.福克纳与美国南方[J].四川师范大学学报(社会科学版),1998(3)：49-57.

[182] 姚乃强.兼容有序,聚焦文化：谈90年代福克纳研究的态势[J].四川外语学院学报,2004,20(5)：3-7.

[183] 伊格尔顿.马克思主义与文学批评[M].文宝,译.北京：人民文学出版社,1986.

[184] 詹姆逊.政治无意识[M].王逢振,陈永国,译.北京：中国社会科学出版社,1999.

[185] 朱振武.福克纳的创作流变及其在中国的接受和影响[M].北京：人民文学出版社,2016.

附录　福克纳生平主要事件

1825 年	7 月 6 日，曾祖父威廉・克拉克・福克纳（William Clark Falkner）出生于田纳西州。威廉・克拉克于 1848 年左右成为种植园主，1861—1865 年内战期间担任过邦联军密西西比步兵团上校、游击骑兵队首领，战后重建期间修筑铁路并拥有一家地方铁路公司，曾竞选州议员，1898 年 11 月 16 日死于决斗。
1848 年	9 月 2 日，祖父约翰・韦斯莱・汤普森・福克纳（John Wesley Thompson Falkner）出生于密西西比州。约翰・韦斯莱・汤普森担任过律师、密西西比州议员、密西西比大学受托人、牛津镇第一国民银行行长，1922 年 3 月 13 日去世。
1870 年	8 月 17 日，父亲穆里・库思伯特・福克纳（Mauri Cuthbert Falkner）出生。 11 月 27 日，母亲莫德・巴特勒（Maud Butler）出生。
1897 年	9 月 25 日，出生于密西西比州新阿尔伯尼市（Albany, Mississippi）。
1902 年	6 月，祖父出售家族铁路清偿债务。 9 月 22 日，全家迁居密西西比州拉法叶县奥克斯福镇（Oxford, Lafayette County, Mississippi）。
1903 年	8 月，祖父竞选连任州议员时败于代表“红脖梗”利益的海托华（G. R. Hightower）。
1905 年～1914 年	入小学。小学二年跳级。中学八年级开始逃学。

1914 年	6 月，与菲尔·斯通(Phil Stone)结交。
	11 月，因对抗密西西比州州长李·罗素(Lee M. Russell)关于禁止大学生秘密结社的命令，选择从密西西比大学退学。
1915 年	与艾斯苔尔·奥德姆(Estelle Oldham)产生情愫。艾斯苔尔成年后嫁给他人，数年后离婚再与福克纳结婚。
1916 年	冬天，在祖父的银行做助理出纳员。
1917 年	第一部作品问世。在密西西比大学年鉴上发表一幅画。
1918 年	初春，报名参加本国空军部队，因身体太瘦被拒。
	7 月 9 日，作为英国皇家空军新兵来到多伦多。
	12 月，从英国皇家空军退役，回到牛津镇。12 月 1 日，父亲穆里·福克纳被任命为密西西比大学助理秘书。
1919 年	春天，开始写诗，收入《大理石牧神》(*Marble Faun*)，8 月 6 日在《新共和》上发表。
1920 年	夏天，祖父被董事弹劾，丢掉牛津第一国民银行行长宝座。
1921 年	夏天，完成爱情诗集《春日的幻景》(*Vision in Spring*)。
1922 年	春天，开始在密西西比大学任四级邮政员。
1924 年	5 月，因酗酒被学校解除邮局局长职位。
1925 年	2 月，开始创作第一部小说《士兵的酬劳》(*Soldiers' Pay*)。
	夏天，开始创作“斯诺普斯三部曲”的书稿雏形《亚伯拉罕父亲》(*Father Abraham*)。
1927 年	4 月 30 日，小说《蚊群》(*Mosquitoes*)出版。
	创作小说《坟墓里的旗帜》(*Flags in the Dust*)，但 11 月 5 日被利佛赖出版公司拒绝出版。
1928 年	春天，开始创作小说《喧哗与骚动》(*The Sound and the Fury*)。
1929 年	1 月 31 日，小说《坟墓里的旗帜》删减为《沙多里斯》(*Sartoris*)出版。

	5月25日，小说《喧哗与骚动》完成，但被哈考特出版公司拒绝出版。完成小说《圣殿》(*Sanctuary*)的打字稿。
	6月20日，与艾斯苔尔结婚。
	10月7日，小说《喧哗与骚动》由卡普和史密斯出版公司出版。
	10月25日至12月11日，完成小说《我弥留之际》(*As I Lay Dying*)手稿。
	冬季，因为密西西比州新任州长比尔博(Theodore G. Bilbo)签发的解职令，父亲穆里·福克纳失去密西西比大学助理秘书的职位。
1930年	4月12日，买下花楸福邸(Rowan Oak)。
	4月30日，在《论坛》发表短篇小说《献给爱米丽的一朵玫瑰花》(*A Rose for Emily*)。这是福克纳在国家级杂志上发表的第一篇短篇小说。
	10月6日，小说《我弥留之际》由凯普和史密斯出版公司出版。
1931年	1月11日，第一个孩子阿拉巴玛降生，九天后死去。
	2月9日，小说《圣殿》修改版由凯普和史密斯出版公司出版。
	9月21日，第一部短篇故事集《这13篇》(*These Thirteen*)出版。此前已开始创作小说《八月之光》(*Light in August*)。
1932年	3月，现代图书馆版《圣殿》出版。
	10月6日，小说《八月之光》出版。
1933年	6月24日，女儿吉尔·福克纳(Jill Falkner)出生。吉尔是福克纳惟一幸存的孩子。
1934年	年初产生写"黑房子"的想法，即后来的小说《押沙龙，押沙龙！》(*Absalom, Absalom!*)。
	开始写作南北战争的系列故事，后集成小说集《未被征服的人》(*The Unvanquished*)。

在环球电影公司做编剧，半年投出 5 篇内战故事，写出 7 章《标塔》(*Pylon*)。

1935 年　3 月 25 日，小说《标塔》出版。继续创作《押沙龙，押沙龙！》

1936 年　1 月 31 日，《押沙龙，押沙龙！》手稿完成。

11 月 7 日，开始创作小说《小村》；后来发展成为“斯诺普斯三部曲”：《小村》(*The Hamlet*)、《小镇》(*The Town*)、《大宅》(*The Mansion*)。

1939 年　1 月 18 日，当选美国国家艺术文学院院士。

1 月 19 日，发表《野棕榈》(*The Wild Palms*)。继续创作《小村》。

1940 年　1 月 4 日，向奥伯尔暗示创作《去吧，摩西》(*Go Down, Moses*)。

1 月 31 日，黑人女仆卡洛琳・巴尔(Caroline Barr)逝世。福克纳随后发表“在卡洛琳・巴尔大妈葬礼上的讲话”，并将《去吧，摩西》题献给她。

4 月 1 日，出版“斯诺普斯三部曲”的第一部小说《小村》。继续创作《去吧，摩西》。

1941 年　春夏，继续创作《去吧，摩西》中的故事。

1942 年　5 月 2 日，出版小说集《去吧，摩西和其他故事》。

1943 年　10 月 30 日，向奥伯尔暗示他在创作小说《寓言》(*A Fable*)。

1946 年　4 月 29 日，马尔柯姆・考利主编的海盗版《袖珍版福克纳读本》(*The Portable Faulkner*)出版。

1947 年　继续创作小说《寓言》。

1948 年　9 月 27 日，小说《坟墓的闯入者》(*Intruder In the Dust*)出版。此前，米高梅电影公司于 7 月 11 日以 5 万元买下该书的拍摄权。

11 月 24 日，当选为美国文学艺术院院士。

1949 年　11 月 27 日，出版小说《让马》(*Knight's Gambit*)。

1950 年　2 月初，开始创作小说《修女安魂曲》(*Requiem For a Nun*)，该书

	被认为是福克纳与琼·威廉斯(Joan Williams)合作创作。
	11 月 10 日,被授予 1949 年诺贝尔文学奖。
	12 月 10 日,在瑞典首都斯德哥尔摩发表获奖演说。
1951 年	2 月 10 日,短篇小说集《盗马贼札记》(*Notes On a Horse Thief*)问世,后成为《寓言》的一部分。
	3 月,《福克纳短篇小说集》(*Collected Stories Of William Faulkner*)获美国全国图书奖。
	9 月 27 日,小说《修女安魂曲》出版。
1953 年	11 月,完成《寓言》手稿。
1954 年	4 月 1 日。《福克纳读本》(*The Faulkner Reader*)出版。
	4 月,在《假日》上发表传记式长文《密西西比》(*Mississippi*)。
	8 月 2 日,出版小说《寓言》。
	8 月 21 日,女儿吉尔·福克纳与西点军校军官小保罗·D·苏梅尔斯结婚。
1955 年	1 月 25 日,《寓言》获全国图书奖;该书还荣获普利策小说奖。
	3 月 20 日,在孟斐斯的《商业诉讼》上发表第一封论美国种族歧视的公开信。
	7 月 29 日,在美国国务院赞助下去日本进行三周的访问,大受欢迎。
	10 月 14 日,小说集《大森林》(*Big Woods*)出版。
1956 年	创作"斯诺普斯三部曲"的第二部小说《小镇》。
1957 年	2 月中旬到 6 月,成为弗吉尼亚大学驻校作家,主要工作是为师生答疑。
	5 月 1 日,小说《小镇》出版。
1958 年	1 月 30 日,回到弗吉尼亚大学任第二学期的驻校作家。开始创作"斯诺普斯三部曲"的第三部小说《大宅》。

1959 年	1 月 30 日，戏剧《修女安魂曲》在纽约首次上演。
1960 年	10 月 16 日，母亲莫德·福克纳卒。
	年终，立遗嘱将手稿统统捐献给威廉·福克纳基金会。
1961 年	4 月，开始创作最后一部小说《掠夺者》（*The Reivers*）。
1962 年	1 月，坠马摔伤，住院。
	6 月 4 日，《掠夺者》出版。发生多次坠马事故。
	7 月 5 日，入住密西西比州巴哈利亚医院。
	7 月 6 日，死于心脏病。
	7 月 7 日，葬于牛津镇圣彼得公墓。

后　　记

《政治无意识：阶级视角下的福克纳小说》是在我的博士学位论文的基础上修订而成的。福克纳对于英语语言文学专业的老师和学生而言可谓大名鼎鼎，但是由于硕士研究方向不是文学的关系，坦白说我在读博之前对这位大师还是比较陌生的，只知道他的一些经典著作的名称，阅读过他的一些短篇小说和长篇小说片段。在博士研究生入学之后，我从翻译方向转到美国文学方向，甚感不得其门而入的焦虑，因此在一大批现代和后现代美国作家之间，选择了自己觉得"相对容易"的福克纳，回想起来真是"无知者无畏"。

细读福克纳小说作品，我发现其中存在许多悖论，作家批判旧南方社会的制度又对其表示留恋，既同情下层社会群体的悲惨命运又反对下层社会群体试图改变社会结构，在这一系列悖论后有着时隐时现、挥之不去的贵族倾向。这一时段我正好也在学习西方马克思主义文论，特别是詹姆逊的"政治无意识"理论，觉得福克纳的这种心理很像其中所述的"阶级话语的个体表达"，因此很冲动地就定下从阶级的视角来分析福克纳小说作品，没想到得到了导师的赞同和肯定。论文在老师、同学和家人的帮助和鼓励下断断续续写了两年多时间，在我第二个孩子出生的那一周终于落下了最后一笔，期间经历过许多后悔、纠结、自我怀疑的时刻，也体验了学术发现的乐趣。由于我学识尚浅，资料不足，论文只是从一个视角对福克纳小说的某些层面作了初步探索，很多问题还有待进一步研究，希望今后的岁月中我能将其中的缺憾一一弥补。

博士论文以及最后这本著作能够成形，要感谢我的师长们的辛勤付出。在同济大学读博的五年，艰辛和坎坷自不待言，感动和收获也难以言表。从老师们的教诲中，我不仅学习到理论知识和治学之道，更体会到做事的方法和处世的态度。首先最应感谢的是我的导师李杨教授。李老师是国内研究美国南方文学的专家，他治学严谨，对待学生却十分宽厚。在我负笈沪上之时，李老师没有因我资质愚钝且“半路出家”而将我拒之门外，五年来谆谆教诲，给予我热情的鼓励，并耐心教导我为人为学，使我真切体会到老师对学生的爱护之心。在博士论文写作过程中，李老师在选题、构思和写作阶段都提出许多宝贵建议，并不厌其烦、反复细致地指导我作出大量修改。他的渊博学识和宽广视野总能启发和拓展我的思维，让我领略优秀学者的学术风范。可以说，没有李老师的鼓励和帮助，论文不可能顺利完成。恩师此情，感激终身。

我也十分感激我的老师、华东师范大学外国语学院王改娣教授，谢谢她将我引入外国文学研究的视域，领略不同学术风景之美。此外，还要特别感谢同济大学外国语学院孙宜学教授给我的教益。孙老师是我十分敬佩的老师，他待人和蔼，讲课幽默风趣、深入浅出，他对学术问题的精辟阐述让我获得很多启发。在论文写作过程中，孙老师还给予了许多中肯深入的意见。

在论文开题、写作和答辩过程中还得到复旦大学张冲教授、上海外国语大学乔国强教授、华东师范大学金衡山教授、清华大学陈永国教授、复旦大学谈峥教授、复旦大学汪洪章教授、同济大学耿纪永教授等专家的指导，金衡山教授还就“政治无意识”理论梳理部分提出精辟的见解并给出修改意见。谨此向诸位老师表示深深谢意。

感谢我在同济大学的博士同门胡蝶、韩晓丽和张坤同学。她们帮我搜集了许多论文资料，还不厌其烦地帮我办理各类手续，在学习上与我交流思想火花，在生活中给我巨大帮助。感谢杨立学、花萌、林嘉新、王蕾、覃玖英和朱立刚等博士阶段同学。因为与他们同行，生活变得丰富多彩，发现了很多欢乐，且每次与他们交流都受益良多。

此外，还要特别感谢井冈山大学外国语学院马于强书记、袁邦株院长和尹根德教授，他们在教学、工作、生活和学术等诸多方面给予我关心、爱护和帮助，并积极帮助我解决生活中遇到的实际困难，使我能够在承担教学工作的同时完成博士论文写作。在本书付梓过程中，井冈山大学研究生处领导、老师和同济大学出版社各位编辑老师均给予了大力支持和帮助，在此一并表示诚挚的谢意。

感谢我的妻子欧阳琴女士,她承担了家庭的诸多琐事,让我得以挤出时间完成博士阶段的学习。她所在的地方总有家的温暖。还有我的两个孩子林湛东和林泽翰,他们给我带来许多人生的欢乐,愿他们健康成长,能自由地追逐自己的梦想。

感谢含辛茹苦养育了我们兄弟姐妹的我的母亲邓生招女士,感谢我的兄弟姐妹以及我们一起经历的艰苦岁月。最后,我要感谢我的父亲。先父一生坎坷,命途多舛,未及乐享天伦即离我们而去。在我人生低谷的时刻,他曾援引伟人的话教导我说:一个人“在困难的时候,要看到成绩,要看到光明,要提高我们的勇气”。

林长洋

2019 年 10 月